कहानी-संग्रह

सूर्य कुमार उपाध्याय

Title : Ab Pallavi Azad Thi
Author : Surya Kumar Upadhyay

Published By
Redgrab books Pvt. Ltd.
942, Mutthiganj, Prayagraj, 211003
www.redgrabbooks.com
contact@redgrabbooks.com

Printed and bound in Manipal Technologies Limited, Manipal, Karnataka
Paperback, First published by Redgrab Books Pvt. Ltd. in 2021
ISBN : 978-81-951234-9-0

Cover & Typeset by Redgrab Books arts

पूजनीय पिताजी श्री डीपी उपाध्याय
माताजी श्रीमती कमलादेवी उपाध्याय
एवं
प्रिय श्रीमती उषा खंडेलिया दीदी को समर्पित

अगर ये ना होते...

हमेशा 'सभी को अपना कर्म अच्छा करना चाहिए' की बात करने वाले विकास अग्रवाल भैया (नोवा ब्रेड), जितना बिंदास उतने ही गंभीर स्वभाव के सदाबहार शख्सियत राजीव रंजन सिंह जी (वरिष्ठ पत्रकार), जिंदादिल इंसान विजय बंसल जी (बिजनेसमैन एवं फिल्मकार), मेरी पारिवारिक मित्र मीनाक्षी सिंह के साथ-साथ लेखिका एवं कवयित्री मेरी बेटी समृद्धि उपाध्याय और पत्नी सविता तिवारी के स्नेहपूर्ण सहयोग के बगैर इस कहानी संग्रह को आप लोगों के बीच लाना संभव नहीं था।

अपनी बात

एक लेखक के लिए उसके शब्द जब समाज को जगाने का एक जरिया बन जाए तो उसके लिए ये एक बड़ी जीत होती है। मैंने अपनी कहानी संग्रह अब पल्लवी आज़ाद थी के जरिए समाज के उन तमाम पहलुओं को टटोलने की कोशिश की है जिससे हमारा आए दिन सामना होता है।

कहानी संग्रह की पहली कहानी 'मर्दानगी' एक किन्नर के जज्बा और हौसले की कहानी है जो समाज के कथित मर्दों के बीच अपनी मर्दानगी साबित करती है। वहीं 'नागिन चाय' एक ऐसी शख्सियत की कहानी है जो अपनी जिंदगी की पूरी कमाई अनाथों के कल्याण में लगा देता है। 'वो हरी टी-शर्ट' रूमानियत से लबरेज एक ऐसे युवा की कहानी है जो इश्क को समझने की नासमझी कर बैठता है। कहानी 'मन की सुंदरता' उन लड़कों के लिए सबक है जो अपनी योग्यता का आंके बगैर पत्नी के तौर पर एक खूबसूरत हिरोईन की चाहत रखते हैं। नारी सशक्तिकरण से जुड़ी कहानी 'निम्मो आमवाली' एक ऐसी गरीब फल बेचने वाली लड़की की कहानी है जो विपरीत परिस्थितियों में पढ़ लिखकर प्रोफेसर बनती है और उस लड़के से शादी करती है जिसके घर वह कभी आम बेचने जाया करती थी। वहीं 'अंतर' एक ऐसी मनबढ़ी लड़की की कहानी है जो लड़की होने का फायदा उठाने हुए एक सीधे-साधे बुजुर्ग की इज्जत उतारने तक से गुरेज नहीं करती। 'बाबा छत्तीसानंद' की कहानी दलबदल की राजनीति करने वालों के साथ कालाधन जमा करने वाले कुबेरपतियों को कठघरे में खड़ा करती है। 'करीना-कैटरीना' दिल को छू लेने वाली एक ऐसी कहानी है जिसमें गरीबी के चलते ग्रामीण महिलाओं को देसी शराब के ठेकों पर चखना बेचने को मजबूर होते दिखाया गया है। 'माहौल क्या है' की कहानी देश के नामचीन पत्रकार राजीव रंजन सिंह पर आधारित है जो पत्रकारिता की व्यस्तता के बावजूद अपनी अल्हणता और हास्यबोध से सभी का दिल जीत लेते हैं। 'दिल उल्लू का पट्ठा' और 'दिल विल प्यार व्यार' उन नवविवाहित लड़कियों की कहानी है जो हमेशा अपने पति पर शक करती हैं और बात-बात पर लड़-झगड़ कर मायके जाने की बात करती हैं।

वैसे तो इस कहानी संग्रह में कुल इक्कीस कहानियाँ हैं जो आपको कहीं ना

कहीं अपनी सी लगेंगी लेकिन पारो और चंद्रमुखी एक ऐसी रोमांचक कहानी है जो उन लड़के-लड़कियों पर केन्द्रित है जो एक साथ कई ब्वॉयफ्रेंड और गर्लफ्रेंड की ख्वाहिश रखते हैं। जरूरी नहीं कि मेरी सभी कहानियाँ पाठकों को अच्छी लगें लेकिन मैंने अपनी ओर से पूरी कोशिश की है कि हर कहानी पढ़ने के बाद मैं आपको अगली कहानी पढ़ने पर मजबूर कर सकूँ।

आपका

सूर्य कुमार उपाध्याय

अनुक्रम

1
मर्दानगी

एक पत्रकार अपने इर्द-गिर्द खबरों और कहानीकार अपने आस-पास कहानियों की तलाश में रहता है। मैं एक पत्रकार और कहानीकार दोनों हूँ। ऐसे में जब भी कहीं कुछ हटकर देखता हूँ तो दिमाग की बत्ती जल उठती है, नयी-नयी कल्पनाएँ जन्म लेने लगती हैं। मन में कौतूहल पल्लवित होने लगता है, अपने आप दिमाग के पटल पर उक्त घटना अपनी छाप छोड़ जाती है। इस तरह कोई घटना एक कहानी की शक्ल ले लेती है।

कुछ ऐसा ही मेरे मुम्बई में प्रवास के दौरान हुआ। मैं अपने एक सहयोगी अखिलेश के साथ एक फिल्म की पटकथा लिखने में व्यस्त था। हम दोनों रात भर पटकथा लिखने के लिए सुबह तक अपनी कलम चलाते रहते। जैसे ही हमारी कलम थकती, हम भी थककर बिस्तर पर गिर जाते। ये रोजाना की क्रिया थी। दोपहर में बारह-एक बजे सोकर उठना... फिर नहाने-धोने के बाद एक-एक कप चाय पीना और फिर हल्की-फुल्की पेट-पूजा करने के बाद कहीं घूमने-टहलने के लिए निकल जाना हमारी रोज की आदत थी। दरअस्ल लिखंत-पढ़ंत-घूमंत के अलावा हम दोनों के जिम्मे कोई और काम भी तो नहीं था, क्योंकि मुम्बई जैसे शहर से हम दोनों का कोई खास परिचय नहीं था, न ही हम यहाँ किसी को जानते थे, जिनसे मिलना होता। घूमने-टहलने का एक फायदा ये था कि हम दोनों मुम्बई महानगर की रोजमर्रा की जिंदगी से धीरे-धीरे वाकिफ भी हो

रहे थे। इस दौरान कोई न कोई ऐसी घटना आँखों के सामने से गुजर ही जाया करती थी जिसे शब्दों में पिरोकर पेश किया जाय तो कोई रोमांचक कहानी बन सकती थी। उन्हीं रोमांचक घटनाओं में से एक घटना का जिक्र मैं आप सबसे करने जा रहा हूँ, जो किसी के लिए एक सामान्य घटना हो सकती है, लेकिन हमारे लिए ये घटना एक हैरान कर देने वाली घटना थी। एक ऐसी घटना जो हमारे सामाजिक ताने-बाने पर चोट तो करती ही है, साथ ही हमारी बुजदिल एवं कमजोर मानसिकता को भी दर्शाती है।

मैं और मेरे सहयोगी दोपहर करीब दो बजे लोखण्डवाला से यारी रोड की ओर निकले थे। सोचा था कि वहाँ के फेमस चायवाले की दुकान में चाय पियेंगे और थोड़ी देर समुद्र की उठती-गिरती संगीतमय लहरों के कोलाहल को आत्मसात करने के साथ कुछ नये विचारों को जन्म लेने का मौका देंगे। दरअस्ल इन्हीं फुरसत के क्षणों में हम दोनों अपनी पटकथा पर कुछ ताजा तरीन चर्चा भी कर लिया करते थे जो हमारी लेखनी को और धारदार बनाने में सहायक साबित होती थी। नये विचारों, नये शब्दों को लिखने से पहले ये तय हो जाता था कि अपनी पटकथा में किस ट्रैक पर कितना समय देना है। इसी कड़ी में हम दोनों ने रोजाना की तरह लोखण्डवाला के इनफिनिटी मॉल से रिक्शा लिया और सीधे यारी रोड पहुँच गये। हमने रिक्शा से उतरकर सबसे पहले 'चायवाला' के यहाँ एक-एक प्याली चाय पी और फिर टहलते हुए समुद्र की लहरों की ओर रुख किया। हम दोनों जैसे ही बीच पर पहुँचने वाले थे कि लहरों के कोलाहल के साथ-साथ हमारे कानों में जोर-जोर से लड़ने-झगड़ने की आवाजें सुनायी देने लगीं। हमने उस ओर रुख किया जिधर से लड़ने-झगड़ने की ये आवाजें आ रही थीं। हमारे बढ़ने के साथ ही आवाजें और तेज सुनायी देने लगीं। लड़ाई-झगड़े के बीच एक जुमला सुनकर हम दोनों ठिठककर रुक गये।

''मर्द है तो निकल बाहर और दिखा मर्दानगी! हिजड़ा है साला हिजड़ा।'' एक शख्स जोर-जोर से चीखकर अपनी भड़ास निकाल रहा था।

हम दोनों के कदम खुद-ब-खुद ठहर चुके थे, क्योंकि ये जुमला हमारे यूपी में बड़ा फेमस है, साथ ही ये पंच लाइन किसी के भी खून को खौला देने के लिए काफी माना जाता है। हमारे यूपी में मर्दानगी किसी भी शख्स के लिए एक बड़ा तमगा होता है। अगर कोई शांत स्वभाव का होता है और बेवजह किसी मामले में नहीं उलझता तो कइयों को लगता है कि उसके गूदे में पोटास नहीं है या वह

नामर्द है। किसी को हिजड़ा बोल देना एक गाली मानी जाती है। वैसे भी 'हिजड़ा' शब्द आम बोलचाल की भाषा में तभी आता है जब मामला थोड़ा अलग हो। हम लोग भी इसी शब्दमोह की फाँस में फँसकर रुक गये थे। लड़ाई-झगड़े का आनंद उठाना और बड़ी अम्मा बनना हम यूपी वालों और खासकर पूर्वांचल वालों की पुरानी फितरत फ़ित्रत है। मुम्बई में अगर लोगों के पास किसी चीज की कमी है तो वह समय है। इसके उलट यूपी में अगर किसी के पास सबसे अधिक सुलभ कोई चीज है तो वह समय है, जो सबके पास प्रचुर मात्रा में रहता है। भला इस बीमारी से हम दोनों कैसे बच सकते थे। हम दोनों भी तो पूर्वांचल के ही थे और इस संक्रमण से संक्रमित थे। हम दोनों भी उसी भीड़ का हिस्सा बन गये, जहाँ झुण्ड बनाकर लोग तमाशा देख रहे थे।

हम दोनों को जब ये माजरा ज्यादा समझ में नहीं आया तो हम भीड़ को चीरते हुए थोड़ा और अंदर तक घुस गये। हम दोनों किसी तरह वहाँ तक पहुँच गये जहाँ से हिजड़े के सम्बोधन वाली आवाजें किसी को उकसा रही थीं। मौका-ए-वारदात पर हमने पाया कि एक शख्स अपनी दुकान के शटर को अंदर से गिराने की कोशिश कर रहा है, दूसरी ओर कुछ गुण्डे किस्म के लोग हाथों में डण्डे लिये शटर को खोलने की कवायद कर रहे हैं।

ये गुण्डे दुकानदार को ललकार रहे थे - "मर्द है तो बाहर निकल!"

दरअस्ल किसी के पौरुष को ललकारने के लिए अक्सर इन जुमलों का इस्तेमाल किया जाता है- जैसे - "मर्द हो तो दिखाओ, माँ का दूध नहीं पिये हो क्या वगैरह..."

ये कुछ ऐसे जुमले हैं जो किसी को उत्तेजित करने के लिए काफी होते हैं। मैं ठहरा लेखक, मैं झगड़े में इस्तेमाल हो रहे जुमलों को लेकर अपनी एक अलग दुनिया में खो गया। मैं सोचने लगा कि सार्थक शब्दों का प्रयोग आखिर नकारात्मक कामों के लिए ही क्यों होता है। अक्सर लड़ाई-झगड़े और आक्रोश में ही इन जुमलों का इस्तेमाल होता है। क्या मर्दानगी दिखाने के लिए गुण्डा होना जरूरी है; क्या दबंग वही होता है जो अपनी माँ का दूध पिया होता है... जो दबंग नहीं होता वो क्या माँ का नहीं बकरी का दूध पिया होता है। ये कुछ ऐसे सवाल मेरे जेहन में आने लगे जिनका उत्तर मैं चाहकर भी नहीं तलाश पा रहा था। आजकल अखबारों के पन्ने बलात्कार, हत्या और लूटपाट की खबरों से अटे पड़े रहते हैं; तो क्या जो बलात्कार करते हैं वे मर्द होते हैं... अगर ऐसा है तो

उनसे मर्द का तमगा वापस ले लेना चाहिए वर्ना मर्द जाति ही संदेह के घेरे में आ जायेगी। जिस यौनांग को वो अपनी मर्दानगी का आभूषण मानते हैं और अपनी शारीरिक ताकत को पौरूषता समझते हैं, उसे ही उनके शरीर से जुदा कर देना चाहिए। कुण्ठित सोच वाले मर्द अपनी मर्दानगी दिखाने के लिए किसी लड़की के दिलोदिमाग पर हमेशा के लिए ऐसा सदमा छोड़ जाते हैं जिसे वह जिंदगी भर के लिए झेलने के लिए मजबूर होती है। क्या किसी मासूम, नाबालिग या बालिग लड़की से बलात्कार करना मर्दानगी है; अगर है तो मैं ऐसा मर्द कभी नहीं बनना चाहूँगा। मैं यही सोच-सोचकर विचलित हो रहा था। कुछ लोग अपनी बीवी को शराब पीकर मारते-पीटते हैं, तो क्या यही मर्दानगी है। कुछ लोग बेसहारा, कमजोर लोगों को अपने गुस्से का शिकार बनाते हैं, तो क्या यही मर्दानगी है। ये कुछ ऐसे सवाल थे जो मेरे जेहन में रह-रहकर आ रहे थे, जिनका उत्तर मैं चाहकर भी नहीं तलाश पा रहा था।

क्या मर्दानगी दिखाने के लिए क्या महिलाएँ ही एकमात्र औजार हैं... भौतिकवादी समाज में पलायनवादी और संकीर्ण सोच वाले मर्द दरअस्ल ये भूल जाते हैं कि मर्दानगी का सही अर्थ आखिर क्या है। सामाजिक बुराइयों को हटाना हो तो मर्दानगी कहाँ चली जाती है, अन्याय के खिलाफ मुँह खोलना हो तो भी अधिकतर लोग पतली गली से निकल लेते हैं। देश की आन-बान और शान के लिए मर्दानगी दिखायी जाय तो बात समझ में आती है, लेकिन दूसरों की टोपी उछालने और कमजोर पर अपनी ताकत दिखाने में भला कैसी मर्दानगी है। लेकिन लोग इसी को अपनी मर्दानगी समझते हैं और खुद के मर्द होने का एहसास करते हैं। दरअस्ल, ऐसे लोग ही हिजड़ा होते हैं।

मैं मर्दानगी के शब्दजाल में फँसा हुआ अपने खयालों में खोया हुआ था। तभी मेरे सहयोगी ने मेरे कंधे पर हाथ रखकर तेजी से झकझोरा। मेरा ध्यान टूटा तो मैंने पाया कि कथित गुण्डे उस अकेले दुकानदार को दुकान से बाहर लाकर लात-घूँसों से पिटाई कर रहे थे। बेबस दुकानदार इन गुण्डों से रहम की भीख माँग रहा था, लेकिन पिटाई का क्रम इसके बाद भी जारी था। दुकानदार को मार खाते देख मेरा दिल जोर-जोर से धड़कने लगा, क्योंकि गुंडे बड़ी ही बेरहमी से दुकानदार की धुनाई कर रहे थे। दुकानदार को कई जगह से खून भी निकल रहा था, लेकिन जल्लाद गुण्डे लगातार दुकानदार पर हमलावर थे। वहाँ खड़ी भीड़ तमाशबीन बनी दुकानदार को मार खाते देख रही थी। हद तो तब हो गयी जब एक गुण्डे ने एक डण्डे से दुकानदार के सिर पर घातक वार किया।

लेकिन तभी कुछ ऐसा हुआ जो चौंका देने वाला था। दरअस्ल जब गुण्डे दुकानदार की धुनाई में व्यस्त थे, उसी दौरान उधर से एक किन्नर गुजरी। वह भी हो-हल्ला सुनकर रुक गयी और भीड़ को चीरती हुई घटनास्थल तक पहुँच गयी। दुकानदार बुरी तरह से लहूलुहान हो चुका था। किन्नर ने आव देखा न ताव, झट से अपनी साड़ी के पल्लू को कमर में बाँधा और जो गुण्डा डण्डे से दुकानदार की पीट रहा था उसके हाथ से डण्डा छीन लिया। गुण्डों की कुल संख्या चार थी और इसके बीच दुकानदार को बचाने के लिए अकेली एक किन्नर थी। साधारण-सी कद-काठी वाली किन्नर में अचानक इतनी ताकत कहाँ से आ गयी यह सोचकर मैं हैरान था। गुण्डों को ये थोड़ा भी आभास नहीं था कि कोई किन्नर आकर दुकानदार को बचायेगी। किन्नर के हाथ में डण्डा आ चुका था। वो इतनी फुर्ती से बदमाशों पर डण्डा भाँजने लगी कि चारों गुण्डे जान बचाकर भागने लगे। तभी उसने अपने हाथ मे पड़े चुल्ले से एक बदमाश को ऐसा मारा कि वह गिर पड़ा। फिर भी वह किसी तरह से गिड़ता-पड़ता वहाँ से भागने में सफल रहा। अब मैदान साफ था।

चोटिल दुकानदार को उठाने के लिए अब और भी हाथ आगे बढ़ चुके थे। भीड़ से ही कुछ लोग दुकानदार को पास के क्लिनिक ले जाने लगे। बहादुर किन्नर के चलते दुकानदार की जान बच गयी थी। किन्नर ने अपने को झाड़ा-पोछा और वह भी घटना स्थल से चलती बनी। मुझे इस किन्नर को देखकर ऐसा लगा कि जैसे पूरी भीड़ हिजड़ा बनकर तमाशा देख रही थी और एक किन्नर रूपी मर्द ने आकर दुकानदार को बचाने के लिए अकेले चार गुण्डों से मोर्चा लिया। तो ये थी मर्दानगी; एक कथित मर्द की नहीं एक किन्नर की मर्दानगी।

2

नागिन चाय

बात उन दिनों की है जब मैं इलाहाबाद विश्वविद्यालय से ग्रेजुएशन कर रहा था। पढ़ने में मेरा कम ही मन लगता था। दादा जी की इच्छा थी कि मैं इलाहाबाद युनिवर्सिटी से पढ़ाई करूँ, लेकिन जिस तरह से संघर्ष करते हुए मैं बारहवीं पास हुआ था मेरे पिताजी समझ चुके थे कि आगे मेरी पढ़ाई का क्या भविष्य है। वहीं दूसरी ओर मेरे दादा जी को अपने पोते के अंदर पढ़ाई की विलक्षण क्षमता दिख रही थी। उन्हें लगता था कि मैं ही अपने कुल की नैया पार लगाऊँगा और खानदान का नाम रौशन करूँगा। दादा जी ने मेरे बारे में जो सोच लिया था, वह ब्रह्म लकीर थी, उसे नकारने का मेरे बाप के अंदर भी साहस नहीं था। ऐसे में मेरे पिताजी पढ़ने के लिए मुझे इलाहाबाद भेजने पर राजी हो गये।

पिताजी को लगता था कि पढ़ाई तो कर नहीं पायेगा, कम्पटीशन वाले बच्चों को देखकर खुद-ब-खुद दुम दबाकर वापस घर लौट आयेगा। लेकिन अपनी सोच के मामले में मेरे दादाजी और मेरे पिताजी दोनों ही गलत निकले। मैं इलाहाबाद गया तो मुझे ऐसा माहौल मिला कि छुट्टियों में भी मुझे घर आने का मन नहीं करता था। उसकी सबसे बड़ी एक वजह 'नागिन चाय' थी। आप लोग सोच रहे होंगे कि ई ससुरा नागिन चाय कौन-सी बला है और ये पढ़ाई-लिखाई के बीच में कहाँ से आ टपकी। यही तो खेल था सारा। मुझे पूरी उम्मीद है कि नागिन चाय की कहानी सुनकर आप भी इस बला को जानने-बूझने के लिए

संगम नगरी का टिकस कटा लेंगे... खैर अपने पिताजी की सोच पर आता हूँ।

मेरे लम्बे समय के अंतराल पर घर आने की क्रिया से पिताजी के मन में सकारात्मक प्रतिक्रिया का संचार हुआ। उन्हें खुशफहमी हुई कि माहौल पाकर उनके बेटे की पढ़ाई-लिखाई पटरी पर आ गयी है। लेकिन उन्हें नहीं पता था कि मेरी दोस्ती-यारी कुछ ऐसे लड़कों से हो गयी थी जो नम्बर एक के आवारा और लफंगे थे। उनका काम ही दिन भर लड़कियों के पीछे घूमना और रंजन भैया की नागिन चाय पीकर अलमस्त होकर सो जाना होता था। ये सभी लड़के कम्पटीशन की तैयारी के लिये संगमनगरी भेजे गये थे। सभी के सभी बड़े घर की औलाद होने के साथ ही मेरी तरह अपने माँ-बाप की होनहार संतान थे। इनमें एक-दो लड़के तो सिर्फ इसलिए इलाहाबाद आये थे कि तैयारी के नाम पर किसी तरह उनकी माल-पानी वाली किसी लड़की से ठीक-ठाक शादी हो जाय... बाकी जिंदगी कैसे काटनी थी उन्हें पहले से पता था। लेकिन नागिन चाय के शिकंजे से कोई बच सका था अब तक भला, जो ये दहेज के लोभी-लफंगे बच जाते। नागिन चाय की जादुई फूँक ने इन्हें अपने बस में कर लिया था। मेरे सभी साथी यार नागिन चाय के ऐसे दीवाने बन चुके थे कि सभी सँपेरे बनकर प्रयागराज की गलियों में भटकते रहते थे।

बताता चलूँ कि इलाहाबाद से जौनपुर एक ट्रेन चलती थी, इस पेसेंजर ट्रेन का नाम AJ पेसेंजर था, यानि इलाहाबाद-जौनपुर पेसेंजर। लेकिन इलाहाबादी लड़कों ने इसका नामकरण A से आओ और J से जाओ पेसेंजर रख दिया था। दोनों शहर के बीच की दूरी महज दो घण्टे में पूरी कर लेने वाली इस ट्रेन का उन दिनों बड़ा क्रेज था। मेरे दोस्तों में से दो दोस्त जौनपुर से रोजाना इलाहाबाद इसी ट्रेन से आते-जाते थे। युनिवर्सिटी के तमाम छात्रों के लिए ये ट्रेन लाइफ लाइन के समान थी जिसमें वे मुफ्त की सवारी कर सकते थे। ये छात्र रविवार को भी जौनपुर से इलाहाबाद के लिए निकल पड़ते थे। वजह केवल एक थी - रंजन भैया की नागिन चाय। नागिन चाय के बगैर इनका मन ही नहीं लगता था।

इलाहाबाद में मुझे भांग खाने की आदत पड़ गयी थी। घर से तैयारी के लिए किताब खरीदने के नाम पर मैंने अपने दादाजी से खूब पैसे ऐंठे थे। उस पैसे का इस्तेमाल पहले तो बीयर पीने में किया, फिर जब भाँग का नशा मेरी आदत में शुमार हुआ तो रोजाना इसका सेवन करना सामान्य-सी बात हो गयी, लेकिन इन सबके बावजूद मेरा सबसे बड़ा नशा 'नागिन चाय' ही थी। मैं उसका मजनू और

वो मेरी लैला थी।

कभी-कभार जब पिताजी मेरी पढ़ाई-लिखाई के हालात का जायजा लेने के लिए इलाहाबाद पधारते थे तो मैं अगल-बगल से तैयारी करने वाले छात्रों की ढेर सारी किताबें लाकर अपने कमरे में पटक देता था। हालाँकि मैं पिताजी को छलावा नहीं देना चाहता था, लेकिन इसे आप उन दिनों की मेरी मजबूरी कह सकते हैं। दरअस्ल इलाहाबाद में मेरी जिंदगी अपने दोस्तों के बीच ऐसे साँचे में ढल गयी थी कि मैं चाहकर भी इस मकड़जाल से निकल नहीं पा रहा था... सच कहूँ तो नागिन चाय के मोहपाश में मैं इस कदर कैद हो चुका था, जिससे निकलने का एक तो मन नहीं करता था और दूसरा इसकी कैद से निकलना अब मेरे बस की बात भी नहीं थी।

ये नागिन चाय भला कौन-सी बला है जिसका जिक्र मैंने आप सबसे कर तो दिया, लेकिन इस दिव्य द्रव की दुर्लभ खासियत आपको नहीं बतायी। दरअस्ल हमारा नौ दोस्तों का एक ग्रुप था जिसमें से कोई न कोई एक हमेशा गायब रहता था, लेकिन संगम वाले रंजन भैया के बगैर हमारी मण्डली कभी पूरी नहीं हो पाती थी। रंजन भैया को पूरे इलाहाबाद के लड़के 'नागिन चाय वाले' कहकर पुकारते थे। रंजन भैया की मानें तो वह इलाहाबाद विश्वविद्यालय से पास थे और पी0सी0एस0 प्री के मास्टर थे, जितनी बार उन्होंने पीसीएस की परीक्षा दी, प्रारम्भिक परीक्षा निकाल ली, लेकिन वो कभी इस परीक्षा का अगला चरण पार ही नहीं कर पाये। इस बात में कितनी सच्चाई थी ये तो मुझे नहीं मालूम, लेकिन रंजन भैया की हर विषय पर बेहतर पकड़ जान पड़ती थी। राजनीति की बात कर लो या इतिहास की या फिर भूगोल और सामान्य अध्ययन की, सब पर उनकी पकड़ बराबर थी। ये जानकर आपको हैरानी हो सकती है कि रंजन भैया कितने तैयारी करने वाले छात्रों को अपनी नागिन चाय पिलाकर आई0ए0एस0, पी0सी0एस0 बना चुके थे। अधिकारी बनने के बाद ये जब भी इलाहाबाद आते या इधर से गुजरते, संगम वाले रंजन भैया की नागिन चाय का स्वाद लिये बगैर नहीं जाते।

आप अब तक तो समझ ही चुके होंगे कि आखिर नागिन चाय का जिक्र मैं बार-बार क्यों कर रहा था। रंजन भैया की चाय को टक्कर देने की कई चाय वालों ने कोशिश की, लेकिन नागिन चाय की लोकप्रियता को टस से मस नहीं कर सके। रंजन भैया की दुकान पर एक से एक पढ़ाकू लड़के उनकी नागिन

चाय पीने आते थे। प्रतिस्पर्धी परीक्षाओं से लेकर देश-दुनिया की राजनीति की बातें रंजन भैया की चाय की दुकान पर होती थीं। इस बहस में छात्रों के साथ-साथ रंजन भैया भी चढ़-बढ़कर हिस्सा लेते थे। ये एक बड़ी वजह थी कि रंजन भैया हर मुद्दे पर अपना ज्ञान पेलते रहते थे। तैयारी के लिए इलाहाबाद आये नये-नये लड़के रंजन भैया से बड़े प्रभावित रहते थे। एक तो नागिन चाय और दूसरा उनका कथित ज्ञान। तैयारी करने वाले कई बच्चे तो उनके पास सिर्फ इसलिए आते थे ताकि उनका सामान्य अध्ययन बेहतर हो जाय। होंठ के निचले हिस्से में खैनी दबाकर, चाय की केतली में चाय चढ़ाना-उतारना और इसके साथ ही नौसिखिये छात्रों को अपने दिव्य ज्ञान का प्रसाद बाँटना रंजन भैया की रोज की दिनचर्या में शुमार था।

इलाहाबाद के कटरा मोहल्ले में सुबह के नाश्ते के लिए नेतराम की कचौड़ी की दुकान से ज्यादा फेमस रंजन भैया की नागिन चाय थी। कसम से इतनी धाँसू मेंटल चाय मैंने अपनी जिंदगी में कभी नहीं पी थी। जब तक चाय का स्वाद नहीं ले लेते थे, लगता था जैसे दिन अभी अधूरा है।

दिव्य औषधि रूपी नागिन चाय के अपने दिव्य गुण थे। टेंशन भगाना हो तो नागिन चाय, दोस्तों की संगत करनी हो तो नागिन चाय, दिल टूट गया हो तो नागिन चाय, परीक्षा में असफल हो गये हों तो नागिन चाय, कम्पटीशन निकाल लिया हो तो नागिन चाय, इलाहाबाद की चटखारी खबरें जाननी हों तो नागिन चाय, रंजन भैया का दिव्य ज्ञान लेना हो तो नागिन चाय, पैसे नहीं हों तो नागिन चाय, घर से पैसे आ जायँ तो नागिन चाय, बीयर पार्टी का प्लान बनाना हो तो नागिन चाय, रात को पढ़ते-पढ़ते नींद आने लगे तो नींद भगाने के लिए नागिन चाय यानि हर मौके पर नागिन चाय।

हम तो ये जान ही नहीं पाये कि रंजन भैया सोते कब हैं। चार बड़े-बड़े चाय के भगोने हमेशा अँगीठी पर चढ़े रहते थे। दुकान पर रात में दो बजे तक पढ़ाकू लवण्डों का मजमा लगा रहता था। आखिरी नागिन चाय की चुस्की के साथ इलाके के लल्लन टॉप दारोगा पाण्डेजी रंजन भैया की दुकान की बंदी का ऐलान करते थे। दारोगाजी डण्डा ठोंककर दुकान बंद करने की हिदायत देकर जैसे ही निकलते, रंजन भैया अपनी दुकान का शटर गिरा लेते। गजब की बात ये थी कि उनकी दुकान का शटर गिरते ही आसपास तैयारी करने वाले बच्चों के कमरों के बल्ब भी बुझ जाते थे। नागिन चाय मानो तैयारी करने वाले छात्रों के लिए अलार्म

घड़ी थी।

रंजन भैया को मैंने कभी तल्ख लहजे में किसी से बात करते नहीं देखा था। उनके चौकस चेहरे पर हमेशा इलाहाबादी मुस्कान बिखरी रहती थी। रंजन भैया जुल्फों के धनी थे, साथ ही वह बमपलाट तलवारनुमा लटकी हुई लेकिन तीखी मिर्च जैसी मूँछें रखते थे। कई साल बाद पता चला कि उनके होंठ के पास एक काला मस्सा था, जिसे छिपाने के लिए वह नागिन की पूँछ की तरह लटकी हुई मूछें रखते थे। शांत एवं सरल स्वभाव के होने के चलते उनके यहाँ उधारी भी खूब चलती थी। कई छात्रों का तो उनके पास एक साल से ऊपर का हिसाब-किताब था। वे रंजन रंजन भइया की शालीनता को हथियार बनाकर उनसे एक तरह से अलिखित एग्रीमेंट कर लेते थे कि जब तक वे तैयारी करते रहेंगे, मुफ्त की नागिन चाय पीते रहेंगे; कुछ बन जाने के बाद शादी में मिली दहेज की रकम से एक अदद हिस्सा रंजन भैया की नागिन चाय के नाम डोनेट कर देंगे। रंजन भैया भी शायद ऐसे सौदे की लालच में आ जाते थे और लाखों रुपये की चाय फ्री में पिला देते थे। चूंकि नागिन चाय इलाहाबादी छात्रों के लिए एक नशा बन चुकी थी इसलिए रंजन भैया को नागिन चाय से मोटी आमदनी होती थी। हालाँकि ये बता पाना मुश्किल था कि साधारण-सी जिंदगी जीने वाले रंजन भैया नागिन चाय से कितनी आमदनी कर पाते थे, वह कमाये हुए पैसे का क्या करते थे, ये बात भी किसी को पता नहीं थी।

तैयारी करने वाले छात्रों के लिए रंजन भैया संकटमोचन हनुमान थे। किसी का पैसा घर से समय पर नहीं आया तो रंजन भैया उधारी भी दे दिया करते थे। किसी भी छात्र के पास पैसे नहीं हों तो उसका दाना-पानी नहीं रुकता था। सुबह चार बजे से रात को दो बजे तक रंजन भैया को कोई भी उनकी दुकान पर पा सकता था। लोग हैरान हो जाते थे कि रंजन भैया आखिर सोते कब हैं। ये एक ऐसा रहस्य था जिसे कोई जान नहीं सका था। रंजन भैया का कोई परिवार था भी कि नहीं, इसे लेकर अगर कोई उनसे पूछता तो कहते कि इस दुकान पर आने वाले सभी छात्र उनके परिवार के ही तो हैं। वह छात्रों के लाडले थे, प्यारे और दुलारे थे।

कुछ अपनी भी व्याख्या कर लूँ। मैं पूरी तरह से निकम्मा साबित हो चुका था। दोस्तों के बीच हँसी-ठिठोली करना, दिन में तीन बार नागिन चाय पीना और फिर डेरे पर आकर चादर तानकर सो जाना मेरी रोजाना की क्रिया थी। सुबह

फुँफकारते साँप की तरह उठना, बगैर कुल्ला-पानी किये रंजन भैया की दुकान पर पहुँच जाना और नागिन चाय पीकर सुबह की शुरूआत करना मेरे लिए एक अतार्किक प्रक्रिया थी। नागिन चाय पीने के बाद ही मेरा प्रेशर उतरता था। उन दिनों जब मेरी उम्र 24 साल के करीब थी और रंजन भैया भी करीब 30 के आस-पास रहे होंगे, लेकिन उनकी बातें सुनकर ऐसा लगता था जैसे कोई पुराना धाकड़ शख्स हमसे बात कर रहा है। गर्दा करने और चिल्लम-पों करने में भी रंजन भैया पीछे नहीं रहते थे। युनिवर्सिटी में चुनाव के दौरान जो छात्र नेता उन्हें पकड़ ले गया, साथ हो लेते थे। जिंदाबाद-मुर्दाबाद के नारे लगाकर हाथ-पैर झाड़कर वह फिर दुकान की रौनक बन जाते थे।

जीतने-हारने वाले सभी कैंडिडेट उनके अपने होते थे। इसलिए रंजन भैया हार-जीत का जश्न और गम दोनों एक साथ मनाते थे। मैंने कभी उन्हें कुछ पढ़ते-लिखते नहीं देखा, फिर भी बात ऐसे करते थे जैसे कोई महान चिंतक, दार्शनिक और महाज्ञानी हों। उनका हर विषय पर ज्ञान पेलना मेरे लिए कौतूहल का विषय था। बाद में मैं धीरे-धीरे समझ गया कि रंजन भैया किताबों की पढ़ाई से भले ही परे थे, लेकिन अखबारी ज्ञान में अव्वल थे।

रंजन भैया के यहाँ पियक्कड़ों की कभी दाल नहीं गली। दारू पीने वालों से वह दूर ही रहते थे। खासकर अपनी दुकान पर किसी शराबी-कबाबी छात्र को उन्होंने कभी शरण नहीं दी। रंजन भैया की दुकान पर दारू पार्टी की सख्त मनाही थी। दुकान पर अगर कोई पीकर आ गया तो ठीक, लेकिन बवाल काटा तो रंजन भैया उसका पत्ता दुकान से काट देते थे। दुकान पर नागिन चाय और पानी के अलावा किसी भी पेय पदार्थ की बिक्री नहीं होती थी। बड़े-बड़े गुण्डे और छात्र नेता रंजन भैया की दुकान पर आते थे, लेकिन क्या मजाल उनसे किसी ने कोई ओछी हरकत की हो या उनसे हेकड़ी दिखायी हो। वैसे भी पूरा इलाहाबाद जानता था कि नागिन चाय पीनी है तो रंजन भैया की दुकान पर तो जाना ही पड़ेगा। छात्रों की एक बड़ी फौज उनकी मुरीद थी, ऐसे में कोई रंजन भैया से पंगा लेने की सोच भी नहीं सकता था।

रंजन भैया ने अपनी दुकान पर एक से एक बड़ी पंचायतें तुड़वायी थीं। जब रंजन भैया से कहा जाता कि शादी कर लो तो मुस्कुरा देते थे, बोलते कुछ भी नहीं थे। दरअस्ल, वह खुद तो खुली किताब की तरह पेश आते थे, लेकिन उनकी जिंदगी उतनी ही रहस्यमयी थी। एक और रहस्य उनके साथ जुड़ा था, वो

था नागिन चाय। आखिर इस चाय में ऐसा क्या था जो दूर-दूर से लड़के उनकी चाय पीने आते थे। सब के सब छात्र नागिन चाय के लती हो गये थे। कुछ लोगों का कहना था कि रंजन भैया की मोहब्बत उनकी चाय में घुली होती है तो कोई कहता कि रंजन भैया चाय में अफीम मिलाते हैं इसलिए ऐसी चाय इलाहाबाद में अब तक कोई नहीं बना पाया। नागिन चाय की दीवानगी के रहस्य को लेकर जितने लोग उतनी बातें थीं। एक बार तो खाद्य विभाग ने उनकी चाय की जाँच की, लेकिन पाया कुछ भी नहीं। तो आखिर वह नागिन चाय में ऐसा क्या डालते थे, जिसके पिये बगैर चैन नहीं मिलता था। ये अपने आपमें सबसे बड़ा रहस्य था। दूसरा रहस्य ये था कि रंजन भैया सोते कब हैं... तीसरा रहस्य ये था कि उनके परिवार के किसी सदस्य को कभी किसी ने नहीं देखा था। मेरे लिए तो एक अबूझ पहेली बन चुके थे रंजन भैया। दरअस्ल, तैयारी करने वाले छात्र आते थे और फिर चार-पाँच साल में वापस चले जाते थे। कम्पटीशन पार कर लिया तो ठीक, नहीं तो बैक टू पैवेलियन। लेकिन मैं आठ साल से इलाहाबाद में रह रहा था। मैं थोड़ा जिज्ञासु भी था। पढ़ने में मन नहीं लगता था, लेकिन बाकी सारे काम में मन लगता था। लेकिन चाहकर भी मैं रंजन भैया से जुड़े रहस्यों को नहीं जान सका था। एक दिन अचानक मैं बीमार पड़ा और तबीयत काफी बिगड़ती गयी। जाँच में पता चला कि मुझे जांण्डिस हो गयी थी। हालात को समझ नहीं पाया, लापरवाही मुझ पर भारी पड़ चुकी थी। मेरे दोस्तों ने मुझे मेरे डेरे पर बेहोश स्थिति में पाया था। दोस्तों ने ही मुझे अस्पताल में भर्ती भी किया। मेरे इलाज में किसने कितने पैसे खर्च किये मुझे कुछ भी पता नहीं चल सका। मुस्कुराती नर्सों की संगत पाकर अस्पताल में तबीयत थोड़ी सुधरी तो रंजन भैया को सामने पाया। कमाल के बंदे थे रंजन भैया। मुस्कुराते हुए सामने खड़े देखा उनको तो मुँह से यूँ ही निकल पड़ा कि दुकान छोड़कर वे अस्पताल में क्या कर रहे हैं। लेकिन वे बोले कुछ भी नहीं, बस मुस्कुराते रहे। मेरे बगल में रखे सेब पर नजर डालते हुए बस इतना ही कहा कि खा लेना ताकि स्वस्थ होकर नागिन चाय पीने के लिए फिर से दुकान पर आ सको और यही कहते हुए वह अस्पताल से निकल गये। मेरे बगल में पिताजी बैठे थे, उन्होंने रंजन भैया के जाते ही पूछा कि क्या यही नागिन चाय वाला है। मैंने हाँ में सिर हिलाया और फिर हम दोनों मौन हो गए।

पिताजी मुझे लेकर सुल्तानपुर आ गये। घर पर सेवा ठीक से हो सकती थी, इसलिए मैं भी घर पर ही रहकर स्वास्थ्य लाभ लेने लगा। इसी बीच घरवालों ने

मेरी शादी तय कर दी। घरवाले जान चुके थे कि मुझसे कुछ होने-हवाने वाला नहीं है। मुझे भी लगा कि घर वाले जो कुछ कर रहे हैं कर लेने दूँ। समय पर शादी-ब्याह भी हो गया। इलाहाबाद जाने को मन लपलपा रहा था, लेकिन परिस्थितियाँ ऐसी बन गयी थीं कि मैं रंजन भैया की नागिन चाय से दूर हो चुका था।

छह महीने बीत चुके थे। उन दिनों मोबाइल का दौर नहीं था। लैंडलाइन फोन हुआ करता था, इसलिए अपने दोस्तों का हालचाल भी लेना मुश्किल था। इसी बीच मेरे ससुर ने सूरत में एक हीरा कारोबारी के यहाँ मेरी नौकरी लगवा दी। मुझे न चाहते हुए भी संगपत्नी सूरत रवाना होना पड़ा। समय बड़े-बड़े घाव भर देता है। इलाहाबाद जो छूटा तो छूट ही गया। जब कभी रंजन भैया की याद आती तो मनवा तिलमिला जाता था। दिल मिलने को बेचैन होता था। पर क्या करता, पत्नी थी ही, अब एक बेटी भी हो गयी। इनकी परवरिश की जिम्मेदारी मेरे कंधों पर थी। सूरत शहर मेरा नया ठिकाना बन चुका था। इलाहाबाद छोड़े अब पाँच साल हो चुके थे। मैं भी अब अपनी कम्पनी में सुपरवाइजर से मैनेजर बन चुका था। कमाने-धमाने के साथ-साथ अपनी जिंदगी अब पटरी पर आ चुकी थी।

इसी बीच मेरे साले की शादी तय हुई। मेरे साले ने दिल्ली में सिविल सर्विसेज की तैयारी की थी और यूपीएससी क्वालिफाइ कर आयकर विभाग में अधिकारी बन गया था। जिस लड़की से उसकी शादी तय हुई थी वह भी आयकर विभाग में ही थी। खास बात ये थी कि लड़की इलाहाबाद से थी। बस क्या था, मेरी तो बिन माँगी मुराद पूरी हो गयी। मेरे अंदर हलचल-सी मच गयी थी। मन मेरा इतना खुश था कि बता नहीं सकता था। मुझे बस शादी की तारीख का इंतजार था। मैंने मन ही मन में इलाहाबाद जाने को लेकर अपना एक अलग कार्यक्रम बना लिया था, जिसमें रंजन भैया की नागिन चाय पीने का कार्यक्रम सबसे ऊपर था। तय किया था कि रंजन भैया को अपने परिवार से मिलाकर उन्हें सरप्राइज दूँगा। मैंने रंजन भैया को लेकर और भी जाने क्या-क्या अपने मन में सोच रखा था। रंजन भैया से मिलकर ये कहूँगा, वो कहूँगा...वगैरह... इतने दिनों बाद कैसे दिखते होंगे रंजन भैया... आदि आदि। अब शादी की तारीख भी सिर पर आ गयी, तैयारियाँ तेज हो गयी थीं। मैं रंजन भैया के बारे में अपनी पत्नी को सब कुछ बता चुका था। वो भी रंजन भैया का नाम इतनी बार सुन चुकी थी कि उसे भी रंजन भैया से मिलने की ललक पैदा हो गयी थी।

देखते ही देखते शादी का दिन भी आ गया। मैं ससुराल वालों के साथ इलाहाबाद आ चुका था। शाम के चार बजे थे। एक बड़े बरात-घर में हम लोगों के रहने की व्यवस्था की गयी थी। लड़की वालों की तरफ से इंतजाम काफी अच्छा था। मुझे सबसे पहले बरात में शामिल होना था। इसके बाद मैंने सोच रखा था कि रात में ही मैं रंजन भैया से मिलने उनकी दुकान के लिए निकल पड़ूँगा लेकिन साले साहब की शादी थी, कोताही भी कर नहीं सकता था इसलिए दिमाग में ये भी योजना थी कि अगर मौका नहीं मिला तो अगली सुबह ही रंजन भैया से मिलने के लिए निकल पड़ूँगा। खैर बरात निकलने लगी। द्वारपूजा लग चुका था। लड़के ने लड़की को और लड़की ने लड़के को वरमाला पहनायी। अब खान-पान और शादी की रस्म अदायगी को लेकर दोनों पक्ष तैयार हो रहे थे। इसी बीच मैं मण्डप में न जाकर अपनी पत्नी से कुछ देर की मोहलत लेकर आखिरकार रंजन भैया से मिलने रात को ही निकल पड़ा।

मैं जानता था कि रात दो बजे तक नागिन चाय पीने को मिलती थी, इसके बाद ही रंजन भैया शटर गिराते थे। मैं जैसे-जैसे रंजन भैया की दुकान की ओर बढ़ रहा था, मेरी धड़कनें तेज होने लगी थीं। पूरे छह साल बाद मैं रंजन भैया से मिलने जा रहा था। दिल में उमंग और खुशी के साथ-साथ मन में कई तरह के सवाल भी थे, जिनका जवाब मेरा मन खुद दे रहा था। मैं जैसे ही नेतराम चौराहे पर पहुँचा, देखा रंजन भैया की दुकान का शटर गिरा हुआ है... हाँ एक होर्डिंग जरूर लग गयी थी... नागिन चाय पीने का एकमात्र स्थान। मैं निराश हो गया। रुका और वहाँ लोगों से पूछा कि ये रंजन भैया की दुकान ही है न! पहले तो उन लड़कों ने मुझे देखा, फिर सिर हिलाकर कहा कि यहाँ कभी रंजन भैया की दुकान थी, अब नहीं है, वो अब यहाँ नहीं रहते। दो साल पहले ही एक सेठ ने उनसे ये दुकान और नागिन ट्रेड मार्क खरीद लिया और इसका नाम पेटेण्ट करा लिया।

मैंने पूछा कि आखिर रंजन भैया ने दुकान बेच क्यों दी। छात्रों के पास कोई जवाब नहीं था। वे छात्र खुद जब तैयारी करने यहाँ आये तो उन्हें केवल रंजन भैया की कहानी सुनने को मिली थी, ये छात्र खुद कभी रंजन भैया से नहीं मिले थे। मैंने पूछा कि दुकान कब बंद होती है और कब खुलती है। छात्रों ने कहा कि सुबह दस बजे दुकान खुलती है और रात दस बजे तक बंद हो जाती है। सेठ की नागिन चाय पीने कोई आता ही नहीं। मैं इतनी रात किससे रंजन भैया की जानकारी लेता।

छात्रों ने मुझे जो कुछ भी बताया उससे मेरा मन दुःखी हो गया। ऐसा लगा जैसे कुछ अधूरापन जीवन में आ गया है, लेकिन कोई और चारा नहीं था इस बात के सिवाय कि सुबह आकर खुद सेठ से इसकी जानकारी ली जाय कि रंजन भैया कहाँ रहते हैं, क्या करते हैं। मैं उदास मन से वापस शादी समारोह में लौट आया। गुमसुम होकर एक कोने में कुर्सी लेकर बैठ गया। मैंने पत्नी से कहा कि जब शादी की रस्में आखिरी चरण में हों तो वह मुझे बुला ले। रंजन भैया के खयालों में डूबा मैं कुर्सी पर बैठा-बैठा कब सो गया मुझे पता ही नहीं चला।

अचानक मैंने पाया कि मेरी पत्नी मेरी बेटी के साथ खड़ी मुझे जगा रही है। पत्नी ने कहा कि चलो उठो, एक ही साला है और आप उसकी भी शादी में सो रहे हैं, कन्यादान का समय हो गया है। मैं हड़बड़ी के साथ उठ खड़ा हुआ और पत्नी के साथ मण्डप की ओर बढ़ा। अचानक मेरी आँखें फटी की फटी रह गयीं। मेरी आँखों को विश्वास नहीं हुआ कि मेरे साले की जिस लड़की से शादी हुई थी, उस लड़की का कन्यादान रंजन भैया कर रहे हैं। मैं कुछ भी समझ नहीं पा रहा था। रंजन भैया मुझे देखते ही मेरी ओर लपके और मुझे बाँहों में भर लिया। काफी देर तक वे मुझे अपनी बाँहों में जकड़े रहे। कन्यादान हो चुका था। लड़की विदा होने वाली थी। रंजन भैया की आँखों से आँसू की धार बह रही थी। वे मुझे पकड़े हुए थे, जैसे मेरी विदाई हो रही हो। दुल्हन की विदाई हो चुकी थी, लेकिन मैं रंजन भैया के साथ वहीं रुक गया। मेरे साथ मेरी पत्नी और बेटी भी रुक गये। लड़के वाले बारात-घर की ओर रवाना हो चुके थे, जहाँ वे ठहरे थे। बारात विदा होते ही मण्डप खाली हो चुका था। अब वहाँ केवल रंजन भैया, मैं, मेरी पत्नी और बेटी खड़े थे। मेरी पत्नी ने रंजन भैया के पैर छुए। पत्नी को पैर छूते देख रंजन भैया फिर से इमोशनल हो गये। उन्होंने मेरी बेटी को गोद में उठा लिया और गले लगा लिया। रंजन भैया की वही मुस्कुराहट जो छह साल पहले मैं छोड़कर गया था, मुझे फिर से देखने को मिली थी।

दरअस्ल रंजन भैया की चलती दुकान देख सेठ ने जबरन पुलिस की मदद से उन्हें ये दुकान बेचने पर मजबूर कर दिया था। रंजन भैया ने भी एक मोटी रकम लेकर वहाँ से निकलने में भलाई समझी। वे जानते थे कि अब इलाहाबाद शहर की तासीर तेजी से बदल रही है, न वो नागिन चाय के दीवाने छात्र रहे और न ही कम्पटीशन करने वाले छात्रों में वह पुराना जज्बा। जो इलाहाबाद कभी पढ़ाई का गढ़ हुआ करता था, वही इलाहाबाद अब छात्र राजनीति के दायरे में सिमटकर रह गया था। विश्वविद्यालय की छात्र राजनीति तेजी से हिंसा में तब्दील

हो रही थी; ऐसे मे रंजन भैया को समय रहते सटीक निर्णय लेना था। उन्होंने दुकान सेठ को बेच दी।

पहली बार मैंने उस दिन जाना कि रंजन भैया अनाथ थे। ऐसे में उन्होंने जो पैसे नागिन चाय से कमाये थे, उस पैसे से एक अनाथ आश्रम खोल लिया था। उनकी नागिन चाय पीने वाले, अधिकारी बन चुके पुराने छात्रों ने उनकी इस काम में भरपूर मदद की। मेरे साले की जिस लड़की से शादी हुई थी, वो भी एक अनाथ कुशाग्र बुद्धि की लड़की थी। रंजन भैया के अनाथालय में रहकर उसने सिविल की परीक्षा में सफलता हासिल की और आयकर विभाग में नौकरी पायी थी। रंजन भैया को लेकर मेरे मन में जो भी कौतूहल था उसे उन्होंने दूर कर दिया था। फिलहाल न तो मैं रंजन भैया को कभी भूल पाया और न ही नागिन चाय को, क्योंकि रंजन भैया हैं ही ऐसे। अपने प्यारे रंजन भैया। फिलहाल तो रंजन भैया से नागिन चाय के जरिए बना रिश्ता अब रिश्तेदारी में बदल चुका है।

3
वो हरी टी-शर्ट

जिंदगी की कहानी में जब रोमांच और रोमांस दोनों का तड़का हो तो इसका मजा ही कुछ और होता है। कहीं बोर न हो जायँ इसलिए सीधे मुद्दे पर आता हूँ। दास्ताँ मेरी पहली नौकरी के दौरान की है। दिल्ली का प्रवास। उस दिन अलमिरा में मेरी नजरें हरी टी-शर्ट को ढूँढ़ रही थीं। हमेशा दिमाग से काम लेने वाला शख्स आज दिल की गिरफ्त में था। मैं दिल-विल की जद में आने से खुद से इनकार करता हुआ आखिरकार अपनी ओलिव ग्रीन कलर की टी-शर्ट को कपड़ों के ढेर से खोज ही लिया और मंद-मंद मुस्कुराता हुआ ड्राइंग रूम में आया। कमबख्त रूपा काम खत्म करने के बाद भी जाने का नाम ही नहीं ले रही थी। मैं उसके जाने का इंतजार कर रहा था। टिफिन भी तैयार थी। मैंने रूपा से कहा कि अब वह जा सकती है। रूपा ने मेरे हाथ में ग्रीन टी-शर्ट को देखते हुए भी मानो अनदेखा किया और एक मोहक मुस्कान बिखेरते हुए पतली गली से निकल गयी।

मैंने लम्बी साँस भरते हुए टी-शर्ट पहनी। आईने में खुद को चार-पाँच बार देखा और गुनगुनाते हुए बाइक की चाभी ली। रूम को लॉक किया और लिफ्ट की तरफ बढ़ गया। कुँवारेपन की लाइफ में कोई फसाना न हो ये भला कैसे हो सकता है। बात मेरे पहले फसाने की। मेरी पहली चाहत का नाम फरजाना था। उसकी कुदरती शालीनता और बला की खूबसूरती उसके व्यक्तित्व की खास

पहचान थी, उसकी गम्भीरता उसकी ताकत थी, बिलकुल मेरी पूर्व की सहपाठी मोंटो की तरह। नौकरीशुदा कुँवारा लड़का था इसलिए हसीनाओं के बाजार में मेरी बेहद माँग थी। बस किसी मनपसंद लड़की की माँग भरने भर की देरी थी। लेकिन शादी करने से पहले बिनाका गीतमाला की तरह दिल की फरमाइश थी कि कुछ 'यारा सिली-सिली' और 'अँखियों से गोली मारे' जैसा तमाशा भी लाइफ में होना चाहिए। फरजाना बस मेरी इसी दिली फरमाइश की एक खूबसूरत नायिका थी, जिसके आगे-पीछे घूमना मेरे लिए सौभाग्य की बात थी। मैं खुद को नायक समझकर उस पर लाइन मारता था, लेकिन मेरा बॉस खलनायक बनकर उस पर अपना हक समझता था। समय-समय पर मैं भी खलनायक की तरह बॉस के खिलाफ पैंतरे पर पैंतरे चलता रहता ताकि फरजाना उसके करीब ना जा सके और मुझसे दूर न हो सके।

कामवाली बाई रूपा का अधूरा जिक्र तो मैं आप सबसे पहले कर ही चुका हूँ, फरजाना का भी अभी-अभी जिक्र किया है। मेरी जिंदगी में एक और तरन्नुम थी, नाम था सब्बो... चाय की दुकान की मालकिन। लेकिन मैं उसे चाय वाली मल्लिका ही कहता था। जाने पर पाँच रुपये में क्या मसालेदार चाय पिलाती थी कि पूछो मत। नागिन की तरह वह अपनी कमर लचकाती थी। फिगर मत पूछो, पूरी फिल्मी ऑयटम थी ऑयटम, किसी हीरोइन से कम न थी। सब्बो क्या चाय बनाती थी। जब भी कोई मेरा पुराना मित्र दिल्ली मेरे यहाँ आता तो मैं उसको सब्बो की चाय पिलाये बगैर नहीं भेजता था। उसके हाथ की बनी चाय पी कर लिप्टन टी का वो विज्ञापन याद आ जाता था जिसमें कुछ लड़केवाले एक लड़की को देखने उसके घर पर आते हैं और लड़की जैसे ही लड़के वालों को लिप्टन टी पिलाती है, लड़के वाले लड़की पर फिदा हो जाते हैं। इस तरह लड़की सबका दिल जीत लेती है... उसी तरह सब्बो भी अपनी चाय से किसी का दिल जीत सकती थी।

बतौर ग्राहक वह बहुत लिफ्ट देती थी मुझे। ऑफिस से लौटते समय उसकी मसालेदार चाय पीने के बाद ही मेरी काम की थकान मिटती थी। मेरे पास कभी चिल्लर न हुआ तो इशारे में ही लपलपाते मनमोहक अंदाज में वह बोल देती- "सॉब हमारे पास भी चिल्लर नहीं है, कल दे देना, आप तो रोज के हो।"

जी करता था कि उसे उसी वक्त एक रोज दे दूँ। कभी-कभार जब मूड आशिकाना ज्यादा होता तो उसे छेड़ने के लिए कहता कल भी न दूँ तो? वह

कहती- ''सब्बो दिल की बहुत बड़ा है सॉब, मत देना बाबू पैसा, पर चाय पीने रोजाना आना, मेरे हाथों से बनी मसालेदार चाय कहीं और शायद ही मिले आपको।'' सचमुच सब्बो अपने आपमें खुद मसालेदार चाय थी। मैं रोजाना चाय के बहाने उसकी कसक का रस पीने उसकी दुकान पर जाता था। आज मैंने फिर उसकी 'दिल तो पागल है' वाली चाय पी और अपने कमरे पर आ गया।

सब्बो को भूला तो फरजाना आ गयी आँखों के सामने। मेरा भी हाल उस बावले पक्षी जैसा था जो कभी इस डाल पर बैठे तो कभी उस डाल पर। नामुराद कभी एक नाव की सवारी की ही नहीं कमबख्त दिल ने। थेथर था मेरा दिल, बिलकुल थेथर। प्यार के मामले में सदैव 'कुछ-कुछ होता है' जैसी फितरत रही है मेरी। फरजाना को रात की नींद बनाकर सोता तो अगली सुबह रूपा की रूमानियत पर फिदा हो जाता था। कसम से वो कहीं से भी काम वाली बाई नहीं लगती थी; पर थी, सच्चाई यही थी। एक दिन मैंने बड़ी रूमानियत भरे अंदाज में पूछ ही लिया कि शादी-वादी नहीं करनी है क्या? रूपा पहले तो सकुचायी और फिर शर्माते हुए बोली- ''ज्यादे फिकर है तो बताओ। मैं चौंका और उसका चेहरा देखने लगा। उसकी हाजिर जवाबी से मैं मंत्रमुग्ध हो गया था। फिर भी मैंने अपने आप को सँभालते हुए रूपा से कहा- ''बस यूँ ही पूछ लिया था।''

रूपा मुझसे भी तेज निकली, उसने झट बोला, ''यूँ ही क्यों पूछ लिया, किसी मतलब से पूछा होगा।''

रूपा के इस अंदाज से मैं थोड़ा सहम गया... सच कहूँ तो डर गया। मैंने रूपा से कहा-''नहीं, दरअस्ल तुम्हें कभी किसी के साथ नहीं देखा तो यही समझ में आया कि अभी तुमने शादी नहीं की है, बस इसलिए पूछ लिया था।''

रूपा ने मेरे जवाब पर तनिक भी देरी नहीं लगायी और बोली- ''पूछ लिया, इसमें कुछ गलत थोड़े ही किया; कोई तो है जो पूछ रहा है मेरी शादी के बारे में; आपने पूछा तो मुझे अच्छा लगा, लेकिन यही सवाल अगर मैं आपसे करूँ तो आप क्या जवाब दोगे?'' और ये कहते ही वह खिलखिलाकर हंसने लगी।

उसके हँसने के बाद अब जाकर मैं थोड़ा सामान्य हुआ था। मैं वास्तव में उसकी बातों से डर गया था। आजकल कोई लड़की कुछ भी इल्जाम लगा दे क्या पता, बैठे-बिठाए #MeToo जैसी कोई नयी मुसीबत गले पड़ जाय।

यही सोचते हुए मैं किचन की ओर बढ़ा ही था कि रूपा बोल पड़ी- ''इस

हरी टी-शर्ट का क्या माजरा है क्यों बाबूजी, आपको पता है क्या कि मुझे हरी टी-शर्ट में आप बड़े ही स्मार्ट लगते हो।

रूपा मुझे एक पर एक झटके दिये जा रही थी। मैं उन झटकों से उबरने की जैसे ही कोशिश करता वह एक नया झटका दे देती।

उसकी बातें सुनकर मैं सन्नाटे में आ गया। रूपा बोल रही थी- ''सॉब मेरी शादी की फिकर छोड़ो पहले अपनी कर लो, किसी ग्रीन टी-शर्ट वाली से ताकि हमें फुरसत मिले तुमसे। 'दिल है कि मानता नहीं।''

रूपा ने बड़ी बेरुख़ी और तल्ख अंदाज में मानो उलाहना देते हुए कहा- ''ले लो उस ग्रीन टी-शर्ट वाली के साथ सात फेरे जिसके लिए ये टी-शर्ट आप पहनते हैं, मेरी जिंदगी तो यूँ ही कट जावेगी।''

मैं स्तब्ध होकर उसकी बातें सुन रहा था। अपनी बात कहकर वो ऐसे चली गयी जैसे तूफान का एक झोंका मेरे पास से गुजर गया हो।

आप सबको बता दूँ कि फरजाना की पसंद थी हरी टी-शर्ट, मैं उसे रिझाने के लिए इसे मौके दर मौके पहनता रहता था। एक दिन मैं कैजुअल होकर सब्बो की दुकान पर चाय पीने गया। मैंने उसकी दुकान पर एक पैक्ड हरी टी-शर्ट पड़ी देखी। उसने आज मुझसे चाय के पैसे नहीं लिये और कहने लगी- ''बाबू, ये टी-शर्ट आपके लिए गिफ्ट है, आज आपका जन्मदिन है न, फेसबुक पर देखा।'' मैं अवाक रह गया था। चायवाली और फेसबुक। फिर सोचा एक चायवाली की मार्केटिंग इतनी जबर्दस्त भी हो सकती है। जब सब्बो की सोच इतनी हाईटेक है तो इसका फेसबुकिया बनना कोई हैरत की बात नहीं है। दुःखी मन को थोड़ी तसल्ली मिली। मुझे ऐसा लगा कि कोई तो है जो मेरी मोहब्बत रूपी घाव पर लगातार मरहम लगाने की कोशिश कर रहा है।

दरअस्ल, आज ऑफिस में बात ही कुछ ऐसी हो गयी थी। फरजाना ने आज मुझसे साफ कह दिया था कि मैं उसके चक्कर में समय बरबाद न करूँ। फरजाना बहुत ही महत्वाकांक्षी लड़की थी, उसे दिल-विल, प्यार-व्यार से कोई सरोकार नहीं था, उसे तो अपने करियर के बढ़ते ग्राफ से मतलब था। लड़कियाँ एक पल में पकड़ लेती हैं कि किसकी कैसी नजर उनके लिए है। वह जानती थी कि मैं उस पर चांस मारता हूँ। ये अलग बात है कि वो मुझे चांस देती है कि नहीं। वह मुझे भुलावे में ही रखना चाहती थी। लेकिन बॉस ने फरजाना से साफ-साफ

कह दिया होगा कि वो मुझे खुलकर खारिज कर दे, क्योंकि फरजाना ने मुझसे दो टूक कहा कि अब वह बॉस की पसंद है इसलिए मैं उसके पीछे अपना समय बरबाद न करूँ। बस इसी बात से आहत होकर मैं सब्बो की चाय पीने चला आया था।

रूपवती रूपा की भी बातें मन में घूम रही थीं कि बाबू शादी कर लो किसी से ताकि उसका पिण्ड मुझसे छूटे। यानी जिस कदर मैं फरजाना को चाहता था उतना ही प्यार रूपा मुझसे करती रही होगी, तभी तो उसने अपनी दीवानगी को जाहिर करते हुए साफ-साफ मुझे मेरी किसी चाहनेवाली से शादी कर लेने की सलाह तक दे डाली थी। मेरा मन अब सुकून ढूँढ़ रहा था; रूपा, फरजाना और सब्बो में नहीं, बल्कि एकांत में कहीं, जहाँ कोई चिल्ल-पों न हो। उस दिन के बाद मैं सब्बो की दुकान पर दोबारा कभी नहीं गया। दिल्ली छोड़ दिया तो रूपा अपने आप छूट गयी। फरजाना को भी दिल से निकाल फेंका। आज नवाबों के शहर लखनऊ में बगैर दिल्लगी के अपने अकेलेपन को बैसाखी बनाकर जिंदगी की चकल्लस में गुमनाम होकर समय काट रहा हूँ; लेकिन इस बॉस्टर्ड हरी टी-शर्ट का क्या करूँ जो अभी भी मेरा पीछा नहीं छोड़ रही है। मेरी अलमिरा में कहीं दुबकी हुई। रोज मुझे मुँह चिढ़ाती रहती है और कहती है कि क्यों! अब नहीं पहनोगे मुझे।

इस हरी टी-शर्ट की दीवानगी को देखकर लगता है कि मुझे कल से इसे रोजाना पहनना चाहिए ताकि उबाऊ-सी रोजमर्रा की जिंदगी में हरियाली हमेशा बनी रहे। लेकिन जैसे ही मैं अपनी हरी टी-शर्ट पहनूँगा। मेरे जेहन में रूपा, फरजाना और सब्बो की याद ताजा हो जायेगी जो मुझे सकून भले ही न दे लेकिन बेचैन जरूर कर देगी। मैं ऐसा नहीं चाहता, क्योंकि मैं जज्बात के सिहरन से ऊब चुका हूँ। फिलहाल तो हरी टी-शर्ट को अलमिरा में कैद रखने में ही मुझे भलाई नजर आती है।

4

दिल विल प्यार व्यार

आर्यन ने अभी अपना बैग सोफे पर पटका ही था कि फोन की घण्टी बज गयी। अंजू का फोन था। अंजू का फोन देखते ही आर्यन झल्ला उठा। फोन को ऐसे उठाया जैसे कोई बदबूदार कूड़े का थैला उठा रहा हो। उसे अंजू के फोन से नफरत-सी हो गयी थी, लेकिन फोन पर बात शुरू करने से पहले उसने अपने तेवरों को तत्काल प्रभाव से एक सौ अस्सी डिग्री पर बदल लिया।

आर्यन - "तुम्हारा बेटू घर पर पहुँच गया अभी-अभी; मेरा कितना खयाल रखती हो, भगवान ऐसी बीवी सबको दे।"

दूसरी तरफ से आवाज आयी- "ज्यादे चापलूसी करने की जरूरत नहीं है, मैं जानती हूँ तुम राकेश के यहाँ आये हो, मैं नहीं हूँ न, मौज-मस्ती तो होगी ही। मैंने तुमसे कहा था कि आज सीधे कमरे पर जाना, मंगलवार है, हनुमान जी की फोटो के सामने अगरबत्ती दिखा देना... बोलो कहा था कि नहीं तुम्हारे ऑफिस से निकलने से पहले, लेकिन बंदर कभी गुलाटी मारने से बाज आया है क्या जो अब आयेगा"।

अंजू लगातार बोले जा रही थी और इधर आर्यन का खून खौल रहा था, पर वह अपनी उग्र भावनाओं को फोन पर ट्रांसफर भी तो नहीं कर सकता था।

आर्यन अभी अंजू से अपनी सफाई में कुछ बोलता कि अंजू की कड़कती

आवाज ने फिर से फोन के वाइब्रेशन को बढ़ा दिया।

अंजू - "अच्छा ज्यादे सयाने न बनो, जरा राकेश से बात तो कराना, आजकल वो भी छुट्टा साँड़ हो गए हैं, पत्नी से 5-6 महीने के लिए मुक्ति जो मिल गयी है; जरा पूछूँ डॉक्टर ने कब डिलिवरी का टाइम दिया है।"

आर्यन- "तुम क्यों सीबीआई बन जाती हो, तुम्हें कैसे पता कि मैं राकेश के यहाँ पर हूँ।"

आर्यन की बात अभी पूरी भी नहीं हो पायी थी कि अंजू फिर टपक पड़ी- "अच्छा तो जनाब दीपक के यहाँ आये होंगे; जिससे मुझे नफरत होती है उसी से चिपकते हो तुम, एक नम्बर का बेवड़ा है; तुम भी वही हो, लेकिन अपने मुँह को गंदा क्यों करूँ, गंदगी जहाँ है वहीं रहे तो अच्छा है। जब दीपक के यहाँ आ ही गये हो तो जरा पता लगा लेना कि उसके पास वाला मकान अभी बिका कि नहीं।"

अंजू बोले जा रही थी और आर्यन का खून खौल रहा था। वो चुपचाप बस अंजू की बातें सुन रहा था।

अंजू आर्यन की ओर से किसी स्टेटमेंट के आने का इंतजार कर रही थी, लेकिन आर्यन था कि बस उसकी बातें एक कान से सुनकर दूसरे कान से निकालता जा रहा था।

अंजू - "साँप सूँघ गया क्या, बोलते क्यों नहीं कुछ, लगता है बीयर की बोतल खुल गयी है; डिस्टर्ब कर रही हूँ मैं; यही है न, अभी मैं दीपक से खुद फोन लगाकर बात कर लेती हूँ, रोज-रोज का खाना-पीना वो खुद करे तो करे, दूसरों को क्यों बिगाड़ रहा है; शादी नहीं करेगा तो ऐसे ही तुम जैसों के साथ बैठकर गुलछर्रे उड़ाता रहेगा जिंदगी भर।"

अब आर्यन की मजबूरी हो गयी थी कि वह कुछ बोले। आर्यन को लगा कि कहीं अंजू दीपक को फोन न मिला दे। अपनी मूर्खता की नुमाइश करने के साथ-साथ उसकी बेइज्जती भी करवायेगी सो अलग।

जब तक कि आर्यन कुछ कहता अंजू फोन काट चुकी थी।

आर्यन का गुस्सा सातवें आसमान पर पहुँच चुका था। उसने जब दोबारा अंजू को मिलाने की कोशिश की तो उसका फोन बिजी जाने लगा। आर्यन ने तत्काल दीपक को फोन मिलाया, उसका फोन भी बिजी जाने लगा। आर्यन को

एक पल के लिए लगा कि अगर अंजू उसके सामने होती तो वो उसका गला घोंट देता। लेकिन आर्यन को अपनी औकात पता थी। अंजू से जब-जब उसने पंगा लिया, नुकसान उसे ही उठाना पड़ा। अपनी बेबसी पर बस उसे रोना आ रहा था। उसे लगा कि शादी करके वह फँस गया है।

इधर अंजू ने दीपक को फोन मिला दिया था। दीपक की माँ ने दीपक का फोन उठाया। दीपक के फोन के किसी बुजुर्ग महिला के फोन उठाने से अंजू चौक गयी। उसने पहले तो नमस्ते कहा, फिर पूछा - ''दीपक से बात हो सकती है क्या आण्टी?''

दीपक की माँ भी चौंक गयी कि रात को दीपक को कौन लड़की फोन कर रही है। लेकिन उन्होंने अपनी सोच को फिलहाल के लिए विराम देते हुए कहा - ''हाँ बेटी क्यों नहीं, वो वाशरूम में है, अभी निकलता है तो बात कराती हूँ।'' अंजू ने नमस्ते कहते हुए फोन काट दिया।

अंजू को एहसास हुआ कि उसने दीपक को फोन लगाकर गलती कर दी। लेकिन अंजू अपनी आशंका को गलत मानने के लिए अभी भी राजी नहीं थी।

अंजू ने झट अपने पड़ोसी मिश्रा आण्टी को फोन मिला दिया।

अंजू- ''नमस्ते आंटी, कैसी हैं आप!''

मिश्रा आण्टी - ''अरे अंजू बेटा कैसी हो, कैसे अचानक मेरी याद आ गयी तुम्हें।''

अंजू - ''आण्टी बस यूँ ही, वो आर्यन का फोन नहीं लग रहा है, ऑफिस से भी निकल चुके हैं; कुछ जरूरी बात करनी थी, सोचा आप से पूछूँ कि वो कमरे पर आ गये हैं कि नहीं।''

मिश्रा आण्टी - ''कोई बात नहीं बेटा अभी बताती हूँ।''

फोन पर बात करते हुए ही आण्टी ने अपने बेटे टिंकू को हाँक लगायी और कहा कि पता लगाये कि आर्यन बेटा आया कि नहीं ऑफिस से।

हाँक लगाने के बाद आण्टी ने अंजू से मायके का हालचाल लेना शुरू कर दिया, लेकिन अंजू तो आर्यन की खबर जानने को लेकर बेचैन थी।

फिलहाल टिंकू, आर्यन को लेकर अपनी माँ को खबर दे चुका था।

मिश्रा आण्टी- ''बेटा इधर तो सब ठीक है, बस टिंकू के पापा की तबीयत्र

ठीक हो जाय... और सुन, आर्यन कूलर में पानी भर रहा है कहे तो बात करा दूँ तेरी उससे।''

अंजू- ''नहीं आण्टी कोई बात नहीं, काम कर लें तो मैं फिर से फोन मिलाती हूँ उन्हें; आजकल नेटवर्क बहुत खराब रहता है इसलिए नहीं मिल रहा होगा फोन... थैंक्यू आण्टी अपना खयाल रखिए नमस्ते।''

इतना कहते हुए अंजू ने फोन काट दिया और झट से आर्यन को फोन मिलाने लगी। एक-दो घण्टी जाने के बाद जैसे ही आर्यन ने फोन उठाया अंजू शुरू हो गयी।

अंजू - ''जानू तुम जानते ही हो कि मैं तुम्हें कितना प्यार करती हूँ इसलिए बेचैन हो जाती हूँ। मैं जानती हूँ आप मेरे अच्छे बाबू हो, ऑफिस से सीधे घर आते हो, पर क्या करूँ मन नहीं मानता इसलिए फोन कर लेती हूँ।''

आर्यन - ''पूरा हो गया हो नाटक तुम्हारा तो फोन रखूँ।''

अंजू - ''माफ कर दो जानू, तुम्हारे बगैर मन नहीं लगता इसलिए कभी-कभी तुम्हारे लिए पागल-सी हो जाती हूँ।''

अंजू पूरी तरह से बैकफुट पर थी और आर्यन को पटाने में लगी हुई थी।

अंजू - ''जानते हो आज क्या हुआ, लेकिन तुम्हें कैसे पता चलेगा, मैंने तो अभी बताया ही नहीं। शालू जीजा शराब पीकर नाली में गिर गये थे, बहुत चोट आयी है, यही सोचकर मैं घबड़ा गयी। जानू प्रामिस करो, जब तक मैं नहीं हूँ, बीयर नहीं लोगे, मैं जब आऊँगी तो दोनों साथ में पियेंगे बीयर; मैं जब टुल्ली हो जाऊँगी तो तुम मुझे अपनी बाँहों में उठाकर बेड पर ले जाना और मुझे---शर्म आती है आगे कहते हुए, आई लव यू जानू।''

आर्यन मन ही सोच रहा था कि लगता है सनक गयी है अंजू शायद जो इतनी बहकी-बहकी बातें कर रही है। अभी कुछ देर पहले तो जासूसी कर रही थी मेरी, लेकिन अचानक रोमांटिज्म का भूत कैसे सवार हो गया इस पर। तभी उसकी नजर दीवार पर टँगी उस तस्वीर पर चली गयी जिसमें वह अंजू के गले में हाथ डाले खड़ा है। दोनों की ये फोटो इण्डिया गेट पर ली गयी थी जिसमें दोनों मुस्कुराते नजर आ रहे थे। फोटो को देखकर आर्यन मंद-मंद मुस्कुराया और बिस्तर पर टिफिन खोली और इत्मीनान से खाना खाने लगा। कल उसे सुबह जल्दी ऑफिस भी जाना है, ये सोचकर आर्यन ने सीधे बिस्तर की शरण ली।

इतनी जल्दी नींद कैसे आती, लेकिन वह सोने की कोशिश करता रहा। रह-रह कर उसे अंजू की बातें याद आ जा रही थीं और इन्हीं सब सोच के साथ आर्यन की नींद कब लग गयी उसे पता ही नहीं चला।

नयी सुबह, नयी ताजगी के साथ आर्यन ने अगले दिन की शुरूआत की। दैनिक क्रियाओं से निपटने के बाद उसने नास्ते में कॉर्न-फ्लैक्स और दूध लिया और अखबार पढ़ने लगा। तभी उसके मोबाइल की घण्टी बजी। लेकिन अखबार पढ़ने में उसका इतना ध्यान लगा हुआ था कि उसे मोबाइल की रिंग सुनायी नहीं दी। दो-तीन बार रिंग होने के बाद उसे एहसास हुआ कि उसके फोन पर शायद कोई कॉल आ रही है। बड़े बे-मन से पेपर को हाथ में लिये उसने मोबाइल पर नजर डाली तो पता चला कि अंजू ने ही उसे कॉल की थी... वो भी एक-दो नहीं पूरे तीन कॉल। अंदर से आर्यन सहम गया। उसने सोचा लो हुआ बवाल, आधा घण्टा तो खायेगी ही। उसने तुरंत अंजू को फोन मिलाया। इस बार अंजू का भी फोन नहीं उठा। इधर आर्यन सोच रहा था कि कैसी मुसीबत में फँस गया है वह... रोज-रोज गुड मार्निंग और गुड नाइट करना जरूरी है क्या। अजीब मुसीबत है, न करो तो मुँह फुला लेगी और करो तो भी कोई नया बखेड़ा झेलने के लिए तैयार रहो।

अभी वह ये सब सोच ही रहा था कि अंजू का फोन आ गया। आर्यन ने करीब-करीब झल्लाते हुए फोन को पिक किया।

अंजू- “गुड मार्निंग-वार्निंग तो बाद में होगी पहले ये बताओ तुम कर क्या रहे हो।”

आर्यन - “तुम्हारे फोन का इंतजार कर रहा था कि पहले तुमसे वार्तालाप हो जाय, इसके बाद दिन की शुरूआत की जाय।

अंजू - “मजाक नहीं कर रही हूँ, बताओ क्या-क्या किया सुबह से लेकर अब तक। लगाम छोड़ दो तो बेलगाम हो जाते हो। बताओ... बताओ क्या किया तुमने अब तक।”

आर्यन- “यार पहले तो उठते ही फ्रेश हुआ, फिर पेपर पढ़ा और दूध के साथ कॉर्न-फ्लैक्स लिया।”

अंजू- “सुबह फोन नहीं कर सकते थे, ये क्या मेरी ही जिम्मेदारी है कि रोज-रोज मैं ही तुम्हें फोन कर गुड मार्निंग बोलूँ, तुम्हारी कोई जिम्मेदारी नहीं

बनती क्या।''

आर्यन - ''देखो ये रोज-रोज...''

अंजू ने आर्यन की बात खत्म होने से पहले ही उसकी बात काट दी...

अंजू - ''हाँ रोज-रोज मैं ही तुम्हें वाट्सएप पर गुड मार्निंग करती हूँ, इसके बाद तुम्हारा मैसेज आता है और तुम---तुम तो निकम्मों की तरह वही मेरा तीन-चार दिन पहले का भेजा हुआ पुराना मैसेज फारवर्ड कर देते हो, जबकि मैं तुम्हें रोजाना कहाँ-कहाँ से खोजकर नयी-नयी तस्वीरें और स्लोगन भेजती हूँ गुड मार्निंग की।''

आर्यन- ''अब सुबह-सुबह ये कोई मुद्दा है जिस पर बहस की जाय।''

अंजू - ''नहीं, चलो देश पर चर्चा करते हैं कि कश्मीर में हालात कैसे हैं, शिमला का मौसम कैसा है, क्यों... बात टालने की कोशिश न करो समझे।''

ऑफिस की लड़कियों का झट जवाब देते हो वाट्सएप पर और मुझसे कहते हो कि वाट्सएप-वाट्सएप नहीं खेल सकते तुम मेरे साथ; तो बताओ कौन सा खेल खेल सकते हो, आज से मैं वहीं खेल खेलूँगी तुम्हारे साथ।

आर्यन - ''यार काम की बात करो और भी कई काम हैं; रात में भी नौटंकी की थी और अब सुबह भी वही राग, कब सुधरोगी भगवान जाने''।

अंजू - ''अच्छा मैं थोड़ा-सा सीधी क्या हुई तुम ऐंठने लगे। रात की नौटंकी याद है और ये तुम्हारा रोज-रोज का सुबह का ड्रामा, इस पर नहीं बोलोगे कुछ।''

आर्यन (गुस्से में) - ''अजीब लड़की हो यार, उलझने के लिए फोन किया है क्या; कोई खास बात हो तो बताओ नहीं तो रखो फोन, आज जल्दी ऑफिस जाना है और इसी बीच तुम्हारी ये नौटंकी।''

अंजू - ''देखो जब तक सीधी हूँ तभी तक हूँ, अगर उतर आयी अपने पर तो समझ लेना। मैं इन जनाब को गुड मार्निंग करने के लिए फोन करती हूँ और ये हैं कि उलटे मुझे ही डाँट रहे हैं। आज से कभी फोन नहीं करूँगी, तुम भी मुझे फोन मत करना, अगर किया तो ठीक नहीं होगा। कोई और पसंद आ गयी होगी आजकल जो मुझे तवज्जो नहीं देते। रखती हूँ फोन जाओ जल्दी ऑफिस जाना है न जाओ... मत करना मुझे फोन, मुझे कुछ हो भी जाय तो भी मत करना, रखती

हूँ फोन''।

अंजू आर्यन से प्रतिक्रिया की उम्मीद लगाये बैठी थी, लेकिन आर्यन की तरफ से अंजू के गुस्से को शांत करने के लिए कोई शब्द नहीं निकला। दरअस्ल, आर्यन और अंजू के बीच अगर कोई तू-तू-मैं-मैं हो जाती थी तो आखिर में आर्यन को ही झुकना पड़ता था और उसकी मान-मनौव्वल करनी पड़ती थी, लेकिन आज आर्यन ठान चुका था कि वह अंजू की बक-बक पर कोई प्रतिक्रिया नहीं देगा। वह अंजू की व्यथा-कथा सुनकर भी चुप था और उसके फोन रखने का इंतजार कर रहा था।

अंजू - ''कुछ नहीं बोलोगे न, कोई बात नहीं, आज से फोन बंद, कोई बात नहीं होगी। टाइम पर नाश्ता कर लेना और खाने में तला-भुना मत खाना, वर्ना पिछली बार की तरह फिर बीमार पड़ जाओगे। मेरा फर्ज था इसलिए बता दिया, अब रखती हूँ फोन''।

इस बार जैसे ही अंजू ने कहा कि ''रखती हूँ फोन'' आर्यन ने फोन काट दिया।

अंजू - ''हैलो! हेलो!''

आर्यन ऑफिस जाने के लिए तैयार होने लगा। वो घर से ऑफिस के लिए निकलने ही वाला था कि फोन पर मैसेज आया। आर्यन से सोचा ऑफिस से ही मैसेज आया होगा। जब उसने मैसेज पढ़ा तो सिर पकड़कर बैठ गया। मैसेज अंजू का था। अंजू ने बस इतना लिखा था कि जब तक वो उसे फोन नहीं करेगा वो अन्न-जल नहीं लेगी।

आर्यन ने सोचा कि अजीब आफत गले लग गयी है, पूरी जिंदगी काटनी है इसके साथ, कैसे कटेगी, ये तो पूरी तरह साइको केस है।

साथ ही आर्यन ये भी जानता था कि अंजू जिद्दी है, अगर फोन नहीं किया तो सचमुच पानी भी नहीं पियेगी। यही सोचकर उसने अंजू को फोन मिलाया। आर्यन की एक घण्टी पूरी गयी भी नहीं होगी कि कॉल उठ गयी।

अंजू - ''जानू मुझे माफ कर दो, हंसते-मुस्कुराते ऑफिस जाओ, मैं तुम्हें खूब आगे बढ़ते देखना चाहती हूँ, लेकिन क्या करूँ। तुम्हारी चिंता रहती है इसलिए तो तुम्हें फोन करती हूँ... सो सॉरी टेक केयर जानू... सी यू... लव यू।''

और फोन पर ही अंजू ने आर्यन को एक प्यारी-सी किस दे दी।

आर्यन- "कोई बात नहीं मेरी पारो, खुद खुश रहो और मुझे भी खुश रहने दो।"

अंजू- "अभी जिस नाम से तुमने मुझे पुकारा इसी नाम से रोज पुकारा करो... मैं तुम्हारी लाडो, पारो, बेटू और जाने क्या-क्या तुम जो प्यार से मुझे पुकारते हो प्लीज रोज सुबह ऐसे ही मुझे प्यार से पुकारा करो, तुम्हारा ज्यादा समय नहीं लूँगी टेक केयर बॉय बॉय।"

आर्यन भी अंजू को बॉय कहते हुए यही सोचते हुए ऑफिस के लिए निकल गया कि बीवियाँ ऐसी ही होती हैं, लेकिन क्या सबकी ऐसी ही होती होंगी। ऑफिस में तो सब बड़े खुश नजर आते हैं, क्या उनकी बीवियाँ अच्छी हैं जो उन्हें तंग नहीं करती हैं। लेकिन लोगों के सामने तो मैं भी बिंदास बना रहता हूँ, सब बनावटी दुनिया है। हम सब तो बस मोहरे हैं। इन्हीं खयालों में डूबा आर्यन ऑफिस पहुँच चुका था।

ऑफिस आकर आर्यन सब कुछ भूल जाता था। काम में तेज था इसलिए आर्यन के बॉस भी उसकी इज्जत करते थे। लेकिन वो अपनी बीवी से हारा रहता था। शादी के बाद बीयर पार्टी मानो उसके लिए सपना हो गया था। आज उसकी सहयोगी आरती का बर्थ-डे था। बॉस ने एक पार्टी फिक्स कर दी। आरती भी चाहती थी कि उसकी पार्टी में ऑफिस के सभी लोग शामिल हों। पार्टी रात आठ बजे पास के ही एक रेस्त्राँ में फिक्स हो गयी। सभी ने अपने अपने घर बोल दिया कि शाम को वे देर से घर आयेंगे। आर्यन की मुश्किल बढ़ चुकी थी। वह जान चुका था कि आज ये पार्टी उसके लिए मुसीबत बनने वाली है, क्योंकि रोज रात नौ बजे के करीब अंजू का फोन आता है। पहले तो वह पूरे दिन का हाल पूछेगी, फिर वह पूरी इंक्वायरी करेगी। अंजू के ऐसे सैकड़ों वाहियात और उबाऊ सवाल होते थे जिनका कोई माकूल जवाब नहीं हो सकता था। लेकिन ऐसे सवालों का जवाब देना भी जरूरी था वर्ना वह नाराज हो जाती थी।

आर्यन ने सोचा कि केक कटते ही वह वापस घर लौट आयेगा, देरी नहीं करेगा, क्योंकि वह जानता था कि देरी का मतलब बीयर पार्टी और उसे ये भी मालूम था कि रात नौ बजे अंजू का फोन आना ही है। अगर उसे पता चला कि बीयर पार्टी में वो भी शामिल हुआ है तो बिना मतलब के रात खराब हो जायेगी उसकी। यही सोचकर आर्यन केक कटने के बाद सीधे घर आ गया।

पार्टी में आर्यन ने कुछ खाया-पिया भी नहीं था इसलिए उसने खाना रास्ते

में पैक करा लिया था। उसने हाथ-मुँह धोया और जैसे ही खाने के लिए बैठा अंजू का फोन आ गया, समय सवा नौ के करीब हो रहा था। मन में गुस्सा तो बहुत आया लेकिन आर्यन अब इन बातों का आदी हो चुका था। उसने फोन उठाया और जैसे ही कुछ बोलने को हुआ कि अंजू बोल पड़ी।

"कैसे हो जानू, खाना खाया क्या?"

आर्यन ने बोला कि बस खाना खाने ही जा रहा था। तभी अंजू बोल पड़ी -

"क्यों अभी तक खाना क्यों नहीं खाया, देर कैसे हो गई; चलो कोई बात नहीं, आज क्या बनाया है?"

आर्यन ने कहा कि उसने कुछ बनाया नहीं है, आज खाना पैक कराकर लाया है।

अंजू ने बोला - "कोई बात नहीं डियर, लगता है आज थक गये हो; मेरी इंपार्टेंस समझ में आ गयी न अब; पका-पकाया खाना मिल जाता था तो कोई वक़्त ही नहीं थी मेरी।"

आर्यन ने ना चाहते हुए भी हामी भरी। तभी अंजू पूछ पड़ी कि वह खाने में क्या लाया है।

आर्यन ने बताया कि रोटी-सब्जी है। अंजू ने कहा कि आजकल मेरी बात बहुत मानने लगे हो, मैंने कह क्या दिया कि चावल खाना बंद कर दो, तुमने तो एकदम ही बंद कर दिया... झूठ बोल रहे हो या सच... रोटी-सब्जी ही लाये हो खाने में। मुझे विश्वास नहीं होता कि मेरा जानू मुझे इतना प्यार करता है कि मेरी बातें जेहन में रखता है और मैं जो कहती हूँ वही करता है।

आर्यन को गुस्सा आ रहा था कि उसका खाना ठण्डा हुआ जा रहा था। उसने चिढ़ते हुए अंजू से पुछा कि वो खाना खाकर बात कर सकता है। अंजू समझ गयी कि आर्यन का मूड बिगड़ रहा है। उसने फोन रख दिया।

अगले दिन जब रात को फिर आर्यन खाना खाने बैठा ही था कि अंजू का चिर-परिचित फोन आ गया। आर्यन ने सोचा पहले अंजू जैसी बला से निजात पायी जाय फिर वह आराम से खाना खायेगा। अंजू ने हाय-हैलो कहा फिर उसने आर्यन से पूछ ही लिया कि आज खाने में क्या-क्या लाया है वह।

आर्यन ने कहा कि चावल-कढ़ी है आज।

अंजू तपाक से बोल पड़ी - "वाह जनाब! कल मैंने कहा था कि चावल खा

सकते हो तो तुम आज ही चावल कढ़ी लेते आये, आजकल मेरी बातें बड़ी मानने लगे हो, कहीं कुछ गड़बड़ तो नहीं, हो तो बता दो पहले से; मैं जो कहती हूँ उसका उलटा ही करते हो तुम, लेकिन आजकल देख रही हूँ कि मेरी बातों पर बड़ा अमल कर रहे हो तुम। सच कहूँ तो डर लगता है तुम मर्दों से, जब तुम मर्द लोग अपनी जोरू को खुश करने में लग जाते हो; पता नहीं क्या राज है। खैर और बताओ सेलरी आयी कि नहीं।''

आर्यन - ''बोल चुकी तुम; जब रोटी खाता हूँ तो कहती हो आजकल रोज-रोज रोटी ही क्यों खा रहा हूँ और जब चावल खाता हूँ तो कहती हो कि रोज-रोज चावल ही क्यों खाता हूँ। जब तुम्हारी बात मान लूँ तो कहती हो कि आजकल बड़ी बात मानने लगा हूँ तुम्हारी और जो न मानूँ तो कहती हो कि आजकल बेलगाम हो गया हूँ; पहले ये बताओ मुझे करना क्या चाहिए।''

अंजू - ''तुम्हें कुछ नहीं करना चाहिए, पहले ये बताओ कि सेलरी आयी कि नहीं?''

आर्यन - ''नहीं पहले ये बताओ कि मुझे करना क्या चाहिए।''

अंजू - ''मेरी बात को टालो नहीं, मैं जान रही हूँ तुम मुझे मुद्दे से भटकाना चाहते हो; तुम अपने पास दस हजार रख लेना, बाकी पैसा मेरे अकाउण्ट में डाल देना। सेविंग तो की नहीं जिंदगी भर, देखो मैं बताती हूँ कि सेविंग कैसे की जाती है।''

आर्यन - ''ये बात कितनी बार कह चुकी हो; अच्छा सुनो वो लहँगा आ गया है जैसा तुम तलाश कर रही थीं, रजनी भाभी जैसा... क्या करना है, लेना है क्या? दुकानदार का फोन आया था, कह रहा था कि बहुत डिमाण्ड है उस लहँगे की, लेना है कि नहीं।''

अंजू - ''जानू आई लव यू, तुम मेरा कितना खयाल रखते हो; मुझे हर हाल में वो लहँगा चाहिए। आज ही दुकान पर जाकर उसकी पिक वॉट्सएप पर सेंड कर देना... ग्रेट मैं भी कितनी खुशकिस्मत हूँ जो तुम्हारे जैसा केयरिंग हसबैंड मिला।''

अंजू से फोन पर ही आर्यन को दो-चार चुम्बन जड़ दिये।

आर्यन - ''दरअस्ल, तुम वो सेविंग के बारे में कुछ कह रही थी सो मैंने सोचा...''

अंजू - "आर्यन इस बार मम्मी का कूलर नहीं खरीदेंगे, कह देना खर्च आ गया था इसलिए इस बार की गर्मी जैसे-तैसे काट लें वह, अगले साल ऑफ सीजन में सस्ता मिलेगा, ले लेंगे। सबकी डिमाण्ड पूरी करना मेरे बस की बात नहीं, तुम्हारी मम्मी भी सोचती है जितना बेटे से लूट-खसूट लो, उतना अच्छा है।"

तभी अंजू को एक बात याद आ गयी।

अंजू- "जानू, दीपू को अगले हफ्ते पेपर देने बँगलुरू जाना है। रेलवे का रिजर्वेशन नहीं हो पा रहा है, वैसे भी धक्के खाते हुए जायेगा तो खाक पेपर देगा। एक ही भाई है मेरा, लेकिन पापा हैं कि कुछ समझते ही नहीं, कहा कि तत्काल टिकट करा देंगे दीपू का; लेकिन मैंने दीपू से प्रामिस किया है कि आर्यन फ्लाइट का टिकट करा देगा। जानू, जीजा हो उसके, प्लीज एक एयर टिकट उसकी करा देना बल्कि क्रेडिट कार्ड से आज ही करा दो, अभी फेयर कम होगा बाद में बढ़ जायेगा।"

आर्यन - "यार सेलरी भी दस हजार रखकर बाकी तुम्हें दे दूँ, साथ ही तुम्हारा लहँगा और दीपू का एयर टिकट भी कटा लूँ, समझ रही हो क्या बोल रही हो।"

अंजू-"मैं जान रही थी; जब मेरे घरवालों की बात आती है तो तुम्हें गुस्सा बहुत आता है, जब अपने भाइयों के लिए दौड़-दौड़कर गधों की तरह काम करते हो तो ऐसे में मैं तो कुछ नहीं कहती तुम्हें और तो और घर होटल बन जाता है। मुझे मालूम था कि तुम मेरी इमेज गिराने में लगे रहते हो। एक टिकट क्या कहा बुक करने के लिए, इतना ज्ञान दे दिया तुमने, कोई जरूरत नहीं मुझसे बात करने की।"

ये कहते ही अंजू ने फोन काट दिया।

आर्यन सोचता रहा कि आखिर ये बीवियाँ अपने पति से चाहती क्या हैं। जिस दिन से वरमाला पहनी, गले में गुलामी का पट्टा पहन लिया और बन गया गुलाम। घर वाले कहते हैं कि बीवी की गिरफ्त में हूँ और बीवी कहती है कि मैं घरवालों की गिरफ्त में हूँ। आर्यन को अक्सर ये उलाहना सुनने को मिल जाता था कि वह अंजू के लिए कुछ नहीं करता है। ऐसे में आर्यन सोचता था कि क्या घर में जो कुछ आता है, उसे कोई पड़ोसी लाता है या कोई एलियन। अंजू हर हफ्ते फिल्म देखने जाती है, उसका खर्च कहाँ से आता है। ये कुछ ऐसे सवाल थे, जिनका जवाब शायद किसी भी पति के पास नहीं होता है... सच कहें तो बड़े-बड़े ज्ञानियों के पास भी नहीं होता है।

5

निम्मो आमवाली

जितना अल्हड़ नाम, उतना ही अल्हड़ स्वभाव था निम्मो का...निम्मो आमवाली, बिलकुल आम की तरह रसीली थी निम्मो। दशहरी आम की तरह थी उसकी कमनीय काया। किशोर अवस्था आते-आते लड़कियों की फिगर अक्सर लँगड़ा और चौसा आम की तरह हो जाती है, लेकिन निम्मो की काया जैसे भगवान ने फुरसत में गढ़ी थी, तभी तो वह बिलकुल लचीली कईन की तरह दिखती थी। कईन तो समझ ही गये होंगे आप... अरे वही पतली बाँस की कली। निम्मो भले ही फल बेचने वाली बिरादरी की लड़की थी, लेकिन बला की सुंदर, एक बार देखते ही मोहित हो जाय कोई उस पर। बड़ी-बड़ी कजरारी आँखें, सुराहीदार गर्दन... सच कहूँ तो उसके नाक और कान तक मुझे उसका दीवाना बना देते थे।

मनमोहिनी काया की धनी निम्मो कहने के लिए तो एक आमवाली थी, लेकिन मेरे लिए तो किसी इन्द्र की सभा की अप्सरा से कम नहीं थी। मुझे कहने में कोई गुरेज नहीं कि वह मेरी पहली क्रश थी। एक अजीब-सी सिहरन उठ जाती थी जब उसके खयाल मेरे आखों के सामने तैरने लगते थे। छोटी उम्र की होने के बावजूद वह अक्सर साड़ी पहनकर ही अपनी माँ के साथ आम बेचने निकलती थी। उसके एक-एक अंग की मैं व्याख्या कर सकता हूँ मेरी उसे लेकर इस कदर दीवानगी थी। वह चकरघिन्नी की तरह अपनी आँखें नचाती थी। वह

खिलखिलाकर हँसती थी... हालाँकि अपनी माँ का गुस्से वाला चेहरा देखकर वह एकदम से चुप भी हो जाया करती थी मानो कुछ हुआ ही न हो। गर्मी से झुलसकर आती थी तो मेरे यहाँ फ्रिज का पानी जरूर पीती थी। कभी-कभी आइस क्यूब को लेकर मुँह में रखकर उसे इस गाल से उस गाल, उस गाल से इस गाल तक घुमाती रहती थी। मैं चाहता था कि वह अधिक से अधिक देर तक मेरे घर पर समय व्यतीत करे ताकि मैं उसे निहार सकूँ। किशोर अवस्था बड़ी ही अल्हड होती है, इसी उम्र में पहला प्यार होता है और बड़ा ही धुआँधार होता है। इस उम्र में ये नहीं देखा जाता कि जिससे प्यार हो रहा है वह किस जाति की है, अमीर है या गरीब है... बस हो जाता है प्यार।

मैं बातों में थोड़ा बहक गया, बात निम्मो की हो रही थी। निम्मो भले ही बारह-तेरह साल की थी, लेकिन उसके अंदर का धड़कता दिल थोड़ा बहुत समझदार हो चुका था। धीरे-धीरे वह मेरी नजरों को भाँपने लगी थी। वह जब भी अपनी माँ के साथ आती, मुझे ऐसा लगता था कि उसकी नजरें मुझे ढूँढ़ रही हैं। मैं दिख जाता तो तिरछी नजरों से मेरी आँखों में झाँकने की कोशिश करती। अब वो थोड़ी शर्मीली हो गयी थी। हो भी क्यों न... उसकी मेरी मुलाकात के दो साल पूरे होने को आये थे। एक दिन उसकी टोकरी में मैंने कुछ किताबें और कापियाँ देखीं। मैं हैरान रह गया। मुझे समझ नहीं आ रहा था कि उससे कैसे पूछूँ कि वह पढ़ती भी है क्या? स्कूल जाती है क्या? लेकिन मेरा सवाल मेरी माँ ने उसकी माँ से कर दिया और पूछा कि आम के साथ ये कॉपी-किताब भी बेचने लगी क्या? तभी निम्मो बोल पड़ी कि चाची मैं पढ़ाई भी करती हूँ, नवोदय विद्यालय में क्लास सिक्स के लिए मेरा एनट्रेंस एक्जाम है। मैं उसके अँग्रेजी के शब्द बोलने पर अवाक् और दंग रह गया। उसका जवाब नपा-तुला था। तभी उसकी माँ बोल पड़ी। मालकिन, एक ही बिटिया है, हम तो आम बिनत रह गये, लेकिन इ पढ़त चाहत है, हम कहे कि चलो अगर पढ़ने में इतना जी लगत है तो स्कूल में नाम लिखा देत हैं; देखो ना मलकिन इ अपनी कक्षा में नम्बर एक पर आवत है, अब इ कहत है कि हम हॉ हॉ... तभी निम्मो बोल पड़ी- हॉस्टल में।

इसके बाद उसकी माँ बोलती रही। ''हाँ जो तुम कही वही में, वही में पढ़ायेंगे तुमको। हमने सोचा मलकिन पढ़ तो लेवेगी लेकिन पैसा कहाँ से आवेगा। लेकिन इका कहना है कि सरकार मुफत में पढ़ाई करावत है। भरोसा तो नहीं है। लेकिन जाकर पता कर लें, का जाने कहीं कुछ हो ही जाय, तकदीर को

कौन जानत है, कम से कम हमरी तरह दुपहरिया में आम तो नहीं बेचेगी हमरी निम्मो।'' निम्मो से हमारा मिलना-जुलना एक साल और चला... खूब नैन मटक्के हुए। लेकिन न मुझमें मर्यादा लाँघने की हिम्मत थी और न ही निम्मो ने आगे कदम बढ़ाया। आँखों का प्यार दिल में उतर तो गया था, लेकिन इजहार करने की हिम्मत दोनों में नहीं थी। फिर एक दिन ऐसा आया कि मेरा इंतजार बेहद लम्बा हो गया। निम्मो का मेरे मोहल्ले में आना बंद हो गया था शायद। फिर अगले साल आम का मौसम आया, मैं खुश था कि आम के मौसम के साथ एक बार फिर निम्मो आयेगी, लेकिन इस साल निम्मो आम बेचने नहीं आयी। निम्मो जाने कहाँ चली गयी। निम्मो मुझे दोबारा दिखायी नहीं दी।

'निम्मो', एक ऐसा नाम जिसके लेते ही मानो मुँह में आम की मिठास आ जाय। आज उसे दोबारा देखा तो थोड़ी भी देर न लगी उसे पहचानने में। हालाँकि वह मुझे नहीं पहचान सकी थी। दरअस्ल मुझमें काफी बदलाव आ चुका था। पहले दुबला-पतला था, अब थोड़ा मोटा हो गया हूँ और जाने क्या-क्या बदलाव आ चुके हैं मेरे अंदर... मसलन दाढ़ी, मूँछें और आँखों पर नजर वाला चश्मा। लेकिन निम्मो आज भी वैसी की वैसी थी, कोई बदलाव नहीं आया था उसके अंदर... जैसी पन्द्रह साल पहले दिखती थी वैसी ही आज भी दिख रही थी वो मुझे। मैंने जैसे ही उसकी तरफ मुखातिब होकर लापरवाही भरे अंदाज में निम्मो शब्द का उच्चारण किया, अभी तक शालीन और शर्मीली-सी दिख रही निम्मो का पूरा हाव-भाव ही मानो बदल गया। चेहरे पर एक नयी चमक आ गयी। वह जैसे उतावली-सी हो गयी। मेरी ओर तिरछी नजर करते हुए बस इतना ही कहा - ''सूरज बाबू।'' मैं स्तब्ध रह गया। खुशी से मैं इतना उत्साहित हो गया कि उसकी ओर तेजी से बढ़ा; लेकिन परिपक्वता आ जाने से दिल पर दिमाग भारी पड़ा। मैंने तुरंत अपने बढ़ते कदमों को रोक लिया और बड़ी ही मद्धम गति से उसके करीब पहुँचा। इस दौरान वह भी मेरे करीब आ चुकी थी। मेरे और उसके बीच महज आधे फुट का फासला रह गया था। दोनों के कदम अपने आप ठहर गये। उसने मेरी आँखों में और मैंने उसकी आँखों में देखा। जैसे हमारे बीच कोई जन्म जन्मांतर का सम्बंध रहा हो। हम दोनों एक-दूसरे को देख कर मुस्कुराये। हम दोनों एक-दूसरे को अपनी बाँहों के आगोश में ले लेने को आतुर दिख रहे थे।

निम्मो ने एक बार फिर बहुत ही धीमी आवाज में कँपकपाते होठों से बुदबुदाया - ''सूरज बाबू''

मैंने खुद पर नियंत्रण रखते हुए अपनी दाहिने हाथ की उँगली उसके होंठों पर रख दिया मानो संकेत दे रहा होऊँ कि आगे कुछ न कहना। मेरे होंठों से निम्मो की ही तरह बुदबुदाते शब्द निकले। "निम्मो मुझे सूरज बाबू नहीं सूरज कह सकती हो।" और इतना कहना भर था कि मैं अतीत की यादों में खो गया। वैसे आप भी जानना चाहेंगे मेरी और निम्मो की अलबेली अनोखी दास्तान।

ताजनगरी आगरा। मुहब्बत का शहर, अल्हडबाजों का अड्डा... और इसी शहर के घने बेलनगंज मोहल्ले में मेरा परिवार रहता था। पिताजी शुद्ध बनिया थे। माँ गृहणी थी। हम चार भाई थे, हमारे साथ-साथ पाँच और परिवार मेरे करीबी पड़ोसी थे। एक संयुक्त परिवार की तरह सभी परिवार मिलजुलकर रहते थे। सुख-दुःख की घड़ी में एक-दूसरे की मदद करना, साथ-साथ त्योहार मनाना, मिलजुल कर रहना हमारी कॉलोनी की खास बात थी। चूँकि पिताजी का बड़ा कारोबार था इसलिए वह कभी-कभार हम सब को बिठाकर डाँट-डपट दिया करते थे। जिंदगी आराम से कट रही थी। उस दौरान मैं कक्षा पाँच में पढ़ रहा था। मेरी उम्र करीब दस-ग्यारह की रही होगी। भाइयों में दूसरे नम्बर पर था। हमारी कॉलोनी में छह परिवारों में एक परिवार पेशकार साहब का था, दूसरा मास्टर साहब का था, तीसरे पीएनबी बैंक में कैशियर थे, चौथे की शहर में अपनी मैगजीन की दुकान थी और पाँचवाँ परिवार एक शिक्षक का था। पति-पत्नी दोनों डिग्री कालेज में पढ़ाते थे। छठवाँ हमारा परिवार था। पेशकार साहब का एक लड़का था अरुण, अरुण से मेरी खूब पटती थी। मेरी उम्र से दो साल बड़ा था अरुण, लेकिन हमारी दोस्ती में कभी उम्र का अंतर आड़े नहीं आया। दूसरी सबसे बड़ी खास बात ये थी कि हमारी कॉलोनी के छह परिवारों के बच्चों में सभी लड़के ही थे, किसी को कोई बेटी नहीं थी। उम्र के साथ-साथ हम थोड़े ढीठ होते गए लेकिन लड़कियों के मामले में थोड़े शर्मीले होते गये।

अब मैं अपनी बात करता हूँ। मैं दस साल का होने के बावजूद अपनी क्लास की लड़कियों से बात नहीं करता था। ऐसा नहीं कि मेरा मन नहीं करता था, लेकिन थोड़ी झिझक थी। मैं और मेरा दोस्त अरुण अक्सर मस्ती के क्षणों में लड़कियों की बातें किया करते थे। हमारी कॉलोनी के सामने एक मुस्लिम परिवार रहता था, उसकी एक लड़की समीना थी। काफी तीखे और कटीले नयन नक्श थे उसके। वो अक्सर अरुण को देखकर मुस्कुरा देती थी। अरुण की उम्र चौदह साल के करीब थी और समीना की भी बारह से कम नहीं रही होगी। ऐसे में फुरसत के पलों में हमारी चर्चा का विषय समीना ही रहती थी। अरुण मेरे साथ

मिलकर अक्सर योजनाएँ बनाया करता था कि कैसे समीना से करीबी और मेल जोल बढ़ाया जाय। उसके लिए खेल-कूद ही एक ऐसा जरिया था जिसके माध्यम से मेल-जोल बढ़ाया जा सकता था, क्योंकि शाम को बिजली चले जाने के बाद मोहल्ले के सभी बच्चे खेलने के लिए घर से निकल जाते थे। उस दौरान छुपन-छुपाई हम लोगों का पसंदीदा खेल हुआ करता था। मेरी कॉलोनी के लड़के मोहल्ले के बच्चों के साथ मिलकर इस खेल को खूब चाव से खेलते थे। समीना भी बच्चों के साथ हिल-मिलकर छुपन-छुपाई खेलती थी। इसी दौरान कभी-कभी अरुण, समीना को चोरी से टॉफी दे दिया करता था और ये बात वह मुझसे भी छिपाता था। हालाँकि मेरा समीना को लेकर कोई आकर्षण नहीं था।

एक दिन मैंने देखा कि अरुण, समीना को चॉकलेट दे रहा है। मैं थोड़ी आड़ लेकर छिप गया और आगे देखता हूँ कि अरुण समीना को अपनी ओर खिंचकर उसका चुम्बन ले रहा है। मेरे तो रोंगटे खड़े हो गये। समीना के गालों पर चुम्बन अरुण कर रहा था और हाथ-पाँव मेरे फूल रहे थे। हालाँकि समीना की मर्जी के बगैर अरुण उसका चुम्बन ले रहा था, लेकिन समीना का प्रतिरोध भी इसे लेकर बहुत नहीं दिख रहा था। मेरे शरीर के अंदर भी सुरसुरी-सी हुई और मैं भागकर बाथरूम में छिप गया जैसे मैंने कोई अपराध किया हो। अरुण कुछ देर बाद मुझे खोजते आया तो मैं बाथरूम से बाहर निकला। मैं अरुण से नजर नहीं मिला पा रहा था, जैसे उसने जो कुछ किया उसका दोषी मैं हूँ। फिलहाल मैंने अरुण से बता दिया कि समीना वाली बात मैं जान चुका हूँ। पहले तो अरुण ने मेरी बातों को सिरे से नकार दिया, लेकिन जब मैं एक-एक पल का ब्योरा उसे बताता गया तो वह बेहद डर गया।

अरुण को लगने लगा कि कहीं मैं उसकी बात किसी से कह न दूँ। उसने मुझसे कहा कि वह समीना की 'किस' मुझे भी दिला देगा, लेकिन मैंने अरुण के इस प्रस्ताव को नकार दिया। अरुण कहने लगा कि बड़ा मजा आता है जब लड़की 'किस' देती है। मुझे वह उस बात के लिए उत्तेजित कर रहा था कि मैं उसकी बातों में आ जाऊँ ताकि मैं भी समीना को 'किस' करूं और फिर कोई एक-दूसरे की शिकायत नहीं कर सके। लेकिन मेरे अंदर भी कुछ चल रहा था, जिसे लेकर मैं बेचैन था, लेकिन इसकी भनक किसी को नहीं थी। मैंने अरुण से कहा कि समीना वाली बात मैं किसी से नहीं कहूँगा, लेकिन मैंने अरुण के सामने एक शर्त रख दी। मैंने अरुण से कहा कि उसे एक मामले में मेरी भी मदद करनी होगी, लेकिन अभी नहीं, जब मैं कहूँगा तब उसे ये मदद करनी होगी।

अरुण के मुँह से तुरंत निकला 'निम्मो'। मैं अवाक् रह गया और झेंप भी गया। मुझे नहीं मालूम था कि निम्मो के प्रति मेरा रुझान अरुण जान चुका था। दरअस्ल, जब निम्मो की माँ आम की टोकरी लेकर जाने लगती थी तो सीढ़ी पर बैठा अरुण उसकी टोकरी से आम निकाल लेता था। निम्मो कई बार अरुण की हरकत को पकड़ चुकी थी, जिसके चलते अरुण को अपने घर में खूब डाँट खानी पड़ती थी। कभी-कभी निम्मो की शिकायत पर अरुण को मार भी पड़ जाती थी। आम चुराने में मेरी कोई रुचि नहीं थी, लेकिन मैंने अपने प्रति निम्मो के लगाव को जानने के लिए एक दिन अरुण की गैर मौजूदगी में उसी ऊँची सीढ़ी पर बैठकर उसकी माँ की टोकरी से दो आम निकाल लिया। निम्मो की मुझ पर पूरी नजर थी, लेकिन उसने ऐसा जाहिर किया कि जैसे उसने कुछ देखा ही न हो। मुझे बड़ी शर्मिंदगी महसूस हुई और मैंने तुरंत उसकी माँ के पास जाकर वो दोनों आम लौटा दिया, ये कहते हुए कि किसी बच्चे ने उसकी टोकरी से ये आम चुरा लिये थे।

निम्मो की माँ मुझसे बहुत खुश रहती थीं। मेरी ईमानदारी उनके जेहन में बैठ गयी थी ऐसे में वह मुझे एक आदर्श बच्चा मानती थीं। मैंने एक दिन और आम चुराने की हरकत की। निम्मो ये देखकर हँसकर आगे बढ़ गयी। मैं जान चुका था कि निम्मो को मुझसे कुछ तो लगाव है वर्ना वो ऐसे आम नहीं चुराने देती मुझे। एक दिन वो अपनी माँ के साथ आम लेकर आयी। उसने अपनी टोकरी में दो आम अलग से लपेटकर रखे थे। उसने धीरे से दोनों आम निकाले और जहाँ मैं बैठा था उसी कोने में रख दिये मानो वो मुझे चोरी से ये आम देना चाहती हो। मैं सब कुछ देख रहा था। मैंने इशारे में पूछा कि ये क्या। उसने धीमे से बड़े ही प्यार से कहा कि बहुत मीठे हैं खा करके तो देखना। मैं तो निम्मो के बोलने के अंदाज पर ही फिदा हो गया था। शायद वो दिन उसका और मेरी मुलाकात का आखिरी दिन था। इसके बाद निम्मो मुझे नहीं दिखायी दी। अरुण से जो मदद मैंने निम्मो को लेकर माँगी थी उस मदद की नौबत ही नहीं आयी।

अचानक मेरी आखों के सामने चल रही फिल्म बीच में ही रुक गयी, मानो उस दिन के बाद की निम्मो की तलाश आज पूरी हो गयी। मेरी आखों के सामने निम्मो खड़ी मुस्कुरा रही थी।

मैं सकपका गया। लेकिन इस बार पहल निम्मो ने की। कहा- "डियर सूरज, किसके ख्वाबों में आप डूब गये।" फिर आँखें घुमाते हुए बोली कि सूरज बाबू कहने में जो मजा है वह सूरज कहने में नहीं है, क्यों आपका क्या विचार है

सूरज बाबू।''

मैं बस और बस उसकी बातें सुन रहा था। मुझे यकीन नहीं हो रहा था कि मेरे सामने निम्मो खड़ी है और मुझसे बातें कर रही है। सच कहूँ तो उसका मेरे सामने होना मेरे लिए एक सपने जैसा था।

मुझे पता नहीं क्यों ऐसा लगा कि निम्मो मेरे शर्मीले स्वभाव से भली भाँति परिचित थी। एक बार फिर निम्मो ने मेरे मौन को तोड़ा।

निम्मो बोली - ''कुछ कहने-सुनने को नहीं है क्या सूरज बाबू जो मौनव्रत धारण कर लिया; या मिसेज सूरज का डर है कि कहीं आ न धमकें। और मुझे आपके सामने देखकर कोई हंगामा न खड़ा कर दें।''

मैं बोलना ही चाहता था कि निम्मो ने एक और तीर मुझ पर छोड़ दिया।

निम्मो ने कहा - ''बचपन में तो बड़े प्रेमी बने फिरते थे आप, लेकिन लगता है मुझे अपने सामने देखकर आपकी साँसें थम-सी गयी हैं।''

लेकिन अब बोलने की बारी मेरी थी।

मैंने निम्मो से कहा - ''चलो पहले कहीं बैठते हैं, फिर आराम से बातें करेंगे; कनाट प्लेस के इनर सर्किल में कैफे हाउस है।''

मैं निम्मो को लेकर वहीं पहुँचा। शायद पहली बार जिंदगी में किसी लड़की को लेकर मैं कैफे हाउस आया था। निम्मो ने कोई ना नुकुर नहीं की और मेरी हर बात को आदेश की तरह मानकर उसे फॉलो करती मेरे पीछे चल दी।

अब हम दोनों कैफे हाउस में एक-दूसरे के आमने-सामने बैठे थे। वो कुछ बोलना चाहती थी, लेकिन मैंने उसके होंठों पर अपनी उँगली रख दी। मैंने कहा कि मैं बहुत कुछ जानना चाहता हूँ पहले उसका जवाब दो। फिर मैंने पूछा कि तुम दिल्ली में कैसे। उसने आहिस्ता से कहा कि मैं दिल्ली युनिवर्सिटी में मनोविज्ञान की असिस्टेंट प्रोफसर हूँ। फिर वो एकदम चुप हो गयी।

मैंने पूछा तुम...

उसने तपाक से कहा - ''हाँ विश्वास नहीं होता न, कैसे विश्वास दिलाऊँ, कल ही ज्वाइन किया है।

मैंने कहा - ''मेरा मतलब ये नहीं है कि तुम झूठ बोल रही हो, मेरा मतलब ये था कि...''

उसने फिर मेरी बात काट दी और कहा कि आपका मतलब ये था कि मैं ये सब कैसे कर पायी। दरअस्ल, मैंने ठान लिया था कि एक दिन अपने पैरों पर खड़ी होकर अपनी उस बचपन की ख्वाहिश को पूरा करूँगी। जो मेरी जिंदगी का अहम हिस्सा बन चुका था; हर पल मैंने अपने सपने को अपनी ज़ेहन में रखा। कहते हैं न जहाँ चाह वहाँ राह... सो मेरी राह और चाह को एक दिन किसी मोड़ पर मिलना ही था इसलिए मैं दिल्ली आ गयी।

फिर उसने कहा - "अपने बारे में नहीं बताओगे, सब कुछ मुझसे ही जानना चाहोगे, आखिर तुम यहाँ कैसे। चाची कैसी हैं, आपका नटखट दोस्त कैसा है, क्या करते हैं आप। शायद दो तीन साल से दिल्ली में हैं आप; आम के एक्सपोर्ट का काम है न आपका।"

फिर उसने कहा - "उफ्फ एक साथ इतने सवाल, मैं भी कितनी बेवकूफ हूँ।"

लेकिन मुझे उसका लगातार बोलते रहना अच्छा लग रहा था।

मैंने कहा - "नहीं नहीं, एक साथ कई और सवाल भी पूछ सकती हो, कहीं कुछ भूल न जाय; पूछ लो, सबका जवाब दूँगा, लेकिन ये बताओ मनोविज्ञान की पढ़ाई ही की है न, या ज्योतिषाचार्य की जो बता दिया कि दो-तीन साल से मैं दिल्ली में हूँ और आम का एक्सपोर्टर हूँ।"

मैं उससे ये बातें कह रहा था या यूँ कहें कि पूछ रहा था और वो एक गीत गुनगुना रही थी।

दिल ढूँढ़ता है फिर वही फुरसत के रात-दिन...

मैं कुछ कह पाता कि उसने पूछ लिया। दो समझदार किसी बात को लेकर समय बरबाद किये बगैर सीधे-सीधे अपनी आशंकाएँ और बातें एक-दूसरे से पूछ लेते हैं। शायद हमें भी वही करना चाहिए।

मैंने चौककर पूछा - "क्या... क्या कहना चाहती हो तुम!"

उसने बिना लाग लपेट के सपाट प्रश्न किया - "क्या शादी कर ली आपने सूरज बाबू?"

मैंने कहा- 'नहीं'

निम्मों - "क्यों?"

मैंने कहा - "कोई दूसरी निम्मो मिली ही नहीं।"

उसने झट अपनी कॉफी के कप को किनारे कर मुझे गले लगा लिया और कहा - "मुझे भी कोई सूरज बाबू अभी तक नहीं मिले थे; पढ़ाई भी तो मैंने आपको पाने के लिए ही की थी सूरज बाबू और आज आप को पा लिया।"

निम्मो बोलती जा रही थी।

निम्मो ने कहा - "निम्मो आमवाली का नाम निवेदिता है जनाब सूरज बाबू, लेकिन आप मुझे निम्मो ही कहकर पुकारें।"

मैं समझ नहीं पा रहा था कि आखिर निम्मो ने मेरी तलाश कैसे की और वो कैसे जान पायी कि मैं उसे अब भी चाहता होऊँगा। निम्मो ने मेरी आखों में देखा और मेरे सभी प्रश्नों को मानो पढ़ लिया हो।

निम्मो बोली - "निम्मो के आम इतने रसीले थे कि आम के एक्सपोर्टर बन गये आप, बाकी काम सोशल मीडिया ने पूरी कर दी। आपका नाम मुझे मिल चुका था। आपकी मम्मी ने मुझे पढ़ने के लिए कुछ किताबें दी थीं, उन पर आपका नाम लिखा था। मदर फादर का भी नाम मुझे आपकी मैथ की बुक में लिखा मिल गया था। फिर मैंने आपके नाम को अपने दिल में सहेजकर रख लिया था। फेसबुक मेरा मददगार बना और मैंने आपको आखिरकार सोशल मीडिया की मदद से खोज ही लिया; लोकेशन आपके फेसबुक से पता चल गयी। मैंने आपको सरप्राइज करने के लिए फेसबुक पर फ्रेंड रिक्वेस्ट नहीं भेजी और सीधे आपसे मिलने का फैसला किया, फिर उसका रिजल्ट जो आया वो आपके सामने है सूरज बाबू। लेकिन सूरज बाबू, आपसे ये जानना चाहूँगी मैं कि आप दिखने में बड़े सीधे-साधे लगते थे, लेकिन ये प्यार-व्यार के चक्कर में कैसे पड़ गये आप। मैं तो थोड़ी नटखट पहले से ही थी, लेकिन आप तो बड़े संजीदा दिखते थे।"

मैंने हँसकर कहा- "अरे मैं क्या बताऊँ, ये भी एक कहानी है। दरअस्ल पड़ोस के एक शख्स हमारे पूरे मोहल्ले के लव गुरु थे और जबसे मुझे तुमसे क्रश हुआ मैं उनके पास जाकर बैठने लगा। उनका नाम विजय बाबू है, प्यार से सभी उन्हें बाबा कहते हैं। उनका कहना था कि दिल का मामला पहले नैन मटक्के से शुरू होता है, फिर धीरे-धीरे वो लगाव चाहत में बदल जाती है। विजय बाबू उर्फ बाबा अक्सर कहते रहते हैं कि टीन एज में दिल धुकधुकी मारे तो समझो दिल का मामला है और पचासा बाद दिल धुकधुकी मारे तो समझो

दिल का दौरा पड़ने वाला है। विजय बाबू खुद बड़े ही दिलफेंक इंसान पहले भी थे और आज भी हैं। प्यार भले ही किसी से खुलकर न किया हो, लेकिन प्यार कैसे किया जाता है उनके पास इसकी पूरी मास्टरी थी। आगरा के बेलनगंज का ऐसा कोई इश्कजादा नहीं हुआ जिसने विजय बाबू से अपने बहकते प्यार को लेकर सलाह न ली हो। विजय बाबू तो यहाँ तक दावा करते थे कि अगर कोई उनकी सलाह लेकर प्यार करने की शुरूआत करे तो वह मोहब्बत की रजिस्ट्री तक करा देंगे इश्क की कचहरी में; लेकिन उनका ये दावा मानकर जिसने भी प्यार का इजहार किया उसे अस्पताल में भर्ती होना पड़ा। ऐसी लात घूँसों से मरम्मत हुई कि कम से कम सात-आठ महीने में प्यार का बुखार उतर ही गया समझो; फिर भी लोग विजय बाबू से मुहब्बत सम्बंधी सलाह लेते रहते थे। आजकल विजय बाबू गुरुग्राम में रहते हैं और प्यार की पाठशाला बंद कर बिजनेस की पाठशाला चलाते हैं।

इतना कहते ही मैं निम्मो को आगोश में लेकर कहीं खो गया। मुझे मेरी निम्मो मिल चुकी थी और निम्मो को उसके सूरज बाबू।

6

दिल उल्लू का पट्ठा

ऑफिस से शाम को लौटते हुए गौरव जैसे ही घर से घुसा और लंचबॉक्स रखने के बाद जूते निकालने को हुआ, उसके मुस्कुराते चेहरे पर मानो सन्नाटा पसर गया। अनु ने बड़े ही दिलकश अंदाज में गौरव की ओर मुस्कान फेंकी और कहा ''जानू, जूते अभी न निकालो, जरा दूध का एक पैकेट तो लेते आओ।''

थके-हारे गौरव ने चिढ़ते हुए अनु से कहा - ''प्लीज घर में घुसते ही किसी सामान के लाने की फरमाइश न किया करो, पहले एक ग्लास पानी तो देना।''

गौरव के पानी माँगने भर की देर थी, अनु का पारा मानो सातवें आसमान पर चढ़ गया। वह भुनभुनाते हुए बोली - ''हाँ घर में घुसते ही तुम भले ही कोई फरमाइश कर दो, लेकिन मैं नहीं कर सकती।''

झल्लाते हुए अनु ने पानी का ग्लास गौरव की ओर बढ़ाया।

अनु बेरुख़ी के साथ बोली - ''लो पानी पियो, कम पड़ जाय तो मेरा खून भी पी लेना।''

गौरव, अनु के इस अंदाज से बिफर पड़ा, लेकिन वह रोज-रोज की किच-किच से बचना चाह रहा था। उसने बात को खत्म करने के लिए पूछा - ''क्यों आज कोई पंगा हो गया क्या पड़ोसी से, जो इतनी भड़की हुई हो।''

अनु - "हाँ साँड़ हूँ न, जो भड़क जाती हूँ बिना मतलब के।"

गौरव - "अरे मेरा मतलब था कि कोई आया था क्या घर पर..."

अनु थोड़ा शांत हो गयी थी।

उसने अचरज से पूछा - "नहीं तो, कोई तो नहीं आया था, कोई आने वाला था क्या? पहले बता दिया करो, अगर किसी को न्यौता दिये रहते हो तो।"

गौरव - " नहीं, दूध खत्म हो गया था इसलिए पूछा कि कहीं चाय पानी में तो..."

वह अपनी बात खत्म कर पाता कि इससे पहले ही अनु दूध की बात फिर से आने पर मानो चीख पड़ी और गौरव पर पीड़ादायक शब्दों के हथियार के साथ फिर से टूट पड़ी।

अनु - "वासबेसिन में बहा दिया दूध, पड़ोसियों को कॉफी पिला दी, बताओ क्या करोगे... दुध न हुआ मानो अमृत हो गया।"

गौरव - "अरे भाग्यवान मेरा मतलब था रोज तो इतना ही दूध आता है, खत्म नहीं होता था इसलिए पूछ लिया।"

अनु - "ओह तो एंक्वायरी हो रही है मेरी, पूछताछ हो रही है। एंक्वायरी करनी है ना--तो कर लो; सुबह दूध ही लाये थे न, कोई गाय नहीं बाँधकर नहीं गये थे कि दूध खत्म नहीं होता।"

गौरव - "रोज तो चल जाता है इसलिए (अपनी बात पूरी भी न कर पाया था गौरव)

अनु - "इसलिए ही तो कह रही हूँ, मैं हूँ जो इतने कम में घर का खर्च चला लेती हूँ कोई और होती तो दिन भर नचाती और तुम नाचते रहते, तब पता चलता खर्च कैसे चलता है घर का।"

गौरव - "अरे माताजी तुमने तो दूध के बहाने आसमान ही सर पर उठा लिया।"

लगभग चीखते हुए अनु ने कहा - "अच्छा तो मैं माताजी हो गयी और वो कुलटा जिससे आजकल खूब नैन-मटक्के चल रहे हैं अब वो तुम्हारी नयी-नयी लुगाई बन गयी है। आसमान तो उठाना अभी बाकी है; आजकल देख रही हूँ वो सामने वाले घर में जो लोमड़ी रहती है न; वो रोजाना इशारों-इशारों में तुम्हें सी-

ऑफ करती है टेरेस पर खड़े होकर और तुम भी पक्का टाइम पर निकलते हो ताकि उस भूतनी के दर्शन हो जायँ, क्या सोचते हो मुझे कुछ नहीं पता चलेगा, सब जानती हूँ, उसे मेरी सौतन बनाने की बड़ी चाहत है।''

गौरव - ''क्या बकती रहती हो, बोलने से पहले कुछ तो सोचा करो; मेरी इज्जत की परवाह नहीं है तुम्हें, तो कोई बात नहीं, कम से कम किसी दूसरी भली महिला को बदनाम तो न करो।''

अनु - ''अच्छा वो भली महिला है, कहो न, क्यों रुक गये, ये भी कह दो कि वह सुंदर भी है। तरफदारी तो करोगे ही; मुझसे मन उब गया हो तो बोल दो अभी, अभी सूटकेस तैयार करूँगी और चल दूँगी... मेरी जगह लाकर बिठा देना किसी दूसरी को; दूसरी को क्यों, सामने वाली चुड़ैल को ही लेते आना घर में, तसल्ली मिल जायेगी। उस लोमड़ी से तो मैं निपट लेती, लेकिन क्या करूँ जब अपना सिक्का ही खोटा हो। मेरी सौतन बनने की चाह रखती है करमजली। मैं सब जानती हूँ। आज तो वो भली है, कल और जाने क्या-क्या कसीदे पढ़ोगे उसकी तारीफ में; मेरी तो जिंदगी में एक से एक लड़के आ रहे थे, लेकिन किस्मत में तुम लिखे थे।''

गौरव - ''अरे बावली हो गयी हो क्या, क्या हो गया है तुम्हें आज, पहले अपने दिमाग का इलाज करवाओ, पागलों जैसी बातें कर रही हो; सचमुच बात बढ़ाना कोई तुमसे सीखे।''

अनु ने चिल्लाते हुए कहा - ''हाँ, सही कहा तुमने... बात बढ़ाना कोई मुझसे सीखे; तभी तो दूध लाने को कहा तो दूध लाने से पहले मेरा पूरा इण्टरव्यू लेने लगे तुम, घर में सारा दिन खटने के बाद यही रह गया है मेरा सम्मान, शाम को दूध लाने को कहो तो उसका भी हिसाब देना पड़ता है कि सुबह के दूध का क्या हुआ।''

गौरव - ''मान गये भई तुम्हारी चिल्लम-पो, तिल को ताड़ बनाने में तुम्हारा कोई जवाब नहीं।''

अनु - ''तो सुन लो, अभी तक तो मैं तिल का ताड़ बना रही थी, अब तिल का पहाड़ बनाकर दिखाऊँगी तुम्हें और बताऊँगी कि कैसे तुम जैसों को सुधारा जाता है, सारी हेकड़ी ना निकाल दी तो अपनी माँ की असली बेटी नहीं। बहुत सह लिया, अब नहीं सहूँगी, देखती हूँ कैसे नहीं सुधरते हो, औकात में न ला दी तो कहना।''

गौरव को अनु की इस हरकत पर गुस्सा तो बहुत आ रहा था, लेकिन मजबूर था। लोक-लाज देखकर बर्दाश्त कर रहा था। दूसरा ये डर था कि अनु अगर कहीं कुछ कर बैठी तो ससुराल वाले बिना सोचे-समझे दहेज का केस ठोक देंगे।

गौरव - "मैं लड़ना नहीं चाह रहा हूँ लेकिन तुम इसके लिए पूरी तरह तैयार हो, कमर कस चुकी हो कि जब तक लड़ नहीं लोगी मानोगी नहीं। इतनी छोटी-सी बात कही थी कि ऑफिस से आते ही जैसे ही घर में घुसता हूँ; थोड़ा सुस्ता लेने दिया करो फिर फरमाइश किया करो, बस इतनी-सी बात थी और तुम कहाँ से कहाँ पहुँच गयी।"

अनु - "हाँ ट्वेंटी-ट्वेंटी का मैच खेल कर आ रहे हो न... जो थक गये हो। बड़ा बोल रहे थे मेरे ऑफिस में मेरी केबिन में एसी लगी है, तो क्या एसी में बैठकर काम करने में भी थक जाते हो... झूठे कहीं के, AC लगी है। कहीं ऐरे-गैरे जगह जाकर मक्कारी करते होगे और दहेज समेटने के लिए बोल दिया कि साहब वाली नौकरी करते हो; दूध खरीदकर लाने की औकात नहीं और केबिन में एसी लगी है।"

गौरव - "सच मेरी किस्मत खराब थी जो तुम जैसी मूरख औरत मेरे हिस्से आयी, मेरी जिंदगी को तुमने नरक बना दिया है नरक।"

अनु - "अरे करम तो मेरे फूटे थे जो तुम्हारे पल्ले पड़ी, एक से एक रिश्ते आये थे मेरे लिए, पर मेरे बाप को न जाने क्यों तुम्हारा ही थोबड़ा पसंद आया, बांध दिया तुम जैसे गँवार के खूँटे। हमारे घर में दूध की नदी बहती है, टुटपुंजिए की तरह नहीं जो एक-दो किलो दूध से दिन भर का काम चलता है। मेरे घर दिन भर चाय बनती है फिर भी दूध खत्म नहीं होता है। मुझे नहीं मालूम था कि एक किलो दूध लाने में टें बोल जायेगी तुम्हारी, गलती मेरे माँ-बाप की है जो बगैर औकात देखे कर दी मेरी शादी।"

अचानक ही अनु के व्यवहार में 360 डिग्री का बदलाव आ गया।

अनु ने करीब-करीब रोते हुए कहा - "मेरी ही गलती थी कि तुमसे दूध लाने के लिए कह दिया, मुझे ही लेते आना चाहिए था, मुझे नहीं मालूम था कि कैसे आलसी और कंजूस आदमी के पल्ले पड़ गयी हूँ जो आधा किलो दूध का पैकेट लाने में इतनी हुज्जत करता है, सुन लो, कान खोलकर सुन लो।"

और जैसे ही अनु से अपना सिर ऊपर उठाया तो पाया कि अभी तक जो गौरव उसके सामने खड़े होकर उससे बहस कर रहा था, वह वहाँ से नदारद था।

अनु - "गौरव! गौरव, सुनते हो जी कहाँ गये।"

अनु ने दूसरे कमरे में झाँककर देखा, वहाँ भी गौरव नहीं दिखा। फिर वह बाथरूम की ओर लपकी, लेकिन वहाँ भी गौरव नहीं था। वह थोड़ा घबड़ा गयी। जल्दी-जल्दी फोन मिलाने लगी, लेकिन घण्टी तो घर में ही बज रही थी। गौरव मोबाइल छोड़कर कहीं निकला था।

अनु भुनभुनाते हुए कहने लगी - "मैंने तो कुछ कहा भी नहीं अभी, लगता है नाराज हो गये, अभी तो यहीं थे, कहाँ चले गये, इतना तो हर घर में होता है, क्या मैं इतना भी हक नहीं रखती कि कुछ बोल सकूँ।"

अनु - "गये हैं तो जाने दो, लौटकर यहीं आना है, कहीं ठिकाना भी नहीं लगेगा।" तभी अचानक अनु की आँखों में चमक आ गयी। हो न हो दूध लेने गये हों।"

अनु- "तो साहेब मोबाइल घर पर ही छोड़कर दूध लेने चले गये हैं।"

इस बीच अनु ने एक और पैंतरा चला।

जब तब गौरव दूध लेकर आता, उसने सारी राम कहानी अपनी माँ से गाने में थोड़ी भी देर नहीं लगायी।

अनु ने माँ का नम्बर मिलाकर अपना रोना शुरू कर दिया।

अनु - "माँ, सुन रही हो! नहीं सुन रही हो तो भी सुन लो, सुनना ही पड़ेगा, मैं अब और जोर से नहीं बोल सकती; सुन रही हो न! मैं आ रही हूँ, हाँ मैं आ रही हूँ, अब मैं एक पल भी यहाँ नहीं ठहरने वाली। मैंने कहा था न कि किसी कुरूप से भी शादी कर देना पर किसी जाहिल से नहीं, अब मैं और बर्दाश्त नहीं कर सकती गौरव को, आपको अगर अपने दामाद से हमदर्दी है तो ठीक, मैं तो एक मिनट भी इस आदमी को नहीं झेल सकती।"

इधर अनु अपनी माँ से रोना रो रही थी, उधर गौरव दूध लेकर घर के अंदर कब आ गया अनु को पता भी नहीं चला। दरअस्ल, अनु अपने पति की निंदा करने में इतनी व्यस्त हो गयी थी कि वह भूल गयी कि गौरव कभी भी घर में आ सकते हैं।

दूध का पैकेट हाथ में लिये अनु के पीछे खड़ा गौरव उसकी सारी बातें सुन रहा था।

थोड़ी ही देर में अचानक अनु को एहसास हो गया कि उसके पीछे गौरव खड़ा सब कुछ सुन रहा है। लगभग झेंपते हुए वह फोन पर गला फाड़ कर रोने लगी और गिरगिट की तरह रंग बदलते हुए अपनी माँ से अलग राग अलापने लगी।

''माँ, मैंने गौरव को बहुत प्यार दिया है और उसके बगैर रह भी तो नहीं सकती, पर क्या गौरव... उसकी जिम्मेदारी नहीं बनती कि वह भी मेरी भावनाओं की कद्र करे। आखिर मुझमें क्या कमी है जो गौरव मेरी परवाह नहीं करते। दूध लाने को क्या कहा हिसाब लेने लगे मेरा, बताओ ये कोई बात हुई। अब मैं क्या बताती कि दूध आँच पर चढ़ाया था और इसके बाद उन्हीं के कपड़े आयरन करने लगी कि दूध उबलकर गिरने लगा और जब तक मैं गैस के पास पहुँचती आधे से ज्यादा दूध बह चुका था। मेरी यही गलती थी कि मैंने सोचा कि कल सण्डे है कहीं आउटिंग पर जायेंगे, सो उनकी सबसे पसंदीदा शर्ट आयरन करने लगी थी। लेकिन मेरी तो किस्मत ही खराब थी। जैसे ही मैं उबलते दूध को देखने गयी, ऑयरन से उनकी शर्ट जल गयी।''

''शर्ट क्या जली मेरा मूड ही ऑफ हो गया; मेरी तो किस्मत सचमुच ही खराब है, जब कुछ अच्छा करना चाहती हूँ तो बुरा हो जाता है, अब तुम ही बताओ क्या गौरव को मुझ पर इसके लिए गुस्सा करना चाहिए, नहीं न, फिर भी वो करेंगे और कहेंगे कि तुमसे अच्छा तो किसी जाहिल से शादी कर लेता। और भी बहुत कुछ कहेंगे मुझे, जिसे मैं आपसे कह नहीं सकती''।

अनु को पता ही नहीं था कि उसकी बात करने के दौरान उसका फोन कट चुका था और वह बके जा रही थी। अनु के फोन पर घण्टी बजी तो मालूम चला कि वो तो यूँ ही अपना गला फाड़ रही थी, फोन तो बीच में ही कट गया था।

अनु - ''माँ! माँ अरे फोन कब कट गया मुझे पता ही नहीं चला; मैं सचमुच कहती हूँ मैं गौरव को बहुत चाहती हूँ। लेकिन सहने की भी कोई सीमा होती है। उनसे कहो न, मुझ पर गुस्सा न किया करें, मुझसे प्यार से बोला करें, जैसे मैं उनसे बोलती हूँ। अच्छा रखती हूँ फोन, वो आफिस से आकर दूध लेने गये हैं... थके होंगे उनके लिए गाजर का हलवा बनाया है गर्म कर दूँ, उन्हें बहुत पसंद है। थका-माँदा पति घर में आये तो पत्नी का फर्ज बनता है कि उसकी सेवा करे, है ना

माँ... अच्छा रखती हूँ फोन तुम अपना खयाल रखना।''

ये कहते ही अनु पीछे पलटी तो पाया कि गौरव फिर कहीं गायब हो गया। अनु को भ्रम हो गया कि गौरव लगता है अभी आया ही नहीं और उसने उसके लिए इतने कसीदे माँ से फोन पर पढ़ दिये। लेकिन अनु को जब रसोई में कुछ आवाज सुनायी दी तो उसने रसोई की ओर जाकर देखा तो पाया कि गौरव चाय बनाने के बाद उसे फिल्टर कर रहा है।

अनु रंग बदलने में माहिर तो थी ही, उसने झट गौरव को पीछे से जाकर बाँहों में जकड़ लिया और बोली - ''जानू मुझे माफ कर दो, तुम कितना खयाल रखते हो मेरा, मेरे दिल की बात सुन लेते हो; मुझे चाय पीने की बहुत इच्छा थी और तुमने बना दिया, तुम कितने अच्छे हो... आई लव यू जानू और एक मैं हूँ कि तुम्हें उलाहना दिया करती हूँ। लेकिन जानते हो क्यों, पति-पत्नी में जितनी तकरार होती है उतना ही प्यार बढ़ता है और यही कहते हुए वह गौरव की पीठ पर लटक गयी जैसे विक्रम की पीठ पर बेताल और गौरव 'दिल उल्लू का पट्ठा' वाला गीत गुनगुनाता हुआ अपने कंधे पर अनु को लटकाये रसोई से बेडरूम की तरफ बढ़ गया।

7

एवरबेस्ट गिफ्ट

“कौन कहता है प्यार किया जाता है... प्यार तो हो जाता है। जब कोई किसी से प्यार करता है तो उसके पीछे शायद वासना छिपी हो सकती है, लेकिन जब किसी से प्यार होता है तो उसमें वासना की कोई जगह नहीं होती बल्कि दो दिलों का निःस्वार्थ मिलन होता है। सच्चा प्यार न तो जाति देखता है, न धर्म, न ही अमीरी-गरीबी... सच्चा प्यार करने वाला सामने वाले का रूप-रंग भी नहीं देखता, उसे तो बस एक-दूसरे से प्यार हो जाता है। जब प्यार होता है तो दो दिल, दो धड़कनें एक हो जाती हैं- वैसे ही जैसे जल और मछली का रिश्ता होता है, जबकि दो प्यार करने वालों के बीच शारीरिक आकर्षण एक बहुत बड़ी वजह होती है और अगर शारीरिक आकर्षण वजह नहीं होती है तो इस सम्बंध में कहीं न कहीं निजी स्वार्थ या पैसे का लालच छिपा होता है। मैं भी प्यार करने का एक भौतिक उत्पाद हूँ, एक ऐसा नतीजा जिसके लिए रिश्ता शब्द ही बेमानी लगता है। अगर मैं प्यार होने का नतीजा होती तो मैं उत्पाद की तरह इस्तेमाल नहीं होती बल्कि मेरी भावनाओं की कद्र होती, मेरे दिल के तार मुझे धरती पर लाने वालों के साथ भावनात्मक तौर पर जुड़े रहते।”

“खैर... मेरा सामान्य परिचय तो आप सबको पहले से पता है, लेकिन मैं अपना भावनात्मक पक्ष रखने के लिए आप सब के समक्ष खड़ी हूँ। मैं वंदना... मेडिकल की छात्रा हूँ, फिलहाल मेरे बारे में अभी इतना ही जानना काफी है आप

सब के लिए। हाँ, तो मैं कह रही थी कि मैं भी प्यार होने नहीं बल्कि प्यार करने का ही एक नतीजा हूँ। काश मुझे धरती पर लाने वालों ने प्यार किया नहीं होता, उनके लिए प्यार हो जाने वाली बात होती तो मैं कितनी खुशनसीब होती; कम से कम मैं उनके प्यार की बगिया की फूल बन कर खुशबू तो देती रहती। मेरी खिलखिलाहट से मेरे आस-पास का वातावरण हमेशा खुशगवार रहता। काश मेरे जैविक पिता और मेरी मजबूर लेकिन अवसरवादी माँ ने प्यार किया नहीं होता, बल्कि उनके बीच प्यार हो गया रहा होता, ऐसे में प्यार हो जाने का परिणाम मेरे लिए ज्यादा सुखद रहता। फिलहाल मैं अपनी बात पर आती हूँ। आज हम सबका इस कॉलेज में आखिरी दिन है, मैं नहीं चाहती कि जाते-जाते मेरे बारे में आप सभी के मन में कोई ऐसी धारणा बनी रहे जो शायद सच नहीं है।''

वंदना की बातों को ऑडिटोरियम में बैठे सभी लोग एकदम शांत होकर सुन रहे थे। केवल एक शख्स ऐसी थीं, जो बार-बार अपनी कलाई घड़ी को बेसब्री से देख रही थीं। उनके चेहरे को देखकर अंदाजा लगाया जा सकता था कि वह शायद जल्दी में थीं या उन्हें वंदना की बातें बोरिंग लग रही थीं। सच्चाई भी यही थी कि वह चाहती थी कि वंदना जल्द से जल्द अपना बकवास बंद करे और वह अपने स्टूडेंट्स को फैसिलिटेट कर यहाँ से रुखसत हो सकें। दरअस्ल, कलाई घड़ी की सुइयों पर टकटकी लगाने वाली शख्स, वंदना के कॉलेज की सीएमएस डॉक्टर सरोज गुप्ता थीं। इस कार्यक्रम की चीफ गेस्ट भी डॉक्टर सरोज गुप्ता ही थीं। डॉक्टर सरोज गुप्ता की भाव-भंगिमा को देखकर लग रहा था कि वंदना के शब्दों से उन्हें वेदना मिल रही है।

वंदना ने एक बार जो माइक थामा तो रुकने का नाम नहीं लिया, वह बोले जा रही थी।

वंदना ने कहा - ''मेरा मकसद है कि आप मुझे ठीक से जान सकें और आप मुझे बोरिंग स्टूडेंट के तौर पर न देखें इसलिए आज मैं अपने बारे में इतना सब कुछ बोल रही हूँ। मैं भी आप सबकी तरह खूब मस्ती करना चाहती हूँ, आप सबकी तरह ही हो-हल्ला, हुल्लड़बाजी करना चाहती हूँ, गाना गाना चाहती हूँ, गुनगुनाना चाहती हूँ, बिंदास होकर आप सबके साथ डांस फ्लोर पर थिरकना चाहती हूँ, खिलखिला कर हँसना चाहती हूँ। जोर-जोर से रोना भी चाहती हूँ। मेरे अंदर भी भावनाएँ छिपी हुई हैं, मैं उन्हें दिल में दबाकर नहीं रखना चाहती बल्कि

उन्हें उजागर करना चाहती हूँ। मेरे अंदर भी प्यार उमड़ता है, लेकिन किससे करूँ, किससे अपनी पीड़ा साझा करूँ। मैं भी चाहती हूँ कि आप सबकी तरह मेरा भी कोई अपना हो, चाहे वह ब्वायफ्रेंड ही क्यों न हो जिससे मैं अपने दिल की बात साझा कर सकूँ। हम दोनों आपस में प्यार करें नहीं बल्कि उसे मुझसे और मुझे उससे प्यार हो जाय... बस आप सबके बीच इतना ही कहना चाहती हूँ। आज हम सबके एक साथ मिलने का आखिरी दिन है इसलिए मैंने इतनी सारी बातें की ताकि आप मुझे खूसट और बे-रंग विचारों वाली लड़की कतई न समझें। उम्मीद है कि आप सब मेरे बारे में जो धारणाएँ बनाये रहे होंगे, उसमें अब थोड़ा-बहुत बदलाव जरूर लायेंगे... क्यों फ्रेंड्स मैंने सही कहा न! सो मेनी थैंक्स कि आपने मुझे सुना... सो नाइस ऑफ यू, लव यू फ्रेंड्स, टेक केयर-सी यू...लव यू।''

ये कहते हुए वंदना ने जैसे ही खुद को माइक से दूर किया और पोडियम से हटने को हुई, सीएमएस डॉक्टर सरोज गुप्ता ने ठण्डी आह भरी और बुदबुदायीं थैंक्स गॉड इस लड़की ने बोलना तो बंद किया। उन्होंने एक बार फिर अपनी कलाई घड़ी की ओर नजर डाली। ऐसा जान पड़ रहा था मानो वह फेयरवेल पार्टी में आकर फँस गयी हैं। वंदना के वाणी पर विराम लगाते ही वो भी अपनी सीट से उठने को हुई ही थीं कि उफ्फ करते हुए उन्हें फिर से चीफ गेस्ट की सीट पर आसन ग्रहण करना पड़ गया। दरअस्ल, इसी बीच पूरे ऑडिटोरियम से जोर-जोर से आवाजें आने लगीं - नहीं वंदना हम तुम्हें और सुनना चाहते हैं। तुम्हें और जानना चाहते हैं, प्लीज कम ऑन, माइक मत छोड़ना वी लव यू, वी लव यू वंदना... प्लीज हम सबको तुमसे और बहुत कुछ सुनना है, तुम्हें और अधिक जानना है, उम्मीद है आज तुम हम सबका दिल नहीं तोड़ोगी, हम सबको निराश नहीं करोगी। वंदना, वी लव यू, वंदना, वी लव यू!'' अब तक ऑडिटोरियम का पूरा माहौल भावनात्मक हो चुका था।

वंदना के लिए ये पल बेहद भावुक थे। उसने अपने दोस्तों की गुजारिश पर एक बार फिर माइक पर मोर्चा सँभाल लिया और मुस्कुराते हुए बोली- ''आगे बोलूँगी तो कइयों की कहीं पोल ना खुल जाय; लेकिन आप सबने इतने प्यार से मुझे और बोलने का मौका दिया है तो मैं आप सबको निराश नहीं करूँगी। मैं जानती हूँ, आप सभी मेरे बारे में और क्या-क्या जानना चाहते हैं, लेकिन मेरी भी कुछ मर्यादाएँ हैं, कुछ मजबूरी है इसलिए मैं उसका खयाल रखते हुए एक दायरे में रहकर आप सबसे अपना एक्सपीरिएंस शेयर करूँगी''।

वंदना मुद्दे पर आते हुए बोली- " तो मैं कहाँ थी... हाँ, मैं कह रही थी कि मेरा भी कोई एक ऐसा ब्वायफ्रेंड होता जिसको मुझसे प्यार हो जाता। शुक्र है मेरी बात भगवान के कानों तक जा पहुँची और एग्जैक्टली ऐसा ही हुआ; मुझे भी किसी से प्यार हो गया, शायद उसे भी मुझसे प्यार हो गया, मेरी खामोशियों से...मेरी मुस्कुराहट से। वो हमेशा कहीं मेरे इर्द-गिर्द ही रहता है जिसका मैं एहसास तो कर सकती हूँ लेकिन उसे देख नहीं सकती, सबके सामने नहीं ला सकती। मैंने प्यार किया नहीं, मुझे प्यार हो गया है। हालाँकि प्यार, इश्क, मोहब्बत जैसे शब्दों से मैं हमेशा बचती रही हूँ, लेकिन न चाहते हुए भी मुझे उससे प्यार हो गया। दरअस्ल, प्यार कोई प्रोडक्ट नहीं है जिसकी नुमाइश की जाय। इसलिए मैंने अपने प्यार को अपने दिल के एक कोने में छिपाकर रखा हुआ है। क्या जाने उसे किसी की नजर लग जाय। मैं अपने प्यार को दुनिया के सामने लाऊँ या न लाऊँ ये मेरी अपनी मर्जी है... अगर किसी का प्यार सच्चा होता है तो अपने आप सबकी नजर में आ जाता है, दिख जाता है; पता नहीं क्यूँ आप सब मेरे प्यार को अब तक देख क्यों नहीं पाए।"

वंदना ने मुस्कुराते हुए कहा - "मुझे तो यहाँ बैठे हुए सभी दोस्तों के रोमांस की पूरी खबर है; किसका किसके साथ अफेयर है, कौन किसके प्यार में दीवानी है या दीवाना है; वो कौन है जो रोजाना शाम को शर्मा जी की चाय की दुकान पर इश्क की आहें भरता है और वो कौन है जो लाइब्रेरी में छिप-छिपकर अपने दिल की बात लवलेटर में लिखकर किताबों में छिपा जाता है। वो जो टीटू की मोबाइल शॉप है न, वहाँ भी मेरी एक दोस्त रोज किसी से मिलने जाती है... मुझे सब पता है, दिल है कि मानता नहीं। हमारी कैंटीन के तिवारी जी हैं न, एक दीवाना लड़का अपनी पसंद की एक लड़की की उनसे जासूसी करवाता है, उसे लगता है कि उसके प्यार पर कोई और हाथ साफ करने की कोशिश कर रहा है; मुझे सब मालूम है। ये सब देखकर मैं रोमांचित होती हूँ, खुश होती हूँ और आपकी ही खुशियों में मैं अपनी खुशियाँ तलाशती रहती हूँ, क्योंकि मैं तनहाई से प्यार करती हूँ इसलिए आप सब मेरे लोनली ब्वायफ्रेंड को कभी खुली आँखों से नहीं देख सकते।"

वंदना ने ठण्डी आह भरते हुए कहा- "मैं और मेरी तनहाई।"

वंदना ने कहा - "मेरी तनहाइयों के बीच मुझे मेरा प्यार मिल गया, इस तरह मेरे प्यार की तलाश पूरी हुई। हर किसी के प्यार करने का अपना अलग तरीका होता है; मेरा ऐसा मानना है कि प्यार महसूस करने की चीज है, एहसास

करने से प्यार का रोमांच और बढ़ जाता है।''

कोई नहीं जानता था कि वंदना की ये पंद्रह मिनट की भावुक स्पीच, लोगों के मन में ऐसी हिलोरें मारेंगी कि वहाँ बैठे सभी लोगों को उसके व्यक्तित्व से प्यार हो जायेगा और वह अपने अनुभवों को साझा करने की कड़ी में अपने वाणी वेग से पूरे ऑडिटोरियम में ऐसी जादुई लहर पैदा कर देगी कि तालियों की गड़गड़ाहट रुकने का नाम नहीं लेंगी। हमेशा शांत रहने वाली वंदना के मन में इतना कोलाहल होगा किसी ने नहीं सोचा था। वंदना ने जो कुछ भी कहा वो उसके अंदर की वेदना थी और भौतिकवादी संस्कृति का एक कड़वा सच था। ये ऐसी बातें थीं जो उसके सिवा कोई और इतने बेहतर तरीके से बयाँ नहीं कर सकता था।

करीब-करीब सभी ने फेयरवेल पार्टी में अपने-अपने मन की बात की थी और इस कड़ी में आखिरी स्टूडेंट वंदना थी। फेयरवेल पार्टी काफी लम्बे समय से चल रही थी, लेकिन इन सब के बावजूद वंदना के स्पीच से कोई स्टूडेंट बोर नहीं हुआ बल्कि वंदना की बातें सुनकर सभी स्टूडेंट्स उसे गले लगाने और मिलने को आतुर हो उठे। वे व्यक्तिगत तौर पर वंदना को उसके नये जीवन दर्शन के चलते हग करना चाहते थे। दरअस्ल, जो वंदना पूरे कैम्पस में पाँच साल तक चुप्पी साधे हुए थी, वही वंदना अपने चार शब्दों से सभी स्टूडेंट्स का दिल जीत चुकी थी।

वंदना की भावुक स्पीच खत्म होते ही सरोज मैम ने माइक पर मोर्चा सँभाल लिया था। सरोज गुप्ता मैम ने अपने गेस्ट स्पीच में सभी स्टूडेंट के उज्ज्वल भविष्य की कामना की और एमबीबीएस के फाइनल इयर के टॉप थ्री स्टूडेंट्स को ट्राफियाँ प्रदान की। इस तरह मैडम सरोज डॉक्टरों की नयी फौज को स्माइल पास करती हुई फेयरवेल पार्टी से निकल गयीं। हैरानी कि बात ये रही कि सभी वंदना को बधाइयाँ दे रहे थे, लेकिन सरोज मैडम ने अपनी छोटी-सी क्लोजिंग स्पीच में एक बार भी वंदना के नाम का जिक्र तक नहीं किया और न ही जाते वक्त वंदना की ओर नजर उठाकर देखा... जबकि फेयरवेल में शामिल हर कोई वंदना की इमोशनल स्पीच का मुरीद बन चुका था और उससे दो-चार बातें करना चाह रहा था। कुछ स्टूडेंट्स के मन में कौतूहल जरूर था कि सरोज मैडम जो काफी रोमांटिक मूड की लगती हैं, उन्होंने वंदना की स्पीच पर थोड़ा भी रिएक्ट नहीं किया।

वंदना एमबीबीएस की पढ़ाई पूरी कर अब डॉक्टर वंदना बन चुकी थी। उसके साथ ही उनहत्तर और स्टूडेंट के नाम के आगे डॉक्टर शब्द जुड़ चुका था। आज फेयरवेल के दिन वंदना सहित उसके सभी सहयोगियों को कुछ न कुछ हुनर दिखाने, अपनी वाक्पटुता का प्रदर्शन करने और अपने अंदर के छिपे टैलेंट को उजागर करने का मौका मिला था। किसी ने गाना गाया, किसी ने कॉमेडी की, किसी ने डांस किया, किसी ने अपने सहयोगियों और टीचरों की मिमिक्री की। आज के दिन सब कुछ माफ था। सभी ने अपने अनोखे हुनर की प्रदर्शनी कर खूब तालियाँ और वाहवाहियाँ बटोरी... लेकिन जब वंदना स्टेज पर आयी तो सभी स्टूडेंट्स हैरत में पड़ गये थे कि ये क्या करेगी।

हमेशा शांत रहने वाली वंदना को किसी ने तेज आवाज में बात करते भी शायद ही देखा-सुना था। लेकिन लोगों से अलग-थलग सी रहने वाली वंदना आज पूरे शबाब पर थी। वह बोल तो ऐसे रही थी जैसे कोई मँझा हुआ लीडर जनता के सामने भाषण दे रहा हो या कोई ओजस्वी वक्ता बड़ी ही निपुणता से अपनी बात रख रहा हो। दरअस्ल, वंदना अगर आज कुछ नहीं कह पाती तो उसे जानने-समझने का मौका शायद ही फिर किसी को मिल पाता। खुद वंदना अपने आप को साबित नहीं कर पाती कि वह दूसरी अन्य लड़कियों से कहीं से भी अलग नहीं है। वह भी एक सामान्य-सी लड़की है जो हँसना-बोलना चाहती है, लोगों के बीच घुलमिल कर रहना चाहती है। उसे भी अपने दोस्तों के साथ चाट-पापड़ी खाना पसंद है और वह भी बर्थडे पार्टी में जस्टिन बीबर के गानों पर थिरकना चाहती है। लेकिन आखिर ऐसी क्या वजह थी कि वह इतनी शांत रहती थी। वंदना पढ़ने में भी औसत दर्जे से बेहतर स्टूडेंट थी। वह दिखने में भी सुंदर थी। वंदना की हाइट पाँच फुट पाँच इंच के करीब थी। सलोनी और इकहरी काया वाली वंदना की आँखों में चंचलता भी थी। लेकिन उसकी झील जैसी आँखों के शांत पड़े ज्वार भाटे को कभी किसी ने समझने की कोशिश नहीं की थी। सभी स्टूडेंट्स मोबाइल पर अपने दोस्तों और सहेलियों, माँ-बाप और रिश्तेदारों से बातचीत करते दिख जाते थे, लेकिन वंदना को किंचित ही कभी किसी ने मोबाइल पर किसी से बातचीत करते देखा हो।

लेकिन आज जब वंदना ने पंद्रह मिनट में अपने सहयोगी स्टूडेंट्स के बीच अपने दिल की बात रखी तो मानो ऑडिटोरियम में सन्नाटा छा गया। लोग ध्यान से उसकी बातें सुन रहे थे। उसकी बातों में इतना अपनापन था कि सब उसके मुरीद हो गये थे। उन्हें आशंका होने लगी कि क्या यह वही वंदना है जो हमेशा

मौन-सी दिखती थी और आज अपने शब्दों से पूरे माहौल में खलबली मचा रही है। स्टूडेंट्स ये सोचने पर मजबूर हो गये कि सामने वंदना ही है या कोई और बोल रहा है। हो भी क्यों ना, इससे पहले वंदना केवल हाँ-ना में अपने सहयोगियों से बातचीत करती थी। उसकी जिंदगी की किताब का एक भी पन्ना शायद ही कोई पढ़ पाया था, जबकि बाकियों के क़िस्से-कहानियाँ हमेशा कैम्पस और हॉस्टल में सुर्खियों में छाये रहते थे। लड़कियों और लड़कों के हॉस्टल में रोज किसी न किसी के ब्रेकअप और पैचअप की कहानी गॉसिप का हिस्सा होती थी। अपने दोस्तों के बीच रोना-धोना और फिर अगले दिन सुलह-सपाटा हो जाना आम बात थी। लोगों की बीमारी ठीक करने की पढ़ाई करने वाले छात्र अक्सर दिल की बीमारी के शिकार हो जाते थे, लेकिन इन सभी प्रेम-प्रपंचों से वंदना का दूर-दूर तक कोई नाता नहीं था।

हॉस्टल में वंदना की पार्टनर सीमा को कभी नहीं लगा कि वंदना नाम की कोई लड़की भी उसके कमरे में पार्टनर के तौर पर रहती है। दोनों के बीच कभी-कभार ही बातचीत होती थी, बहुत हुआ तो दोनों ने साथ में लूडो खेल लिया, दोनों के बीच बस इतना ही तालमेल था। बाकी स्टूडेंट्स तो कभी-कभार बीमार भी पड़ जाया करते थे। कभी किसी लड़की को फूड प्वायजनिंग की शिकायत हो जाती थी तो किसी को चक्कर आने लगते थे, किसी के पेट में दर्द होता था तो किसी के दाँत में... लेकिन पूरे पाँच साल की एमबीबीएस की पढ़ाई के दौरान वंदना को किसी ने अपना दुःख-दर्द साझा करते शायद ही कभी देखा-सुना रहा हो। लेकिन इसका मतलब ये नहीं था कि वह बाकी लड़कियों के हाल-चाल से अनजान रहती थी। एक बार जब उसकी क्लासमेट प्राची को खून की जरूरत पड़ी तो सबसे पहले वंदना ने ब्लड डोनेट किया था। वंदना से जुड़ी ये कुछ ऐसी यादें थीं जो स्टूडेंट्स याद कर रहे थे।

परोपकार के कामों में भी वंदना पीछे नहीं रहती थी। हॉस्टल की लड़कियाँ जब बड़े मंगल के दिन लंगर का आयोजन करती थीं तो वंदना की ओर से पाँच सौ रुपये का सहयोग फिक्स रहता था। वंदना की वैसे तो सबसे हॉय-हैलो थी, लेकिन केवल आखों से, मुखारबिन्द से नहीं। यही वजह थी कि सभी के लिए वंदना एक अबूझ पहेली थी। हॉस्टल की बाकी लड़कियाँ उसे कौतूहल भरी नजरों से देखते थीं। वहीं मेडिकल कालेज में वंदना को लेकर प्रोफेसर्स में भी उत्सुकता रहती थी कि आखिर ये लड़की क्या बला है। फर्स्ट इयर के दौरान वंदना के नेचर को कोई स्टूडेंट्स जान नहीं सका था। अक्सर हर हफ्ते होने

वाली हॉस्टल की रिफ्रेश पार्टी में वह अपने हिस्से का डोनेशन तो दे देती थी, लेकिन वह पार्टी में शिरकत नहीं करती थी... किसी न किसी बहाने पार्टी से दूरी बनाये रखती थी। कई बार ऐसा होने पर उसकी दोस्त जान गयीं कि वो पार्टी-वार्टी में शामिल होने वाली लड़की नहीं है इसलिए बाद में उसकी दोस्तों ने वंदना से डोनेशन लेना बंद कर दिया था।

लेकिन आज उसी खूसट-सी दिखने वाली वंदना की सोच को पंख लग चुके थे। जब वह बोली तो सभी हैरत में पड़ गये। हमेशा शांत और धैर्यवान दिखने वाली वो लड़की जो सभी के लिए कौतूहल थी, उसकी जिंदगी में भी एक तूफान था जिसे पढ़ना इतना आसान नहीं था। लेकिन आज वह अपनी जिंदगी के सीक्रेट का इस तरह खुलासा करेगी किसी ने सोचा न था। इन सब के बावजूद वंदना के एक खास रहस्य से पर्दा उठना अभी बाकी था, जिसे सभी जानना चाहते थे और वो रहस्य था उसकी फेमिली जिसे आज तक किसी ने देखा नहीं था। फेयरवेल में शामिल लोग ये भी जानना चाहते थे कि आखिर वंदना के माँ-बाप कौन हैं जो कभी पैरेन्ट्स मीटिंग में नहीं आये। ये एक ऐसा गजब का सस्पेंस था जो बरकरार था और इसी बात को लेकर सभी में उत्सुकता थी।

एक लड़की पंद्रह मिनट के अपने स्पीच में अपने प्रति लोगों की धारणा को पूरी तरह से बदलकर रख देगी ऐसा किसी ने सोचा भी नहीं था। जो लड़की पाँच साल तक लोगों को बोर कर रही थी वही आज सभी की चहेती बन गयी थी। वंदना में उसके साथियों को एक चुलबुली लड़की दिखने लगी थी, जिसे हर कोई जानना चाहता था। खुद वंदना को भी नहीं पता था कि वह जब अपने अनुभव को अपने दोस्तों के साथ साझा करेगी तो वे उसकी इमोशनल स्पीच को हाथो-हाथ लेंगे। एक ऐसी लड़की जिसे तनहाई से प्यार हो गया था और अक्सर उसे तनहा ही देखा जाता था, वो आज एक भीड़ की पसंद बन चुकी थी।

दरअस्ल एक वंदना नहीं थी जिसके अंदर ऐसी वेदना थी, उसके जैसी कई ऐसी लड़कियाँ थीं जिनके मन में कुछ ऐसी ही मिलती-जुलती वेदनाएँ थीं, दिल में दर्द था, जिसे वे साझा नहीं कर पा रही थीं। उनके अंदर साहस नहीं था कि वे खुलकर अपनी बात सबके सामने कह सकें, रख सकें। ऐसे कई छात्र थे जो अपने दुःख को अपने मन में रखकर खुद एक साबुन की तरह घुले जा रहे थे... ऐसे में वंदना उन्हें डूबते को तिनके का सहारा की तरह दिखी। उन्हें लगा कि वो भी अपनी बातें अपनों के बीच साझा कर अपने मन के बोझ को कुछ हद तक हल्का कर सकते हैं। दरअस्ल, धीरे-धीरे वंदना की कही सभी बातें उन्हें जिंदगी

के एक मूलमंत्र की तरह दिखीं जिसे वे अपनाकर खुद के बोझिल मन को हल्का कर सकते थे।

उधर डॉक्टर सरोज घर जाकर बिस्तर पर औंधे मुँह गिर पड़ीं और जोर-जोर से सुबकने लगीं। आज वंदना ने उनके दिल को बुरी तरह से झकझोर कर रख दिया था। उन्हें महसूस हुआ कि सामाजिक तौर पर इज्जत से जीने की उनकी मजबूरी दरअस्ल मजबूरी नहीं थी बल्कि उन्होंने एक कोमल बालमन के साथ छलावा किया था, अन्याय किया था। अपने पाप को छिपाने के लिए वह तेईस साल तक लगातार अपनी ही कोख से जन्मी बच्ची को मानसिक और सामाजिक तौर पर प्रताड़ित करती रहीं। डॉक्टर सरोज मन ही मन सोच रही थीं कि न तो वे एक अच्छी पत्नी बन पायीं और न ही एक सफल माँ की भूमिका निभा पायीं और तो और उन्होंने अपने डॉक्टरी के पेशे के साथ भी न्याय नहीं किया।

एक सफल डॉक्टर को बहुत ही सॉफ्ट नेचर का होना चाहिए, न कि इतना सख्त कि अपनी बेटी को सामने देखकर भी उसका ममत्व न जग पाये। वो बिस्तर पर पेट के बल औंधी पड़ी हुई लगातार सुबक रही थीं। डॉक्टर गुप्ता दो दिन के लिए एक सेमिनार में शिरकत करने के लिए नागपुर गये हुए थे और उन्हें आज लौटना था। अचानक डॉक्टर सरोज गुप्ता के घर की घण्टी बजी। जल्दी से अपने को व्यवस्थित करते हुए डॉक्टर सरोज ने पहले तो अपना मुँह धोया, फिर दरवाजे की ओर तेजी से लपकीं। दरवाजा खोला तो सामने डॉक्टर गुप्ता को पाया। डॉक्टर गुप्ता ने मुस्कुराते हुए अपनी पत्नी डॉक्टर सरोज को हेलो कहा और घर के अंदर घुस गये। डॉक्टर सरोज को हैरत हुई कि उनके पति डॉक्टर गुप्ता ने एक बार भी उनसे ये नहीं पूछा कि कैसी हो, बाल बिखरे से क्यों हैं, आँखें सूजी क्यों लग रही हैं वगैरह...

वहीं दूसरी तरफ वंदना आज अपने दोस्तों के बीच बहुत खुश दिख रही थी क्योंकि उसने अपनी बात सभी के सामने साझा कर अपने मन के बोझ को हल्का कर लिया था। आज पहली बार सभी ने वंदना को इतना बिंदास देखा था। अकेलेपन और तनहाई को जिसने अपना प्रेमी चुना था, वो लड़की आज एक ऐसी भीड़भाड़ का हिस्सा बन चुकी थी जिसके बीच वह अपने आप को सहज पा रही थी। वंदना ने अपने सभी दोस्तों से कहा- ‘‘मैं जानती हूँ कि आप सभी मुझसे मिलकर मेरी जिंदगी की किताब के आखिरी पन्नों को भी पलटना चाहते हैं और अपने दिल की उस दास्ताँ को भी साझा करना चाहते हैं, जिसके बोझ तले दबा

हुआ महसूस करते हैं। लेकिन मैं आपसे कहना चाहती हूँ कि जिंदगी एक त्रिकोण यानि ट्रायंगल है। साल-दर-साल कड़ी मेहनत कर एक कोना चढ़ते तो हैं, लेकिन बहुत देर तक वहीं टिके नहीं रह पाते और फिर सीधे नीचे गिर जाते हैं। इसके बाद कुछ साल तक फिर अथक प्रयास और मेहनत कर सँभलते हुए कुछ दूरी तय करते हैं और फिर ऊँचाई हासिल करते हैं... यही क्रम होता है हमारा। कहते हैं न 'नर हो न निराश करो मन को।' मैं जब भी निराश होती हूँ तो तनहाई वाले अपने अदृश्य ब्वायफ्रेंड से दो-चार बातें कर लिया करती हूँ और हो जाती हूँ बेगानी... बेपरवाह-सी जिंदगी में अगली सुबह फिर से रंग भरने में लग जाती हूँ। इसलिए आज आप सब के बीच हूँ, क्योंकि मुझे आज एक अद्भुत गिफ्ट मिलने वाला है। मैं चाहती हूँ कि आप सभी जो मेरी जिंदगी के आखिरी पन्नों को पढ़ना चाहते हैं और जानना चाहते हैं कि आखिर मैं कौन हूँ। मेरे माता-पिता क्या करते हैं, वे कहाँ रहते हैं; आखिर मेरे माँ-पिता के साथ मुझे किसी ने क्यों नहीं देखा... एक ग्रैंड पार्टी में उस रहस्य को मैं आज आप सबके सामने उजागर करने वाली हूँ।''

डॉक्टर सरोज चाय के प्याले के साथ डॉक्टर गुप्ता के पास आयीं। मिसेज सरोज गुप्ता के चेहरे पर एक अजीब-सी पीड़ा थी जिसे वह छिपाने का प्रयास कर रही थीं और अपने पति के सामने खुद को सामान्य दिखाने की कोशिश कर रही थीं। लेकिन डॉक्टर गुप्ता इन सब बातों से बेपरवाह होकर मजे से चाय की चुस्कियाँ ले रहे थे।

उन्होंने अपनी पत्नी डॉक्टर सरोज से कहा कि मैडम आज मैं किसी करीबी शख्स को एक खास गिफ्ट देना चाहता हूँ, दरअस्ल आज उसका जन्मदिन है; मुझे उस पल का इंतजार है जब मैं उसे गिफ्ट देते समय उसकी मुस्कान देख सकूँ।

तभी डॉक्टर सरोज अचानक ठिठक गयीं। उन्हें याद आया कि आज किसी और खास शख्स का भी जन्मदिन है। वह अपने आप को कोसने लगीं कि वह कितनी अभागी हैं और कितनी स्वार्थी हैं कि सब कुछ होते हुए वह उसे अपनी बाँहों में भर नहीं सकतीं, पुचकार नहीं सकतीं, एक प्यारा-सा गिफ्ट नहीं दे सकतीं। डॉक्टर सरोज के चेहरे पर एक अजीब-सा उदासी का भाव छा गया। बस आँखों से आँसू नहीं निकले। उनका दर्द आँखों के रास्ते भी छलक जाता अगर मिस्टर गुप्ता उनके सामने न होते।

डॉक्टर गुप्ता ने बड़े ही लापरवाही भरे अंदाज में कहा कि वह भी तैयार हो जाएँ, एक बर्थडे पार्टी में जाना है। डॉक्टर सरोज ने डॉक्टर गुप्ता से बोला तो कुछ भी नहीं, लेकिन हामी में सिर हिलाते हुए बेडरूम में चली गयीं और मोबाइल पर एक नम्बर डॉयल करने लगीं। उन्हें गुस्सा आ रहा था कि वह जिसे फोन मिला रही थीं उसका फोन रिसीव नहीं हो रहा था। काफी कोशिशों के बाद भी जब फोन की घण्टी नहीं उठी तो वह झल्ला-सी गयीं और मन ही मन बुदबुदायीं कि अब तो अपने पाँव पर खड़ी हो गयी है, फोन क्यों उठायेगी। ठीक ही तो कर रही है, मुझ जैसी माँ को ऐसा सबक मिलना ही चाहिए।

आधे घण्टे में डॉक्टर गुप्ता और डॉक्टर सरोज तैयार होकर गाड़ी से निकलने ही वाले थे कि डॉक्टर गुप्ता के पास एक फोन आया।

डॉक्टर गुप्ता ने अपनी पत्नी की ओर गौर से देखा और बोले कि एक जरूरी काम छूट गया है, उसे पूरा करने के बाद ही वे बर्थडे पार्टी में जा सकेंगे। यह सुनकर डॉक्टर सरोज को थोड़ा गुस्सा भी आया, लेकिन जरूरी काम समझ कर उन्होंने डॉक्टर गुप्ता को कोई प्रतिक्रिया नहीं दी।

डॉक्टर साहिबा, आप तब तक मुझे एक प्याली चाय पिला दें तो मजा आ जायेगा, ये कहते हुए डॉक्टर गुप्ता अलमारी की तरफ गये और कुछ फाइलें उलट-पलटकर देखने लगे। उन्होंने कनखियों से देखा कि डॉक्टर सरोज किचन में गयी या नहीं। जब उन्होंने देखा कि वे किचन में चाय बना रही हैं तो मुस्कुराते हुए हाथ जोड़कर दीवार पर लगी साईंबाबा की तस्वीर को नमन किया और कुछ बुदबुदाये। तब तक डॉक्टर सरोज चाय की प्याली लेकर उनके पास आ गयीं और बोली कि आपको भी अचानक चाय की तलब लगती है। चाय की प्याली जैसे ही डॉक्टर गुप्ता पकड़ते, वह उनके हाथ से छूट गयी और पूरी चाय डॉक्टर सरोज की साड़ी पर गिर गयी।

"उफ्फ! ये क्या हुआ।" यह कहते हुए डॉक्टर सरोज ने चाय की गरम प्याली से दूर होने की कोशिश की, लेकिन चाय ने उनकी साड़ी को खराब कर दिया था। डॉक्टर गुप्ता ने मुस्कुराते हुए पहले तो अपनी पत्नी से माफी माँगी, फिर कहा कि ये ठीक तो नहीं हुआ, लेकिन चलो इसी बहाने मेरी पसंद की साड़ी पहनने का तुम्हें मौका मिल गया। डॉक्टर सरोज ने मुँह बिचकाते हुए पहले तो नाराजगी जतायी, फिर उन्हें लगा कि आज उसका भी जन्मदिन है, उसे वो साड़ी बहुत पसंद है जिसे डॉक्टर साहब ने उन्हें पहनने की फरमाइश की है। इसी

सोच-विचार के साथ वह वार्डरोब की तरफ गयी और हल्की फिरोजी और पिंक बार्डर वाली साड़ी पहनकर खुद को आइने में निहारा। मुस्कुरायीं। एक बार फिर से साड़ी को सेट किया, फिर आइने के सामने खड़े होकर खुद को देखने लगीं। कुछ देर बाद बाहर आकर डॉक्टर गुप्ता से कहा कि अब तो वह सुंदर दिख रही हैं न!

डॉक्टर गुप्ता ने मस्ती भरे अंदाज में डॉक्टर सरोज को बाँहों में लेने की कोशिश की, लेकिन डॉक्टर सरोज फिल्मी अंदाज में उनके हाथों के घेरे से बचते हुए आगे निकल गयीं। दोनों कार में सवार होकर निकल चुके थे। थोड़ी ही देर में दोनों एक बैंक्वेट हाल में पहुँच गये। डॉक्टर सरोज को उम्मीद थी कि उनके किसी डॉक्टर दोस्त का आज जन्मदिन होगा इसलिए वो बहुत बेचैन नहीं थीं। जैसे ही दोनों बैंक्वेट हाल में पहुँचे, उन्हें बड़ी-सी होर्डिंग दिखायी दी। 'वेलकम मॉम'

डॉक्टर सरोज के अंदर अजीब-सी हलचल होने लगी। मिस्टर गुप्ता और मिसेज गुप्ता बैंक्वेट हाल की एंट्री प्वाइंट से अंदर जा चुके थे। अंदर का माहौल देखकर डॉक्टर सरोज चौंक गयीं। राजस्थानी लहँगा पहने वंदना किसी राजकुमारी से कम नहीं लग रही थी, साथ ही उसके दोस्त भी बैंक्वेट हाल में मौजूद थे। जैसे ही डॉक्टर गुप्ता और डॉक्टर सरोज अपने स्टूडेंट्स के बीच पहुँचे, डॉक्टर सरोज की आँखें भर आयीं। डॉक्टर गुप्ता ने वंदना को अपनी आगोश में लिया और फिर पलटकर वंदना का हाथ डॉक्टर सरोज के हाथ में दे दिया और बोला- ''वंदना, ये रहा तुम्हारा बर्थडे गिफ्ट, शायद तुम्हारे जन्मदिन पर इससे बेहतर उपहार मैं तुम्हें कुछ और नहीं दे सकता था। मां-बेटी का ये अद्भुत मिलन मेरे लिए एक सुखद एहसास है जिसे मैं अपनी यादों के फ्रेम में हमेशा सजाकर रखना चाहूँगा।''

वंदना अपनी माँ के आगोश में थी। दोनों की आँखों में आँसू थे। ये खुशी के आँसू थे... बेहतर जिंदगी की उम्मीदों के आँसू थे, ममत्व के आँसू थे। इस दौरान वंदना के दोस्त ''हैप्पी बर्थडे वंदना'' का कोरस गुनगुना रहे थे।

उन्हें वंदना की जिंदगी के जिस आखिरी पन्ने को पढ़ने को लेकर उत्सुकता थी; जो कहानी अब तक अधूरी थी, वो अब पूरी हो चुकी थी।

8

पारो और चंद्रमुखी

काफी दिनों बाद मैं पारो और चंद्रमुखी से रू-ब-रू हुआ था। ठीक-ठीक याद नहीं कि दोनों से इससे पहले कब मुलाकात हुई थी। दोनों रात को ही मुझसे मिलने आती थीं वो भी आधा-एक घण्टे के लिए और फिर नदारद हो जाती थीं। आज फिर उन्होंने मुझे आ घेरा, लेकिन इस बार वे मुझसे कुछ कहने के बजाय अपनी पंचायत तुड़वाने के लिए हाजिर हुई थीं। उनकी बेचैनी देखकर मैं सुकून से उनके उलाहने के मजे ले रहा था। वैसे भी सौतिया डाह का झगड़ा बड़ा ही रोचक और रोमांचकारी होता है। चाकू-सी चलने वाली दोनों की जुबान एक-दूसरे की बातों को ऐसे काट रही थीं जैसे आरी से किसी पेड़ की साख काटी जाती है। अपना दुःखड़ा सुनाने के बाद दोनों ऐसे बिलख-बिलखकर रो रही थीं जैसे प्याज काटने के बाद आँखों से आँसू निकलते हैं। इन दोनों को लड़ते-झगड़ते देख मेरा मन पसीज गया। मैंने दोनों को खूब समझाया। काफी मान-मनौव्वल और समझाने के बाद दोनों के बीच मामला कुछ पटरी पर आता दिखा।

पारो ने चंद्रमुखी से दुःखी होकर कहा- ''बहना, हमारा तुम्हारा सौतियाडाह एक तरफ, लेकिन बुरे वक्त पर हम दोनों को एक हो जाना चाहिए। देश-प्रदेश की राजनीति से कुछ सबक लो बहन, कब तक अकेले-अकेले जिंदगी गुजारेंगे। देखो सब बने-बनाये मौसम के मजे ले रहे हैं और हम हैं कि एक-दूसरे की जलन में जले जा रहे हैं, ऐसा कब तक चलेगा।''

पारो की बात सुनकर चंद्रमुखी ने एक ठण्डी आह भरी और कहा - "बिलकुल सही कहा बहना तूने, हम इधर झटके खा रहे हैं और वो हमारे नाम के मटके खा रहे हैं। हम दोनों की जवानी तो देवदास को पाने की कोशिश में निकल गयी और अब बुढ़ापा समझदारी में न निकला तो समझो हम दोनों जैसा गँवार कोई नहीं होगा।"

तभी अचानक चंद्रमुखी को लगा कि कहीं पारो उसे अपनी बातों में फँसा तो नहीं रही है और चिकनी-चुपड़ी बात कर उसे उल्लू बना रही है, क्योंकि इससे पहले पारो ने उससे इतने प्यार से शायद ही कभी बात की थी। दिलकश चंद्रमुखी, रूपवती पारो को बंगाल की जादुगरनी कहकर पुकारती थी, जिसके मोहपाश में जब देवदास जैसा छबीला आशिक फँस गया तो चंद्रमुखी भला कौन से खेत की मूली थी। कहीं पारो उसे बेवकूफ न बना दे इसलिए चंद्रमुखी चौकस और चौकन्ना हो गयी। चंद्रमुखी ने पारो की बातों में इस बार नहीं फँसने की बात ठान ली थी।

चंद्रमुखी ने तत्काल अपनी बातों का पैंतरा बदला और पारो से कहा- "बहन-वहन छोड़ो, मुद्दे पर आओ; देवदास तो छीन लिया अब क्या बचा है जो लेने आयी हो पारो।"

पारो को लगा था कि लम्बी दुश्मनी निभाते-निभाते चंद्रमुखी थक गयी होगी, यही वजह थी कि उसने चंद्रमुखी की ओर दोस्ती का हाथ बढ़ाया था। उसे लगा कि उम्र के इस पड़ाव पर आकर दोनों को आपस में दोस्ती कर लेने में ही भलाई है। एक तरफ वह एक होने की सोच रही थी वहीं दूसरी ओर चंद्रमुखी उसकी बातों पर अनायास ही शक कर रही थी। पारो ने मन मारकर सोचा कि समझदारी तो किसी एक को दिखानी ही पड़ेगी, इसलिए वो खुद को समझदार मानकर चंद्रमुखी से दुलार भरे शब्दों में बोली।

"धत् पगली जब देश में कई दल मिलकर गठबंधन की सरकार बना सकते हैं तो हम क्यों नहीं मिल सकते, एक क्यों नहीं हो सकते। देखो न, उत्तर प्रदेश में कई बार दो धुर विरोधी पार्टियाँ गठबंधन की सरकार बना लेती हैं और राष्ट्रीय दल कुछ भी नहीं कर पाते। मजबूती तो मिलकर रहने में है बहन, वर्ना बड़ी-बड़ी सियासत और रियासतों के टुकड़े-टुकड़े हो जाते हैं; ऐसे में हमें सबक लेते हुए एक हो जाना चाहिए। सच्चाई यही है कि हमारा और तुम्हारा लक्ष्य एक ही था, एक ही है और एक ही रहेगा। वह है देवदास... तो देर किस बात की, दो अपना

हाथ मेरे हाथ में, आज से हम दोनों भी एक हो जायें, मिलकर अपने देवदास को दिल्ली में संसद भवन मार्ग के आस-पास तलाश करेंगे, कहीं न कहीं मिल ही जायेगा, हम दोनों को चकमा देकर लम्बे समय तक फरार नहीं हो सकता। अगर हम आपस में लड़ते न होते और एक होकर उसका मुकाबला करते तो हमारे भी ठाठ होते, देवदास हमारे चंगुल से निकल पाता क्या; लेकिन बिखराव का फायदा हर बार कोई न कोई ले जाता है और हम हाथ पर हाथ धरे देखते रह जाते हैं। अपनी बारी का इंतजार करते-करते बुढ़ापा आ गया, जाने कब मिलेगा हमें अपने हिस्से का देवदास।''

चंद्रमुखी- ''हाँ बात तो पते की कही तुमने पारो, पहली बार बुद्धिमानी की बात की है बहन, लेकिन ये अकल तुम्हारे पास आयी कहाँ से, किसी मजनूँ की लैला से उधार में तो नहीं ले लिया ये आइडिया। अगर ये विचार तुम्हारी बौद्धिक सम्पदा हैं तो ठीक है, वर्ना किसी और सुंदरी ने ये आइडिया पेटेंट कराया होगा तो समझो हमारे हाथ से देवदास निकल गया। फिलहाल मैं तुम्हारी बात पर विचार करूँगी और दोनों मिलकर अपने भटके हुए देवदास की तलाश करेंगे और उसकी ऐठन को पटरी पर लाकर ही रहेंगे। पहले तो हमें दिल्ली के सभी अँग्रेजी और देसी शराब की दुकानों पर देवदास के लापता होने के पोस्टर चस्पा करने होंगे ताकि उसकी पोल-पट्टी खोली जा सके। हरजाई हम दोनों को प्यार में धोखा देकर ऐसे आराम से थोड़े ही भाग सकता है। जिस दिन हाथ में आयेगा सबसे पहले उसका क्रेडिट कार्ड कब्जे में ले लेंगे हम, क्रेडिट लिमिट बढ़ जाने के चलते बहुत उड़ रहा है। उसके पर कतरने हैं तो सबसे पहले उसकी आर्थिक ताकत कमजोर करनी होगी। उसे ये बात पहले सोचनी चाहिए थी कि एक साथ दो-दो लुगाई रख पायेगा या नहीं... हमें भी नहीं पता था कि दो-दो हसीना को एक साथ लिफ्ट देने के बाद न तो वह हम दोनों को सँभाल पायेगा, न ही हम उसके बगैर सँभल पायेंगे... रही बात उसके खुद के सँभलने की तो, जब वह ये बखूबी जानता था कि न तो वह सँभल पायेगा न ही हमें सँभाल पायेगा तो उसे दो नावों की सवारी करनी ही नहीं थी। हाल तो सब देख ही चुके हैं कि गठबंधन में हमेशा कोई न कोई दल नाराज रहता है और सरकार गिराने की धमकी देता रहता है। विरोधी दल का हाथ थाम लेने का डर तो गठबंधन की सरकार में हमेशा ही बना रहता है। फिलहाल देवदास अब या तो हम दोनों को एक ही म्यान में रखे या दो हिस्सों में बँटने के लिए तैयार रहे। एक तो मनरेगा में काम कर-कर के मैं उस मुए को दारू पिलाती रही और जब हमारी जरूरत नहीं रही तो हमें छोड़कर

भाग खड़ा हुआ कलमुँहा; आज नहीं तो कल उसे पल्लू से बांधकर ही रहूँगी, गिरफ्त में तो एक न एक दिन आयेगा हरजाई। गिरफ्त में आने दो, मी-टू का ऐसा केस ठोकूँगी उसके ऊपर कि या तो भतेरा मेरे चक्कर लगायेगा या फिर कचहरी में जिंदगी भर मँडराता फिरेगा... हाँ नहीं तो, तीसरी कोई गुंजाइश नहीं बचेगी उसके पास।''

पारो- ''बहन लगता है मैं पागल हो गयी हूँ देवदास के चक्कर में। मैं जब दिल्ली के बीयर बार में जाकर अपने देवदास की तलाश करती हूँ तो मुझे वहाँ हर नशेड़ी देवदास ही नजर आता है। मुझे लगता है कि मैं खुद टल्ली होकर अपने देवदास की तलाश में निकली हूँ। जानती हो बहना, एक दिन तो मैंने एक पराये मरद को पकड़ लिया और भर लिया अपनी आगोश में। वो भी बेवड़ा निकला, मेरा मुँह सूँघने लगा। कहने लगा मेरी घरवाली तो पीती नहीं, लेकिन तुम्हारे मुँह से बास आ रही है। मैं जब तक कुछ समझ पाती वह मुझसे जान छुड़ाकर रफूचक्कर हो गया। मुझे देखते ही दिल्ली की सभी महफिलों के पियक्कड़ देवदास बन जाते हैं। पता नहीं अपुन के भगोड़े देवदास ने हमारी आँखों पर भ्रम का ऐसा चश्मा पहना रखा है कि उसके सिवा हमारी आँखों को कुछ सूझता ही नहीं, उन नेताओं की तरह जो देश के लिए तो कुछ करते नहीं लेकिन अपने लिए मतदाताओं का वोट जरूर बटोर लेते हैं। भ्रम का चश्मा पहनाना दरअस्ल राजनीतिज्ञों का ही काम है, लेकिन देवदास भी ये गुर अब सीख चुका है।''

चंद्रमुखी- ''सही कहा, अब तो अपना देवदास भी हमसे राजनीति करने लगा है, टिकट किसी और पार्टी से लेता है और मौका पड़ने पर सपोर्ट किसी और पार्टी को कर देता है। पहले भी देवदास हमारे साथ यही करता आया था, दलबदलू हो गया था हमारे मामले में; हम ही वोटरों की तरह नादान थे जो हर बार उस पर भरोसा कर लेते थे। देवदास का मोहपाश ही हमें ले डूबा। पारो! याद है तुम्हें, सज-धज कर तुम बैठी रहती थी उसके इंतजार में और फेरे मेरी गली के लगाता था नासपीटा देवदास।''

पारो- ''सही कहा बहना, तभी तो वह हम दोनों को दर्द-ए-इश्क़ का चश्मा पहनाकर चलता बना और एक हम हैं जो उसकी यादों की लकीर पर लाठी पीट रहे हैं।''

चंद्रमुखी- ''भगवान बचाये इन नेताओं से, जो हमारा बसा-बसाया घर उजाड़ दिया। न तो हमारे नेता हमारे देवदास को पलटीमार कला में माहिर

बनाते, न तो हमारे साथ ऐसी कोई घटना घटती। देखो न, नेता वोट माँगते वक्त तो दिखायी देते हैं और फिर इसके बाद पाँच साल के लिए गायब हो जाते हैं। कहीं अपना देवदास भी पाँच साल के लिए हमसे दूर तो नहीं चला गया, क्योंकि जिस तरह से लोग अपने सांसद और विधायक को चुनाव के बाद तलाश करने में वक्त जाया करते हैं, कहीं हमें भी देवदास को खोजने में यही सब कुछ न करना पड़े। न ये मुए खद्दरधारी बेईमान नेता हमारे देश में भ्रष्टाचार की नींव रखते, न ही हमारा बेवड़ा देवदास इस हद तक बिगड़ता; हमें वह यूँ ही बेसहारा छोड़कर कहीं लापता भी नहीं होता।''

पारो- ''चंद्रमुखी, मैं तुमको कल का वाकया बताती हूँ, कल मुझे थोड़ा ज्यादा चढ़ गयी थी। मैं देसी दारू के अड्डे के पास चखना खाते-खाते देखती हूँ कि एक महिला इमोशनल होकर अपने मोबाइल पर आँसू बहा-बहाकर रो रही है। कुछ ही दूरी पर एक बेवड़ा भी फोन पर बातें करते हुए सुबक रहा है। दरअस्ल, दोनों के बहते आँसू मेरे ऊपर इमोशनल अत्याचार कर रहे थे। मुझे भी रोना आ गया जब देखा कि दोनों मोबाइल पर रोना रोने के बाद चखना की दुकान पर आये और दोनों ने एक साथ बैठकर जी भर कर दारू पी, प्यार-मनुहार की बातें की और फिर एक-दूसरे से मिलने का वादा किया, एक-दूसरे के गालों पर चुम्बन दिया और इसके बाद दोनों विपरीत दिशा में चलते बने। अपना भाग्य काश ऐसा ही होता कि देवदास हमें ठेके पर बुलाता, चखना के साथ जी भर कर दारू पिलाता, हम तीनों मौज-मस्ती करते और फिर डगमगाते पैरों अपने-अपने घर लौट आते।''

चंद्रमुखी- ''सच कहा तूने पारो, मेरा भी दिमाग खराब था जो देवदास रूपी जागीर को अकेले हड़पना चाहती थी, तुम्हें मिलाकर चलती तो देवदास भी अपने पास होता और सत्ता की चाबी भी हमारे कब्जे में होती, मिलकर रँगरेलियाँ मनाते सो अलग। खैर तुम्हारा एजेंडा मेरी समझ में आ गया है कि जो भी माल-पानी हो, मिल-बाँटकर खाने में ही भलाई है। कहते हैं न जब आँख खुले तभी सवेरा मानो, तो अपुन का सवेरा अब हो गया है, अगर देवदास दिलफेंक है तो हम भी कम चकरधिन्नी नहीं हैं, मोहब्बत की जलती धौंकनी में ज्वार-भाटा बनकर देवदास की जिंदगी में ऐसी लट्ठमार एंट्री मारेंगे कि वो छितरा ना गया तो मेरा नाम चंद्रमुखी नहीं।''

पारो- ''नाजुक दौर है, जरा अपने जज़्बातों पर कंट्रोल रखो बहना, कहीं तुम्हारी दशा देखकर हमारी आँखों से आँसू न निकल आयें; इसे बचाकर रखना

है, आँखों के समंदर में डुबोने के लिए ये आँसू बड़े काम आते हैं, वो तो मैं ही धोखा खा गयी थी जो देवदास मेरी चक्रव्यूह से निकल गया, वर्ना उसकी मोहब्बत को जन्म-जन्मांतर तक के लिए मेरे दिल के लिए कुर्बान होना था, लेकिन अगर वह किसी और की रातें रंगीन कर रहा है तो देखना मैं उसके साथ कोई ऐसा चकल्लस खेलूँगी कि पट भी मेरी होगी और चित भी मेरी होगी; फिर देखना हम दोनों का जलवा, देवदास के साथ साथ शराब से सड़-गल चुकी उसकी अँतड़ियाँ भी हमारे आगे पनाह माँगेंगी।''

चंद्रमुखी- ''लेकिन जब तक हमारा मिशन पूरा नहीं हो जाता, देवदास को जिंदा रखना होगा और अपनी पकड़ में रखना होगा। दुनिया तो ये जानकर खुश होगी कि देवदास हमसे अलग दुनिया बसाने की सोच रहा है, फिर तो हम दोनों का ही मजाक उड़ेगा। लोग कहेंगे कि बड़ा गुमान था दोनों को अपनी गदराई जवानी पर।''

पारो- ''कुछ तो लोग कहेंगे लोगों का काम है कहना... गुस्सा आयेगा तो अपनी गदराई छाती से ऐसी टक्कर मारेंगे कि हम पर हँसने वाला भी छितरा कर गिर जायेगा।''

चंद्रमुखी- ''कभी-कभी तो लगता है कि अगर हमारी गिरफ्त में देवदास नहीं आया तो हम दोनों को कहीं खुदकुशी न करनी पड़े; किसी को क्या मुँह दिखायेंगे हम देवदास को खोकर।''

ये कहते कहते चंद्रमुखी थोड़ा निराश हो गयी और उसका चेहरा लटक गया, जैसे किसी पेड़ से कोई कटहल लटका हुआ हो।

पारो ने जब देखा कि चंद्रमुखी हताश हो रही है तो उसका मन भी विचलित हो गया, लेकिन उसने झट सोचा कि मुसीबत में हार नहीं माननी चाहिए।

पारो - ''हौसला हो तो एक क्या कई देवदास पटाये जा सकते हैं, हमें अपने पर भरोसा होना चाहिए; अगर ऐसी सोच बनाने में हम कामयाब रहे तो देवदास क्या उसका बाप भी हमारी मुट्ठी में कैद होगा, फिर हम उसे भेजेंगे जेल और उसकी जायदाद पर ऐश करेंगे।''

चंद्रमुखी - ''लेकिन उसके बगैर हम दोनों का जीना मुश्किल है।''

पारो- ''ये सब तो ठीक है बहना, लेकिन मुझे तो डर है कि कहीं देवदास शराब पीकर किसी कुँवारी कन्या के साथ सड़क पर लुढ़का हुआ न मिल जाय,

क्योंकि एक तो दिल्ली दिलवालों की है, दूजा यहाँ दारू की मटमैली यमुना बहती है और अपना देवदास है खालिस पियक्कड़, उसके साथ कुछ उलटा-पुलटा ना हो जाय... चलो अभी दिल्ली की सड़कों पर उसे हेरने निकलते हैं, अपने देवदास को लेकर मिशन तलाश आज से अभी से शुरू करते हैं।''

चंद्रमुखी- ''देख पारो, मैं तो सीधे मुद्दे की बात करती रही हूँ इसलिए देवदास की तलाश में हमें सीधे दारू के अड्डे पर ही जाना चाहिए।''

पारो- ''हाँ बहना, देवदास जब हम दोनों से बिछड़ा था उस दिन हम तीनों दारू के अड्डे पर ही थे।''

चंद्रमुखी- ''हाँ पारो, याद आया हम तीनों वहाँ नागिन डांस कर रहे थे; हम दोनों ने थोड़ी ज्यादा पी ली थी और इसी का फायदा उठाकर देवदास नाग बनकर सरक लिया मौके से और हम दोनों मैं नागिन तू सपेरा वाला गीत गाते रहे।''

पारो- ''हाँ बहना आज फिर वही नागिन डांस करने का मन कर रहा है मेरा, लेकिन मेरे मन में एक बात आ रही है; कहते हैं न... सिक्का जहाँ गिरा है वहीं मिलेगा। तो हमने अपने देवदास को जहाँ खोया है, वहीं हमारी तलाश पूरी होगी। कल से दिल्ली में इलेक्शन शुरू हो रहा है, जहाँ मिलेगी दारू वहीं चलेंगे प्रचार करने और प्रवचन देने। पार्टी किसी की हो हमें तो दारू और पैसा चाहिए। जहाँ मिलेगी दारू और पैसे, वहीं शुरू कर देंगे भजन-कीर्तन, कहीं न कहीं से देवदास का लिंक निकल आयेगा, समझो हो गया अपना काम।''

चंद्रमुखी- ''सच कह रही हो पारो, हमें हमारा देवदास चुनावी भीड़ या जनसभा में ही मिलेगा, बस तलाश करने का काम ईमानदारी से करना होगा।''

पारो- ''पता चला है कि बिहार में देवदास... मतलब दारू पर बैन है। वहाँ की सरकार ने शराब को तड़ीपार कर दिया है, लेकिन मुझे समझ में नहीं आयी ये शराबबंदी... छोड़ो हमें क्या, हम तो दिल्ली में ही रहेंगे, बिहार जाने का कोई मतलब ही नहीं। चलो अच्छा हुआ कम से कम अपना देवदास बिहार तो नहीं गया होगा।''

चंद्रमुखी- ''दरअस्ल, देवदास बनने के बाद लोग अँग्रेजी बोलने लगते हैं और बिहार के एक नेता हैं उन्हें अँग्रेजी आती नहीं थी इसलिए जुगाड़ लगाकर सरकार से शराब बंदी की सिफारिश की; फिर क्या था जब अँग्रेजी में हाथ तंग हो

तो अँग्रेजी शराब में भी गला तंग होना चाहिए, इसलिए वहाँ अँग्रेजी-देसी सभी प्रकार की शराब पर पाबंदी लग गयी। दारूबंदी की घोषणा से एक असर जरूर पड़ा, ना रहेगी देवदास वाली आदत, न वहाँ कोई बोलेगा अँग्रेजी; दारू बंद होने से कुछ लोगों की अँग्रेजी वाली बोलती बंद हो गयी है।''

पारो- ''बहन चंद्रमुखी ये बताओ कि...

चंद्रमुखी- ''अब और कुछ न पूछो मुझसे, तुम्हारा असली देवदास मिल जाय तो क्या करोगी?''

तभी अमिताभ की फिल्म शराबी देखकर देवदास शराब की खाली बोतल लिए घर में घुसा।

पारो और चंद्रमुखी (गुस्से में) - ''नासपीटे तुम्हारे लिए हम दोनों कितने परेशान हैं, रो-रो कर बुरा हाल है, अब तो रो-रो कर आँख के आँसू भी सूख चुके हैं। चार-दिन से घर के जूठे बर्तन साफ नहीं हुए हैं, तुम्हारे गम में हम दोनों गले जा रहे हैं; हमारे लब पर बस तुम्हारा नाम है।''

पारो - ''चंद्रमुखी भी खूब याद कर रही थी तुम्हें करमजले, हम सबकी इज्जत नीलाम करने का इरादा है क्या, नाश मार देते हम दोनों अगर तुम हमें जल्द न मिलते।''

चंद्रमुखी- ''जिस दिन तुम जैसे चम्पाट मरद को अपनी जानलेवा जाँघ पर बिठाकर खाना खिलाया, उसी दिन गायब हो गये तुम; इतने दिन बाद आये भी तो दारू की केवल एक बोतल के साथ एण्ट्री मारे हो। सोचे होगे कि हम दोनों सिनेमा के दर्शक हैं, तुम्हें देखते ही सीटी मारने लगेंगे। पहले ये बताओ कि दारू की दो और बोतलें कहाँ छिपाकर रखी हुई हैं। तुमने तो अपने हिस्से की दारू अकेले गटक ली, अब हम क्या पियेंगे, तुम्हारा खून। चतुर चालाक बनने की कोशिश न करो, तुम लाख हम दोनों को लड़ाओ, लेकिन मैं और पारो अब एक हो चुके हैं। तुम्हारी तो ऐसी खटिया खड़ी करेंगे कि जब-जब दारू पियोगे याद रखोगे। एक नहीं दो-दो औरतों को पटा रखा है तुमने, तो क्या दारू अकेले पियेगा तू हरामी; पहले दारू के साथ चखना खाता था, अब गाली खा।''

पारो - ''जा आज खाना नहीं बनेगा, कहीं से पिज्जा या बर्गर ला दो, भूख बहुत जोरों की लगी है। तूने तो गटक ली अपने हिस्से की देशी दारू, अब हम दोनों ही बचे हैं। घर के सारे बर्तन खाली हैं, खायेंगे क्या, दारूबाज मरद होगा

तो यही हाल होगा जो हम दोनों के साथ हो रहा है।''

तभी देवदास चीख पड़ा और जोर-जोर से चिल्लाने लगा।

''अरे मैं फिर से पारो और चंद्रमुखी के पास आ गया... मैं तो दोनों को छोड़कर भाग गया था। करमजली ये दारू जो है, पी ली, भटक गये और आ गये फिर वहीं जहाँ से मुक्ति पाना चाहते थे।''

अपने देवदास की बात सुनकर पारो और चंद्रमुखी दोनों हैरान रह गयी। गुस्से में दोनों एक साथ देवदास पर झपटीं। देवदास थोड़ा-सा किनारे क्या हटा। दोनों एकदम से जमीन पर आ गिरीं। देवदास ये सीन देखकर जोर-जोर से हँसने लगा।

देवदास- ''तुम दोनों लाख एक होने की कसमें खाओ, कभी एक नहीं हो सकती, सौतियाडाह तुम दोनों के खून में है जो मरने के बाद भी नहीं जायेगा। औरत का ये गुण जिस दिन मर जायेगा समझो औरत मर गयी। तुम दोनों हमारे देश की नेता हो, कभी सुधर नहीं सकती; जिस तरह नेता अवसर पाते ही पाला बदल लेते हैं, उसी तरह तुम दोनों गिरगिट की तरह अपना रंग बदल लेती हो।''

तभी मेरा सपना टूटा मैं अपने सपने के बारे में काफी देर तक सोचता रहा। सच... आज के युग में चंद्रमुखी और पारो से छुटकारा पाना इतना आसान नहीं है, जितना लगता है। सुबह मेरे ऑफिस में मेरी सेक्रेटरी चंदमुखी मेरे आने का इंतजार करती है तो वहीं शाम को पारो मेरे घर वापसी का इंतजार करती है और जब मैं दोनों से आजिज हो जाता हूँ तो मैं भी बन जाता हूँ देवदास।

9

ये 'ताज' बड़ा हरजाई है

'ताज' बड़ा हरजाई होता है... सिंहासन का ताज हो या फिर आगरे का, एक पल के लिए ही सही, मन में गुरूर तो ला ही देता है। पहले ताज यानी सिंहासन के लिए युद्ध होते थे तो आज कुर्सी के लिए जूतम पैजार हो रही है। युद्ध तो मोहब्बत में भी होते थे... कितनी लड़ाइयाँ दीवानगी के चलते लड़ी गयीं... चाहे पद्मावती को हासिल करने को लेकर अलाउद्दीन खिलजी और राणा रतन सिंह के बीच भीषण संघर्ष की गाथा हो या फिर संयोगिता के पृथ्वीराज चौहान द्वारा हरण करने की वीरगाथा। हर मोहब्बत की अपनी एक अलग ही दास्तान होती है... अन्य शासकों की तरह ही मुगलों में भी नारी प्रेम कुछ अधिक ही था, तभी तो आज उनका हर अमर प्रेम किस्से-कहानियों के तौर पर सुनाया जाता है। अनारकली और सलीम की मोहब्बत में ताज-ओ-तख्त की तनिक भी परवाह नहीं दिखती है। सलीम एक अल्हड़ राजकुमार था, उसे अनारकली के प्यार की आग में झुलस जाने की तमन्ना थी। वाह री मोहब्बत! दिल में आग दहक रही हो तो क्या कहने... भड़क जाय तो जेठ की तपती दोपहरी से भी ज्यादा भयंकर साबित होती है। इश्क की आग में गाँव के गाँव तबाह हो जाते थे, सल्तनतें मिट जाती थी और तड़प पैदा हो जाय तो शीरीं-फरहाद जैसा अंत होना तय था।

मोहब्बत किसी को, किसी से, कभी भी हो सकती है, बस उसके लिए एक

अदद दिल चाहिए। लेकिन मोहब्बत का अंजाम ऐसा होना चाहिए कि दुनिया के लिए मिसाल बन जाय। तभी तो शाहजहाँ का मुमताज महल से बे-पनाह मोहब्बत आज भी ताजमहल के तौर पर आशिकों के दिलों में जुनून पैदा कर रहा है। मेरी भी पढ़ाई वाली किताब में ताजमहल का चैप्टर जबसे आया, मेरी जिंदगी में मानो उफान-सा आ गया। ताज ने मेरी रातों की नींदें उड़ा दी और दिन का चैन छीन लिया। मैं हमेशा बेचैन रहने लगा था। छठवीं कक्षा में सामाजिक विज्ञान में पहली बार ताजमहल के तौर पर मैंने मोहब्बत की दास्तान पढ़ी थी।

तभी से मेरे मन में मेरी वाली मुमताज बस गयी थी... वो कोई और नहीं, मेरी क्लास में पढ़ने वाली मोंटो नामक एक हंसिनी थी। दो चोटी बनाकर आती थी। हँसती थी तो गालों पर डिंपल पड़ जाते थे। वो कितनी खूबसूरत थी मैं नहीं जानता, लेकिन मेरी नजर में उसकी सादगी ही उसकी खूबसूरती था। जिसका मैं कायल था। मैं सोचता था कि भला किसी के मरने पर गिफ्ट क्यूँ दिया जाय, जीते जी कैडबरी का एक चॉकलेट तो दिया ही जा सकता है अपनी मुमताज को।

धीरे-धीरे मेरी मोहब्बत दो साल जवान हो चुकी थी, लेकिन कभी मेरा उस लड़की से खुलकर नैन मटक्का नहीं हो सका। दरअस्ल, ये मेरी एकतरफा चाहत थी। रोज अपनी कलम उठाता और अपनी कॉपी-किताब के किसी पन्ने पर उसका नाम लिख देता। कोई ऐसी कॉपी-किताब नहीं बची रही होगी जिस पर सीक्रेट कोड में उसका नाम मैंने न लिखा रहा हो। मैंने अपनी मुमताज को एक प्यारा-सा नाम दे दिया था मोंटो ताकि मेरा भेद भेद बना रहे। इसी बहाने मैं इस सिक्रेट कोड के ज़रिये अपनी मोहब्बत को अपनी किताबों के पन्नों में एहसास कर सकूँ। बड़ा सकून मिलता था जब मैं उसका नाम बड़े इत्मिनान से सजा-सजाकर अपनी कापियों में लिखता था। लगता था जैसे वो मेरे हाथों को पकड़कर अपना नाम मुझसे लिखवा रही हो। साल के अंत तक आते-आते मेरी पूरी कापी-किताबों के हर पन्ने पर मोण्टो अपनी छाप छोड़ चुकी होती थी। ऐसी छुपन-छुपाई आशिकी का अपना एक अलग मजा था और टशन थी।

ये दौर ही ऐसा था जब प्यार होने का एहसास तो कर सकता था कोई, लेकिन इजहार करना बहुत ही मुश्किल काम था और सच कहूँ तो अपनी मुमताज को एहसास करना मुझे बड़ा ही सकून देता था। उसको याद करना और महसूस करना बहुत ही मीठा-मीठा लगता था। कहने को तो हम को-एड स्कूल में पढ़ते थे, लेकिन एक ही क्लास में लड़के और लड़कियाँ ऐसे रहते थे जैसे नार्थ और साऊथ पोल हो। अगर किसी लड़के की किसी लड़की से बात हो जाए

तो समझो दिन भर वो लड़का अपने दोस्तों के बीच चर्चा का विषय बन जाता था। मैं उन दिनों आठवीं कक्षा में पढ़ रहा था और दो साल पहले ही से मोंटो मेरे जेहन में आ गयी थी। बड़ी शालीन, सौम्य और पढ़ने में ठीक-ठाक थी। लेकिन मेरी ये चाहत बस मेरे मन तक ही सीमित थी। ये एक ऐसा एकतरफा रोमांस था जिसका केवल मुझमें ही रोमांच था। देख लेने भर से ही दिल खुश हो जाया करता था। वो मुस्कुराती तो सोचता, दिन अच्छा गुजरा है; वो मायूस होती तो लगता कि दिन खराब गया। सचमुच क्या आशिकी थी।

आजकल का माहौल होता तो हम गजब ही ढा देते... लेकिन उन दिनों यानि अस्सी के दशक में छोटे शहरों में प्यार को पाप समझा जाता था। इस पाप में सबसे बड़ी बाधा खुद अपुन का बाप था, क्योंकि मेरे बाप की कुटाई का तरीका ऐसा था जिसे अगर हिटलर देख लेता तो वह भी काँप उठता, इसलिए प्यार रूपी इस पाप को अपने बाप से बचाकर रखना मेरी मजबूरी थी। जब मामूली-सी गलती पर बनियान और निकर में मोहल्ला घुमा देते थे मेरे पिताजी, तो समझ सकते हैं कि मेरे लड़कीबाजी का अंजाम क्या होता, इसलिए अपनी नामुराद चाहत को मैं इश्क के कफन में दफन कर देना चाहता था। पर जैसा मैं सोचता था वैसा कर नहीं पाता था। उसकी चाहत में क्लास में मेरी उपस्थिति बढ़ गयी थी और मैं पढ़ने भी लगा था। पढ़ने वालों बच्चों की क्लास में बड़ी इज्जत होती थी। कभी-कभार इन पढ़ाकू लड़कों की, लड़कियों से दो-चार बातें हो जाया करती थीं और इसी चाहत ने मुझे भी पढ़ाकू बच्चों की लिस्ट में शामिल करा लिया था। वाह री मोहब्बत... पहाड़ को भी तोड़ने का जज्बा पैदा कर देती है।

मेरी क्लास के सभी छिछोरों ने अपनी-अपनी मुमताज ताड़ रखी थी, लेकिन मेरी मुमताज कौन थी ये मैं और बस मैं ही जानता था। मैं उसका शाहजहाँ कभी नहीं बन पाया, पर वो मेरी मुमताज रोजाना बनती थी। सुबह-दोपहर-शाम हर पहर बस एक ही जूनून था कि कैसे उसके दिव्य दर्शन हो जायँ। एक दिन क्लास में एक टीचर ने सभी को खूब डाँट पिलायी। उस दिन उसकी आँखों में मैंने आँसू देखे, मन में आया कि मास्टर साहब को ही कूट दूँ। लेकिन क्या करता, डाँट तो मुझे भी पड़ी थी। चुपचाप खड़े सभी लड़के बेशर्म होकर अपनी-अपनी वालियों के चेहरे की भावभंगिमा को ताड़ रहे थे और इन्हीं लड़कों में एक मैं भी था।

बचपन की बात आयी गयी हो गई। मैं जिंदगी की रफ्तार में आगे बढ़ता

गया और दिल्ली आकर बस गया।

इसी बीच मेरा विजय बंसल जी से मिलने के लिए आगरा जाना हुआ। उन्होंने सुबह-सुबह आगरे की कचौड़ियाँ और जलेबी खिलायी और पर्स खोलकर पैसे देने लगे। उनकी पर्स में उनकी पत्नी संग एक फोटो लगी मुझे दिख गयी। फोटो की खास बात ये थी कि उसके बैकग्राउंड में ताजमहल था। दरअस्ल, बंसल जी ने ताज के सामने खड़े होकर अपनी पत्नी के संग फोटो खिंचायी थी और इसे अपने पर्स में लगा रखा था... इस एहसास के साथ कि भूल कर किसी और से मोहब्बत मत करना, भाभी जी पर्स में हैं। वैसे भी आगरे वाले पेंच लड़ाने में बड़े माहिर होते हैं, ऐसा मेरा सोचना था। फिलहाल बंसल जी की ताज वाली तस्वीर देखकर मेरी पुरानी स्कूल वाली मोहब्बत की चिंगारी फिर से भड़क उठी। ताजमहल देखकर पुरानी यादें ताजा हो गयी। मन में बार-बार न चाहते हुए भी उसकी याद आ ही जा रही थी। सोचा चलो ताजमहल के दर्शन कर ही लेते हैं, मान लूँगा कि मुझे मेरी मुमताज के दर्शन हो गये। इसी चाहत के साथ मैं ताजमहल देखने पहुँच गया।

जैसे ही ताज का दीदार करने मैं वहाँ पहुँचा, मुझसे एक अँग्रेजन टकरा गयी। वह अकेले ही ताज देखने आयी थी। उसका शायद कोई शाहजहाँ नहीं रहा होगा। घुमक्कड़ी लोगों को अक्सर अकेले ही घूमते-फिरते पाया जाता है। लेकिन ऐसे लोग बड़े मुँहफट और अक्खड़ी होते हैं। ऐसे लोग अपने मन के स्वयंभू होते हैं; दुनिया उनके बारे में क्या सोचेगी, वे इस बारे में तनिक भी नहीं सोचते हैं। ये अँग्रेजन भी कुछ ऐसी ही स्वभाव की थी। सबको फोटू खिंचाते देख अँग्रेजन के अंदर की भी प्रेम की ज्वाला दहकने लगी। उसने मेरी ओर मुस्कुरा कर देखा। मैं भी अकेले ही ताज देखने गया था, उसकी मुस्कुराहट का मैंने माकूल जवाब दिया। मैं उसकी सुंदरता पर मोहित हो गया था। लोग ताज देख रहे थे और मैं उसे देख रहा था। तभी अचानक वह मेरे पास आयी और अपना कैमरा मेरी ओर थमाते हुए ताज के सामने उसकी एक तस्वीर उतारने का आग्रह किया। मैं उसको भला कैसे निराश कर सकता था। पहले तो नंगी आँखों से उसे निहार रहा था और अब कैमरे के लेंस से उसके भड़काऊ अंगों को देखने का मौका जो मिल रहा था। मैंने उसका कैमरा थाम लिया और एक ही बार में उसकी तीन-चार फोटो उतार ली। उसने अपना कैमरा अपने हाथ में ले लिया और थैंक्स कहने के साथ चलने को हुई। तभी मैंने अँग्रेजन से अनुरोध किया कि मैं भी उसके साथ एक फोटो लेना चाहता हूँ। वह सहर्ष तैयार हो गयी।

अँग्रेजन बड़ी खूबसूरत और बिंदास लग रही थी। बड़ी ही स्टाइल में वो मेरे साथ ऐसे खड़ी हो गयी जैसे मेरी उसकी पुरानी जान-पहचान हो। मेरे कंधे पर हाथ रखकर उससे बड़ी रूमानी अंदाज में मेरे साथ फोटो खिंचायी। फोटो सेशन के बाद उसने मुझे एक मादक स्माइल पास की और वहाँ से चलती बनी। मेरा दिल अँग्रेजन के साथ फोटू खिंचाकर रूमानियत का शिकार हो चुका था, वहीं दूसरी ओर अँग्रेजन को मेरे साथ तस्वीर उतरवाने के बाद कोई 'अपनेपन' जैसी फीलिंग ही नहीं हुई थी। हम इण्डियंस में यही खासियत या यूँ कहें कि यही कमी होती है कि किसी लड़की से हँस-बोल क्या लिया, दिल पर ले लेते हैं। थोड़ी देर के लिए ही सही, मैंने भी अँग्रेजन की अल्हड़ अदा को अपने दिल से लगा लिया था।

फिलहाल मैंने एक पेशेवर कैमरामैन से अँग्रेजन के साथ अपनी फोटो खिंचायी थी, मात्र तीस रुपये में। दरअसल मेरी बहुत पुरानी इच्छा थी कि मैं और मेरी एकतरफा प्यार मोंटो की ताजमहल के सामने बिंदास अंदाज में एक फोटो हो। लेकिन बचपन के प्यार की कहानी की तरह उन दिनों के ख्वाब भी अधूरे ही रह जाने थे। फिर भी मैंने आज अँग्रेजन के साथ कैमरे में तस्वीर उतरवा कर अपने उस दिलकश ख्वाब को आधा-अधूरा ही सही, लेकिन पूरा कर लिया था। एक अँग्रेजन को बगल में खड़ी कर एक चहचहाती फोटू खिंचवाकर मैं तो बहुत खुश था। अँग्रेजन भी बेहद खुश लग रही थी। मैंने सोचा था कि जिस प्यार को पा न सको, उसे बिछड़ने दो, बिखरने दो, बिसरने दो। लेकिन पहले प्यार की यादें उस पुरानी शराब की तरह होती हैं जो जितनी पुरानी होती जाती है, सुरूर उतना ही चढ़ता जाता है। उस अँग्रेजन जैसा, जिससे कभी दोबारा मुलाकात तो नहीं हुई, लेकिन उसके संग ली गई फोटू आज भी मेरे शयनकक्ष में मोंटो बनकर मुझे घूरती रहती है और कहती है - "डियर, तुम्हें तुम्हारी मुमताज मिली कि नहीं।"

मैं कोई जवाब तो नहीं देता हूँ, बस मुस्कुरा देता हूँ... लेकिन उसका घूरना जारी रहता है। ये भी हो सकता है कि किसी अनजान मुमताज ने मेरे लिए कभी वक्त जाया किया हो। और शायद मैं उसकी चाहत को समझ नहीं पाया। वैसे भी उन दिनों मैं बहुत ही भोंदू था। सच कहूं तो मुझे ताज से तनिक भी मोहब्बत नहीं है। मुझे तो मोहब्बत है ताज बनवाने वाले उस शहंशाह शाहजहाँ से, जिसने दुनिया को प्यार की ऐसी सौगात दी, जो हर किसी के दिल में किसी ना किसी रूप में धड़क रहा है। खैर आप कभी अगर आगरा जाएँ तो ताज के साथ-साथ

यहाँ का मशहूर पेठा भी खाएँ और मस्त होकर अपनी उस पुरानी दुनिया में पहुँच जाएँ, जब आपको पहली बार प्यार का अहसास हुआ था। याद करें उन लम्हों और क्षणों को, जो आपको रोमांचित करती हों, आपके दिल-ओ-दिमाग को आंदोलित करती हों। याद करें अपने पहले क्रश को, जब आपके दिल में कुछ-कुछ हुआ था। आपके ओंठ गीले हो जाएँगे उन पुरानी यादों को लेकर आपका दिल मचल उठेगा और ऐसे माहौल में आपको कहना ही पड़ेगा ''वाह ताज वाह''।

10
बड़ा दिल

बड़ी इमारतों में रहने वालों को अमूमन छोटे दिल का इंसान कहा जाता है। लेकिन बड़े घराने के लोगों का भी दिल बड़ा हो सकता है। इसका एक ताजा उदाहरण हैं कैलाश बाबू। पेशे से वकील हैं। प्रतापगढ़ के मानिंद जमींदार परिवार में से एक हैं। जमींदारी तो चली गयी, लेकिन इलाके में इसकी हनक आज भी कायम है। कैलाश बाबू जब रौब गाँठते हैं तो अच्छे-अच्छों की पतलून गीली हो जाती है। लेकिन कैलाश बाबू इंसान को इंसान समझते हैं, उनके व्यक्तित्व को बताने के लिए इतना ही काफी है। एक कहावत है कि दिल का रास्ता दिल से होकर ही निकलता है... तो समझिए इसकी एक बानगी हैं कैलाश बाबू और उनका शानदार व्यक्तित्व।

सुबह के सात बजे थे। रिंकू स्कूल की वर्दी मतलब यूनीफार्म पहनकर तैयार था। मैंने वर्दी इसलिए कहा कि रिंकू के पिता कैलाश बाबू अक्सर स्कूल के यूनीफार्म को वर्दी ही कहा करते थे। फिलहाल रिंकू कल की तरह आज फिर से अपने पिता कैलाश बाबू की नयी नवेली मोटर गाड़ी से स्कूल जाने की फिराक में था। रिंकू मन ही मन बुदबुदाया कि भगवान आज भी छेदिया न आये उसे लेने। छेदी, रिंकू का रिक्शावाला था जो रिंकू को स्कूल ले जाने - ले आने का काम करता था।

रिंकू की परीक्षा चल रही थी, ऐसे में स्कूल तो जाना ही था, चाहे

रिक्शेवाला आये या न आये। कल छेदी नहीं आया था, ऐसे में कैलाश बाबू को रिंकू को अपनी मोटर गाड़ी से स्कूल छोड़ना पड़ा था। लेकिन आज छेदी, रिंकू को स्कूल छोड़ने के लिए सही समय पर आ गया। उसे देखते रिंकू की माँ का खून उबल उठा। सुबह-सुबह की बेला थी, रिंकू की माँ के मुँह से भगवान के नाम की जगह गाली निकलने लगी। रिंकू की माँ ठकुराइन वैसे भी बेहद कड़क मिजाज की महिला थीं।

छेदी को देख ठकुराइन दहाड़ते हुए बोली- ''क्यों रे छेदिया, तेरी बदौलत तो हो चुकी रिंकू की पढ़ाई; रिक्शे में आग लग गई थी क्या जो कल नहीं आया; नहीं लगी तो आज लगा दूँगी तब समझ में आवेगा कि परीक्षा में नागा करने का नतीजा क्या होवत है।''

छेदी कुछ कहना तो चाहता था, पर ठकुराइन का गुस्सा सातवें आसमान पर देखकर उसकी हिम्मत जवाब दे गयी। अपनी इज्जत उतरते और ठकुराइन का गुस्सा चढ़ते देख उसने जल्दी से रिंकू को रिक्शे पर बिठाया और आगे बढ़ गया। कुछ दूर ही आगे बढ़ा होगा कि रिंकू के पिता कैलाश बाबू उसे रास्ते में पान गोलियाते दिख गये। सोचा नजरें बचाकर निकलने में ही भलाई है वर्ना उनकी भी दो-चार बातें सुननी पड़ेंगी। लेकिन कैलाश बाबू की बड़ी-बड़ी आँखों में आखिरकार छेदी कैद हो ही गया। उन्हें देखते ही डर के मारे छेदी का चेहरा सूख गया।

डरे-सहमे छेदी को देख कैलाश बाबू की तेज मगर सहानुभूतिपूर्ण आवाज आयी- ''क्यों रे छेदिया, कल नहीं आये, का हो गया था बताये नहीं, बड़ा परेशान दिख रहा है, कोई बात हो गयी का?''

एक साथ इतने सवाल पा कर छेदी के मानो होश उड़ गये। सोचा कि अब का करें। ठकुराइन से बचे तो ठाकुर साहब टकरा गये। अब यहाँ से वह कैसे निकले। छेदी इसी उधेड़बुन में था कि कैलाश बाबू फिर दहाड़ मारे।

कैलाश बाबू की आवाज में इस बार नरमी कम और गरमी अधिक दिख रही थी। वो छेदी से बोले कि इधर-उधर ताकने से काम नहीं चलेगा।

छेदी को कैलाश बाबू के चंगुल से निकलने का रास्ता ढूँढ़ना था। उसने बड़े ही शांत दिमाग से कैलाश बाबू की गिरफ्त से निकलने की जुगत निकाल ली।

छेदी ने कैलाश बाबू से कहा- "बाबूजी, रिंकू भइया को देर हो जावेगी, लौट कर बतावत हैं आपको बाबूजी।"

रिंकू को स्कूल जाने में देरी की बात सुनकर कैलाश बाबू का मूड थोड़ा नरम पड़ गया।

ठाकुर साहब बोले- "अरे आज हमारे लाडले साहब फिर से नयी मोटर गाड़ी में जाने की फिराक में थे, सोचा आज न आओगे तो इनकी इच्छा पूरी कर देंगे, लेकिन तुम आ गये।"

कैलाश बाबू ने कलाई पर बँधी घड़ी को निहारा और कहा - "हाँ हाँ, जाओ नहीं तो रिंकू को देर हो जायेगी।"

लेकिन जैसे ही उन्होंने रिंकू का उतरा चेहरा देखा, छेदी को वहीं पर रोक दिया और बोले- "छेदी, तुम्हरा मुँह झुरा गया है, का हो गया तुम्हें, कुछ परेशानी में दिखायी दे रहे हो... छिपाओ मत, सब उगल दो और चिंता न करो। हम अभी अपने बबुआ को मोटर से छोड़कर आ रहे हैं।"

छेदी ने जब थोड़ा प्यार पाया तो उसका दुःख छलछलाकर आखों के रास्ते आँसू बनकर बहने लगा।

कैलाश बाबू मँझे वकील थे। माजरा समझ गये कि कोई दुर्घटना घट गयी है छेदिया के संग।

कैलाश बाबू बोले - "जाना नहीं, तनिक रुक, हम अभी गये और अभी आये।"

कैलाश बाबू ने जल्दी से घर के गैराज से अपनी मोटर गाड़ी निकाली और रिंकू को स्कूल छोड़ आये। रिंकू के चेहरे पर भी खुशी झलक गयी। कैलाश बाबू भी यही चाहते थे कि रिंकू राजी खुशी परीक्षा देने जाय।

इस बीच कैलाश बाबू छेदी को घर पर इंतजार करने को कह गए थे। ठकुराइन ने जैसे ही छेदी को खाली रिक्शा वापस आते देखा, फिर से उस पर पिल गयी।

"क्यों रे हमारे कलेजा रिंकू को कहाँ पटक पर आ गये।"

छेदी- "जी मालकिन, ठाकुर सॉब ले गये अपने साथ भइया को स्कूल छोड़ने।"

ठकुराइन- ''तो अब का तुम्हको भी कहीं छोड़ना है का, जो फिर से टपक पड़े।''

छेदी- ''नहीं मालकिन, बाबूजी बोले हैं कि हम उनका इंतजार करें।''

ठकुराइन- ''पइसा कौड़ी माँगे होगे हरामी कहीं का।''

छेदी- ''नहीं मालकिन...।''

ठकुराइन- ''तो हमका अपना मनहूस चेहरा दिखाने काहे आ गये यहाँ, जाउ इनारे पर बैठ जा, तोहरी अकाया-बकाया आरती वही उतारेंगे।''

थोड़ी ही देर बाद मोटर के हार्न की आवाज सुनायी दी। कैलाश बाबू अपने बबुआ को स्कूल छोड़कर आ गये थे।

कुएँ के पास बैठे छेदी की धड़कन बढ़ गयी थी। उसे लगा कि कहीं ठकुराइन की शिकायत पर कैलाश बाबू उसे रिंकू को ले जाने ले आने के काम से हटा न दें। उसका कलेजा बैठा जा रहा था। तभी एक कर्कश आवाज उसके कानों में पड़ी। ये आवाज ठकुराइन की थी।

वह भागा-भागा कुएँ के पास से कैलाश बाबू के द्वार पर आकर खड़ा हो गया।

कैलाश बाबू के सामने खड़ा छेदी इससे पहले कि कुछ कह पाता, उसके आँसू ही सब कुछ कहने लगे। इसी बीच ठकुराइन कैलाश बाबू के लिए चाय लेकर आ गयी। छेदी को रोता देख और तमतमा गयी।

ठकुराइन- ''ई बौउका को सुबहे-सुबह हम खाए भर के खुराक दे दिये थे, लगता है कम पड़ गया था जो दुबारा आ गया मुँह फुकाने।''

फिर ठकुराइन ने चाय के प्याले की ओर उन्मुख होते हुए कैलाश बाबू से कहा- ''छोड़िए इस मरकट को, चाय ठण्डी हो रही है; हम कहे न आपसे, इसे सुबहें हम खाए भर को दे दिये हैं, अब आपो खुराक दे देवेंगे तो मर जायेगा इ मरकटेल... जा भाग यहाँ से अब गलती मत करना।''

छेदी ने चुपचाप ठकुराइन की बात सुनी और पलट कर जाने लगा।

कैलाश बाबू ने पत्नी की बात को मानो सुनकर भी अनसुना कर ठण्डी साँस ली और उसे रोकते हुए पूछा- ''का हुआ रे छेदी, बक दे, डर मत, रोये से समस्या जाती है का।''

"बको ना, हमको भी तो कचहरी के लिए तैयार होना है। डरो मत, क्या हो गया, तुम काँप काहे रहे हो। कुछ तो हुआ है जो छिपा रहा है हमसे, अरे हम वकील हैं, तुम्हारे अंट में कितने पैसे हैं ये भी जान लेते हैं... बक दे अपना दुःख, देर न कर।"

अब तक ठकुराइन भी कुछ संजीदा हो गयी थीं। छेदी की ओर मुड़ते हुए कहीं- "हाँ... हाँ साहब कह रहे हैं तो कह दे अपना दुखड़ा।"

छेदी का धैर्य अब तक टूट चुका था। वह ऐसे काँप रहा था जैसे पूस की रात में कँपकपी लगती है।

छेदी- "कल हमार मेहरा... कहते-कहते छेदी फिर दहाड़ मारकर रोने लगा।

ठकुराइन- (कैलाश बाबू की ओर घूमकर) "उका तो लइका होने वाला था जी, जरा पूछो तो का हुआ।"

कैलाश बाबू- "का हुआ तुम्हरी मेहरारू को?"

छेदी- "साब, जच्चा-बच्चा दोनों नहीं रहे; डॉक्टर पइसा माँग रहे थे, हम कहे, खेत बेच देंगे बचा लो, लेकिन उन्हका तुरंत पइसा चाहत रहा। दुलरिया चीखती- चिल्लाती रही, लेकिन आखिर में साँस टँग गयी, पेटे में लइका का भी दम घुट गया।"

"इही खातिर कल आ नहीं पाये साब। अब का करें, का ना करें, रिंकू बाबू की परीक्षा छूटे ना पावे इ खातिर आ गए आज, हमरी तो जिंदगी उजड़ गयी।" इतना कहते ही छेदी फिर से दहाड़ मारकर रोने लगा।

सुबह की डाँट पर ठकुराइन खुद को कोस रही थीं। आँखों में आँसू थे। छेदी से कुछ कहने के लिए ठकुराइन के पास शब्द नहीं थे। कैलाश बाबू सिर झुकाये छेदी की बात सुनते रहे। बात पूरी होने पर उन्होंने छेदी से डॉक्टर का नाम पूछा। इसी बीच कैलाश बाबू का जूनियर खरे भी फटक पड़ा था। कैलाश बाबू ने खरे की ओर घूरकर देखा। तब तक खरे कागज-कलम अपने हाथों में ले चुका था।

कैलाश बाबू ने फिर छेदी की ओर सहानुभूति भरी नजरों से देखा और उससे कहा कि वह डरे नहीं, अगर डॉक्टर का नाम उसे मालूम है तो बता दे, उसे कोई कोर्ट-कचहरी नहीं देखनी पड़ेगी, वह हैं न।

छेदी को कैलाश बाबू के इन सहानुभूति के शब्दों से बल मिला। उसने कैलाश बाबू को उस डॉक्टर का नाम बता दिया।

खरे ने जैसे ही डॉक्टर का नाम सुना, उसे डायरी में लिख लिया।

नाम जानने के बाद कैलाश बाबू ने छेदी से कहा कि वह अब जा सकता है। इसके बाद कैलाश बाबू ने सीधे अपनी हवेली में ही बने अपने ऑफ़िस की ओर रुख किया और अपने जूनियर खरे से फाइल तैयार करने को कहा। कैलाश बाबू इसके बाद स्नान करने चले गये।

अगली सुबह छेदी जब रिंकू बाबू को लेने कैलाश बाबू के घर आया तो ठकुराइन ने छेदी को एक अखबार का पन्ना थमाया, जिसमें तस्वीर के साथ उस डॉक्टर को जेल होने की खबर छपी थी। छेदी बड़ी देर तक पेपर को उलट-पलटकर देखता रहा। उसकी आँखों में आँसू थे। वह काफी देर तक अखबार के उस पन्ने को लेकर ऐसे उलटता-पलटता रहा जैसे उसमें लिखे एक एक शब्द को वह अपने कलेजे में उतारना चाहता हो ताकि उसके कलेजे में बसी उसकी दिवंगत पत्नी के दिल को इस खबर से सकून मिल सके।

वहीं कैलाश बाबू घर से रिंकू को लेकर निकले। छेदी ने जैसे ही रिंकू बबुआ का स्कूल का बस्ता थामना चाहा, कैलाश बाबू छेदी की ओर इशारा करते हुए बोले कि बबुआ को आज वह फिर अपनी मोटर गाड़ी से छोड़ने जायेंगे और साथ तुम भी चलोगे रिंकू बबुआ के बगल में बैठकर। रिंकू हमारा कलेजा है तो तुम्हरो भी कुछ लगता है रे छेदिया, आज से तुम रिक्शा नहीं चलाओगे, अब तुम हमारे घर पर ही रहकर हमारे घर-बाहर का काम देखोगे और अब रिंकू के देखभाल की जिम्मेदारी आज से तुम्हरी है।

11

लवण्डे से हारा था

आज तो हद हो गयी। पर क्या करूँ, अपने लवंडे से हारा था। अपने को बेबस पाता हुआ, मायूस होकर अपने बचपन के यार घनश्याम बाबू के घर से बड़ा ही मायूस होकर निकला। न तो घनश्याम ने मुझसे कुछ पूछा, न मैं ही उनसे कुछ कह सका। यहाँ हम दोनों का मौन कोई स्थायी समाधान तो नहीं था, पर गैरत बचाने का हथियार जरूर था। ये सत्य था कि उनकी लड़की बबली अति सुंदर नहीं थी, लेकिन साधारण कद काया से कहीं अधिक थी। चेहरे पर एक आकर्षण था। तेजी थी साथ ही वह पढ़ी-लिखी भी थी। लेकिन हमारा नालायक बेटा खुद को दिलीप कुमार मानकर रिश्ते तलाश रहा था। हमने भी अपने बेटे का नाम राजकुमार रखकर गलती की थी। नाम के अनुरूप वह अपने को राजकुमार ही समझने लगा था। मुझे मेरी बेटी लल्ली से पता चला कि घनश्याम बाबू की बेटी बबली की नाक पसंद नहीं आयी ससुरे राजकुमार को। आज लगा कि हमने और मेरी पत्नी ने इस अमर्यादित प्राणी यानी अपने लवण्डे का नाम किस नक्षत्र में राजकुमार रखा। मेरी पत्नी तो मर गयी, लेकिन एक बौड़म बेटे के तौर पर मेरे लिए एक जीती-जागती वसीयत छोड़ गयी। यह पंद्रहवाँ रिश्ता था जिसे मेरे पुत्तर ने नापसंद किया था।

कभी मोटी उँगली तो कभी घने बाल का न होना, कभी लम्बाई कम होना, कभी साँवली होना, कभी मोटी होना। कोई उछलकर चल रही है तो किसी के

चेहरे पर बारह बजा होना ---लड़की पसंद न आने के ऐसे बहुतेरे कारण थे जो बेहद बेतुके और बेवकूफी भरे थे। अगर कोई लड़की इन बाधाओं को पार भी कर गयी तो आखिरी पड़ाव में आकर फेल हो जाती थी। आखिरी पड़ाव था पढ़ाई में लड़की का ऑल राउण्ड फर्स्ट क्लास होना। अंत में शादी काटने की ये एक आखिरी बड़ी वजह बनती थी।

नागपुर से डोनेशन देकर इंजिनियरिंग क्या पढ़ा दी अपने इस इकलौते लड़के को, ससुरा खुद को मेट्रोमैन श्रीधरन का पोता समझने लगा था। मेरा लड़का गाँव आकर अपनी काबिलियत का बखान करते नहीं थकता था। दिन में पाँच बार कंघी करता। नहाने के बाद पता नहीं कौन-सा इत्र शरीर पर मारता, फुस-फुस करके कपड़ों पर डालता। मैंने एक बार पूछ लिया, ये नया आयटम क्या है बबुआ तो जवाब मिला- देवदंत (डियोडेंट) । अपनी बेवकूफी को छिपाने के लिए मैं भी चुप हो जाता था, पर मुझे उसका फुस-फुस वाला देवदंत कभी पसंद नहीं आया।

एक दिन तो हद ही हो गयी। मैंने देखा कि वह कान में बाली की तरह कुछ पहने हुए है। मैंने उससे पूछा कि बेटा कान में तुम्हरे बाली कौन पहना दिया, आज अम्मा की याद ज्यादे आ रही है क्या, कहीं उसकी याद में साड़ी न पहन लेना बेटा। इतना कहते ही वह भड़क गया, मेरी दुनियादारी के ज्ञान पर सवाल उठाने लगा। मुझे भी गुस्सा आया और जड़ दिया गाल पर दो सड़ाका। हमें लगा कि नागपुर में जाके कहीं लइका लोग बहुरूपिया तो नहीं बन जाते हैं। अभी हमरे सड़ाका से उ सँभलता, दै मारा कान के नीचे दो और सड़ाका, फिर अपने हाथ से नोच के उसकी बाली निकाली और फिर एक और जोरदार रपट रसीद कर दी उसके गाल पर। लल्ली अपने भाई को पिटते देख दहाड़ मार के रोने लगी। फिर हमने उसको भी डपटा। कैसे बतायें कि अपनी गटई पर एक गोदना भी गोदा कर आया था इ राजकुमरवा, बोला टैटू है; तब जाकर हमें पता चला कि नागपुर के लड़कों की गटई पर टैटू नाम की कोई छिपकली बैठत है। हमें लगा कि हो ना हो...इ छिपकली के जहरवा के कारण ही हमारा लड़का बौरा गया है।

शादी के चक्कर में कम से कम पाँच साल तक राजकुमरा ने हमको वो नाच नचाया कि पूछो मत। हमको लग गया कि हमरे वंश पर ग्रहण लग चुका है। इस बीच दिल्ली-मुम्बई जैसे शहर में जाकर नौकरी खोजने के बहाने खूब पइसा बर्बाद किया हमरे पुत्तर ने। निराशा हाथ लगी पर नौकरी हाथ न लगी। जिस लड़के के हाथ फैशन लग जाय, उसके हाथ नौकरी लगती भी नहीं, ऐसा मेरा

सोचना था। हमारा लड़का छोकरी की काट-छाँट में लगा था, उधर नौकरी मेरे लड़के की काबिलियत का काट-छाँट कर रही थी। राजकुमार से बेरोजगार में तब्दील हो रहे थे हमारे इकलौते वारिस। एक कहावत है कि ऊँट पहाड़ के नीचे आता ही है। हुआ भी वही। हम जैसा सोच रहे थे, ठीक वैसा ही हुआ। हमारे लड़के की लड़की रिजेक्ट करने वाली करतूत चारों दिशा में फैल चुकी थी। लोग कहने लगे थे कि राजकुमार को कोई ऐसी वैसी लड़की नहीं बल्कि मधुबाला चाहिए... सो लड़की वालों ने भी कुछ दिनों बाद से दुआर पर आना बंद कर दिया। पूरे गाँव में चर्चा का विषय बन गया कि सूरज बाबू के लड़के का बियाह नहीं हो रहा है।

हमारी भी समाज में एक इज्जत थी, लेकिन अपने लड़के के चलते हमारी इज्जत पर बट्टा लगना शुरू हो गया था। नाते-रिश्तेदार भी अब खुलकर मजाक उड़ाने लगे थे। नौबत यहाँ तक आ गयी कि हम आस-पड़ोस और रिश्तेदारी की शादी में आना-जाना बंद कर दिये थे। जब भी हम किसी शादी-ब्याह में जाते, लोग पूछ बैठते, अरे भाई अपने लड़के की शादी नहीं करोगे क्या, कैसी लड़की ढूँढ़ रहे हो, लड़की कमजोर मिल रही है या दहेज। ऐसे सवालों को सुन-सुनकर मैं आजिज आ चुका था। समाज है, किसी का मुँह तो रोका नहीं जा सकता था।

इसी बीच एक देखहरू (लड़की वाला) भटक कर दरवाजे पर एक दिन आ गया। बहुत दिन बाद कोई लड़कीवाला दुआर पर आया था। हमें तो मानो ऐसा लगा कि मेरे घर पर कोई देवता उतर आये हैं। सच कहूँ तो इंतजार रोज करता था कि शादी के लिए हमारे घर एक अदद कोई लड़की वाला आये, लेकिन इतना सूखा पड़ चुका था देखहरू का कि मैं तो निराश हो चला था। लगा अब लड़के की शादी मुश्किल से ही हो पावेगी।

लेकिन उस दिन अहोभाग्य था मेरे लड़के का। जो-जो शर्तें हमारे लड़के की थीं, लड़की में पूरी होती गयी। लड़की की लम्बाई साढ़े पाँच फुट, गोरी चिट्टी, ऑल राउंड फर्स्ट क्लास और शर्म गहना था उसका। लेकिन इस बार शादी देखने हम नहीं गये। हमें आशंका थी कि ससुरा कहीं ये भी रिश्ता न काट दे बौड़म। इस बार लल्ली, उसकी मौसी और राजकुमार शादी देखने गये।

जिस दिन लड़की देखने जाना था, उस दिन राजकुमार सुबह से ही नहा धो कर बैठा था... देवदंत लगाकर। लल्ली भी काफी उत्साहित थी। मौसी ने भी भगवान से मनाया कि इस बार लगन तय हो जाय, कैसे भी जीजी की आत्मा को

शांति तो मिले, क्योंकि लल्ली की मौसी से उसकी माँ मरने से पहले वादा लेकर प्राण त्यागी थी कि राजकुमार की शादी में वह सारा इंतजाम देखेगी और धूमधाम से शादी करेगी।

खैर मैंने एक गाड़ी कर दी लड़की देखने के वास्ते। साथ ही मैंने भी गाँव के पीपल बाबा से मनौती माँगी कि इस बार हमारे लल्ला को उसकी मनपसंद कबूतरी मिल जाए; सवा किलो बताशा चढ़ायेंगे। राजकुमार अपनी राजकुमारी की तलाश में गाड़ी से निकल गये और मैं खेत देखने निकल गया। खेत से वापस आकर कुछ खाया-पिया और खटिया पर लेट गया। जाने कब नींद आ गयी, पता ही नहीं चला। तभी अचानक गाड़ी के हार्न बजने से मेरी नींद टूटी।

हार्न सुनकर मैं घर से बाहर निकला। देखा सभी खिलखिलाते हुए मेरी ही ओर आ रहे हैं। ऐसा लग रहा था जैसे किला फतह कर के आ रहे हों। लल्ली की मौसी ने बताया कि राजकुमार का भाग्य बहुत अच्छा है। जैसी लड़की खोज रहा था राजकुमार, ठीक वैसी ही लड़की मिली है। बहुत ही सुधड़ है। रूपवती होने के साथ-साथ गुणवान भी है। सरस्वती की कृपा है उस पर, तभी तो कक्षा एक से 17वीं तक नम्बर एक रही है पढ़ाई में। मैं समझ गया कि लड़की पोस्ट ग्रेजुएट की है। हमारे यहाँ स्नातक को 15वीं और स्नातकोत्तर को 17वीं कहते हैं।

तभी लल्ली बोल पड़ी। देरी से ही सही भगवान ने भैया की सुन ली।

इसी बीच लल्ली की मौसी फिर बीच में बोल पड़ी कि घूँघट लाज लड़की का गहना होता है। बड़ी सुकुआर और शर्मीली है, देखो पूरा घूँघट कर के सामने आयी रहे। हम लोग कहे कि मुँह देखे बिना बियाह कैसे तय होगा। बहुत कहने पर आधा पल्लू हटाकर अपना चाँद-सा मुँह दिखायी हम सब को। फिर झट से घूँघट ले ली। लइकी बहुते गोर और सुंदर है, घूँघट में भी परी लगे है परी।

लल्ली कुछ कहना चाहती थी अपनी होने वाली भाभी के बारे में, लेकिन मौसी की बात खत्म होने का नाम नहीं ले रही थी। वह बोले जा रही थी।

मौसी ने राजकुमार की ओर इशारा कर कहा कि हमने तो लल्ला से कहा, मुँह, आँख, नाक सब देख लो ठीक से, बाद में न कहना कि ठीक से देख नहीं पाये। जैसे ही लड़की ने आधा घूँघट हटाया अपने चेहरे से। लल्ला का मन गुलाब जामुन हो गया। जब लल्ला कहे कि वह लड़की को ठीक-ठाक से देख लिये हैं। फिर हम लोग उसको एक अँगूठी पहनाकर, बात पक्की करके आए हैं।

लल्ली- "पापा, भाभी की नाक बहुते सुंदर लगा हमें, पल्लू के एक्के आँख देख पाये मृगनयनी है मृगनयनी।"

लेकिन हम समझ चुके थे कि दाल में कुछ काला है। लेकिन खुशी थी कि लल्ला को कोई लड़की पसंद आयी। ससुर करते क्या हैं जो कोई दरवाजे पर आवेगा। सिर का चाँद धीरे-धीरे दिखने लगा था, जैसी लड़की मिल जाय, ठीक है।

लल्ला की शादी धूम-धाम से हो गयी। शादी को एक साल भी हो गये। इस बीच बहुत कुछ हुआ उसकी अलग कहानी है। लेकिन एक साल की कहानी हम आपको बता देते हैं। मृगनयनी को आये साल भर हो चुके हैं। जैसी भी है। बहू है हमारे घर की; बहू से ज्यादे किसी की लड़की है। इसलिए वह मेरी भी बेटी समान है।

बस उसमें एक ही कमी है थोड़ी-सी। एक आँख जो लल्ली की मौसी और लल्ली के अलावा हमारे लल्ला भी नहीं देख पाये थे। और वहीं हो गया था सारा खेल... लड़की एक आँख से थोड़ी कमजोर है। लेकिन एक और सच्चाई है कि वह आज के दिन एक सरकारी स्कूल में पढ़ाती है और राजकुमार ससुर अभी तक बेरोजगारी के आलम में दिन काट रहा है। मुझे खुशी है कि मेरे बद-दिमाग लड़के की शादी हो गयी, यही बहुत था मेरे लिए। ज्यादे काटने-छाँटने वाले का तो ब्याह हो जाय, यही बहुत है। मेरी बहू तो पूरे परिवार का निवाला भी कमाकर लाती है। लल्ला कहीं किसी मड़ई में ताश का पत्ता फेंट रहे होंगे। मृगनयनी खाना बनाकर जाती है स्कूल, फिर आकर काम पर लग जाती है; रात को खाना भी अच्छे से बनाती है। पूरे घर को अपने कंधे पर लेकर चल रही है मृगनयनी। वह सचमुच मेरी बहू नहीं मेरी बेटी जैसी है जो राजकुमार जैसे मेरे नालायक बेटे को झेल रही है और आज तक उफ्फ तक नहीं की। अपनी शारीरिक कमी को उसने अपनी खूबियों से ऐसा ढंक रखा है कि पूरे गाँव के लोग उसकी आँखों की कमी भूलकर उसकी तारीफ करते नहीं थकते हैं। सचमुच अब मुझे लगता है राजकुमार नाम का ही राजकुमार नहीं है बल्कि उसकी किस्मत भी राजकुमारों जैसी है। तभी तो दिन भर निठल्ला घूमने के बाद भी उसे चाहने वाली एक ऐसी बीवी मिली है जो हर सुख-दुःख में उसके साथ खड़ी रहती है।

12

करीना-कैटरीना

एक तो बड़ी मुश्किल से करीना हाथ लगी थी, लेकिन नसीब नहीं हो पायी। पता नहीं किस बेवड़े ने उस पर हाथ साफ कर दिया। चिकलू यही सोच रहा था। उसे याद आया कि कल तो गाँधी जयंती है, न करीना मिलेगी न कैटरिना। सुस्त दिखने वाला चिकलू एकदम से हरकत में आ गया और भागा-भागा देशी शराब के ठेके पर पहुँच गया। लेकिन यहाँ का नजारा देखकर ऐसा लगा कि मानो यहाँ साक्षात करीना कपूर उतर आयी हो और लोग बावले होकर उसे अपनी बाँहों में कैद करना चाहते हों। ठेके पर ऐसी भीड़ कि पूछो मत। ऐसी बेकाबू भीड़ होली-दिवाली पर दिल्ली के रेलवे स्टेशन पर भी देखने को नहीं मिलती है। लोग युद्ध स्तर पर अपनी करीना-कैटरीना को पाने के लिए मशक्कत कर रहे थे, एक पर एक चढ़े हुए थे।

चारों ओर मजमा-सा लगा था। चखना वालों के पास भी खूब जमावड़ा था। धूम-चकल्लस देखकर चिकलू उदास तो दिखा, पर करीना हासिल करने का जज्बा उसकी निराशा पर भारी पड़ रहा था। दिल्ली में कनॉट प्लेस के हनुमान मंदिर में मंगलवार को बजरंगबली के भक्तों की लगने वाली भीड़ को भी मात देती ठेके की भीड़ को चीरकर मंजिल तक पहुँचना और अपनी मनपसंद करीना को हासिल करना चिकलू के लिए किसी भगीरथ प्रयास से कम न था। लेकिन बताता चलूँ कि करीना की मादकता के आगे सारी मुश्किलें आसान हो

जाती हैं।

चिकलू की एक छैल-छबीली मेहरारू थी छमिया, लेकिन जब उसने पाया कि चिकलू उससे अधिक पियार अपनी ठेके वाली दिलरुबा करीना से करता है, तो वह भी पड़ोस के गाँव में रहने वाले सलमान उर्फ सल्लू के साथ एक दिन भाग गयी। शादी-बियाह में लवंडा नाच में अव्वल रहने वाला सल्लू न केवल खुद को सलमान समझता था बल्कि पूरे इलाके में वह सलमान खान के नाम से मशहूर था। हालाँकि सलमान की भी एक रखैल थी, लेकिन छमिया को उसकी इस रखैल से कोई ऐतराज नहीं था। सल्लू की रखैल थी कैटरिना। जब भी सल्लू कहीं लवण्डा नाच करने जाता, कैटरिना को गटक के जाता। घण्टों तक नाच-गाना करना, वो भी बगैर कैटरिना के, आसान काम नहीं था। कार्यक्रम दिन का होता था तो सल्लू कभी-कभी प्रियंका को भी अपने होंठों से लगा लेता था। लेकिन प्रियंका थोड़ी ज्यादे मादक थी इसलिए छमिया अपने सल्लू को प्रियंका से दूर ही रखती थी। प्रियंका को गटकने के बाद सल्लू, छमिया को भी भूल जाता था इसलिए उसे छमिया के डर के मारे प्रियंका से परहेज करना पड़ता था। हालांकि मौका देखते ही सल्लू मियाँ प्रियंका को होंठों से कभी-कभार लगा ही लेते थे। छमिया भी सल्लू की इस चोरी को जानते हुए उसे माफ कर देती थी।

छमिया दरअस्ल, प्रियंका से इसलिए नफरत करती थी, क्योंकि छमिया जब छोटी थी तो उसके बाप होरू, ताड़ के पेड़ से रोज ताड़ी उतार कर उसमें नशे की गोली मिलाकर प्रियंका तैयार करते थे। उस समय गाँव में एक कहावत बहुत चलती थी, जो इलाके के सुरा प्रेमी अब भी कहते हैं कि ''होरू की प्रियंका और रावण की लंका में बड़ी टशन थी।'' इसलिए छमिया को सल्लू का प्रियंका को गले से उतारना नहीं सुहाता था। वह ताड़ी में नशे की गोली से परहेज करती थी। लेकिन छमिया भी कम दिलफेंक नहीं थी, सल्लू के अलावा उसका एक और कथित भतार था गोविंदा। छमिया का मुँहलग्गू बन चुका था गोविंदा। दिन तो दिन, रात में भी छमिया के मुँह लगा रहता था। दरअस्ल, छमिया की एक बड़ी कमजोरी था गोविंदा। सल्लू भी सब कुछ जानते-बूझते हुए भी गोविंदा को घर में आने से कभी नहीं रोका। एक तो गोविंदा कहीं पर भी मिल जाया करता था। दूसरे उसके पीने से सल्लू को भी कोई एतराज नहीं था। सल्लू खुद ही छमिया से गोविंदा उधार माँगकर उसकी कस ले लिया करता था। छमिया को गोविंदा का छल्ले बनाकर उड़ाना बहुत पसंद था। बात शुरू हुई थी चिकलू से और हम पहुँच गए सल्लू के पास।

बात जहाँ अटकी थी, फिर वहीं से शुरू करता हूँ। चिकलू, ठेके पर अपनी बारी का इंतजार कर रहा था। जब चिकलू ने पाया कि करीना कुछ देर बाद उसके कलेजे को ठण्डा करेगी तो उसने समय का सही इस्तेमाल करते हुए इस बीच चखना खरीद लेने में भलाई समझी। लेकिन लाला रूपचंद बीच में बाधा बन रहे थे। चिकलू ने अपनी अण्ट से लाला रूपचंद को खँगाला। सोलह आने कम पड़ रहे थे। तभी उसे दूर खड़ी छमिया दिख गयी। छमिया अपने भतार गोविंदा को मुँह में दाबे कस पर कस मारे जा रही थी और उसकी कस से निकले छल्ले छमिया की मादकता को और मादक बना रहे थे।

चिकलू को आभास हुआ कि अगर ठेके के आस-पास छमिया है तो सल्लू भी यहीं-कहीं इधर-उधर भटक रहा होगा, लेकिन उसे सल्लू कहीं दिखायी नहीं पड़ा। बड़ी हिम्मत करके वह छमिया के और करीब गया। देखा कि छमिया जमीन पर बैठे चखना बेच रही है। दो-चार बेवड़े उसके आस-पास मँडरा रहे हैं। ये ऐसे बेवड़े थे जो ठेके की रौनक को बनाये रखने में अपना अहम योगदान देते थे। आज ये बेवड़े छमिया के इर्द-गिर्द मँडरा रहे थे। चखना खरीदने के बहाने वे छमिया की गदरायी जवानी को अपनी कामुक नजरों से ताड़ रहे थे। लेकिन बिंदास दिखने वाली छमिया के तल्ख तेवर देखकर उनकी हिम्मत नहीं हो रही थी कि वह छमिया के पास भी फटक सकें।

जैसे ही चिकलू, छमिया के थोड़ा और करीब आया। बेवड़ों ने छमिया से दूरी और बढ़ा ली, लेकिन अभी भी वे छमिया को कामुक नजरों से घूर रहे थे। चिकलू से रहा न गया। उसने छमिया की छाती निहार रहे बेवड़ों को फटकारा। कड़क फटकार के बाद बेवड़ों ने वहाँ से हटने में ही अपनी भलाई समझी और कोई और ठिकाना ढूँढ़ने लगे। इधर चिकलू बड़ी हिम्मत कर छमिया के करीब आकर बैठ गया।

पहले तो चिकलू ने अपने आस-पास देखा, फिर छमिया की ओर देख कर धीरे से पूछा- ''ई भड़वा सल्लू किधर है जो तुम्हें कौरवों के बीच चखना बेचने के लिए छोड़ गया।''

छमिया ने चिकलू को तिरझी नजर से देखा और बोली- ''उ भड़वा भड़वों के बीच चला गया, तुम्हें का, तुम काहे झूठे बिना खाये-पिये डकार मार रहे हो।''

चिकलू ने बात आगे बढ़ायी और छमिया से पूछा- ''आजकल माल कमा

रहा है तुम्हारा सलमान खान।''

छमिया जान गयी कि आज चिकलू उसे छेड़ने के मूड में है। लेकिन चिकलू उसे उन बेवड़ों से अच्छा लगा जो अभी-अभी उसे वहशी नजरों से ताड़ रहे थे।

छमिया सुस्ताने के लहजे से बोली- ''तुम्हें कोई काम नहीं है का जो यहाँ बैठकर गलचौरा कर रहे हो; कहीं करीना से मोहभंग तो नहीं हो गया तुम्हारा।''

चिकलू थोड़ा ढिठाई के साथ बोला - ''जिस दिन तुम्हरा गोविंदा से मोहभंग हो जावेगा, उस दिन हमारी करीना भी हमसे दूर हो जावेगी। यही सुनना चाहती थी न... सुन लो।''

छमिया को लगा कि चिकलू के उसके पास बैठने से उसके चखना कारोबार पर ग्रहण लग रहा है। उसने चिकलू से कहा- ''देखो, बात-वात बाद में करना, हमरे ग्राहक दूसरों से चखना खरीद रहे हैं, हमरे धंधे का नास मत मारो। किनारे कहीं बैठ जाओ, जब बेच लेवेंगे चखना तो बतियायेंगे तुमसे खुलकर, समझे।''

चिकलू को भी लगा कि उसके चलते छमिया का धंधा खराब हो रहा है जो वह नहीं चाहता था। उसके चलते छमिया चखना बेचने का काम ठीक से नहीं कर पा रही थी।

छमिया की मदद की खातिर चिकलू ने छमिया से कहा कि वह माल तैयार करे, वह खोखा बनायेगा, इससे ग्राहक जल्दी-जल्दी निपट जायेंगे।

चिकलू की बात को छमिया ने न तो काटा और न ही हाँ कहा।

चिकलू जल्दी-जल्दी अखबार फाड़-फाड़कर खोखा बनाने लगा और छमिया चखना तैयार कर उसमें भरने लगी। दोनों के काम करने से पियक्कड़ों की भीड़ छमिया की ओर आने लगी। छमिया का पूरा चखना बिक चुका था। आज पहली बार छमिया का चखना थोड़ा भी नहीं बचा था।

छमिया ने सुस्ताते हुए अपनी चोली में कैद गोविंदा को रिहा किया और माचिस जलाकर एक फूँक मारी। छमिया के हाथ से निकलकर गोविंदा, चिकलू के हाथ में आ चुका था। चिकलू ने भी बिना लाग-लपेट के गोविंदा की लम्बी कश ली और इसे वापस छमिया को थमा दिया। छमिया और चिकलू दोनों ने गोविंदा के छल्ले हवा में उड़ाते हुए ऐसा एहसास किया जैसे कोई बड़ा मैदान

मार कर लौट रहे हों।

ऐसा लग रहा था मानो चिकलू भूल गया हो कि उसे करीना लेनी है, फिर भी चिकलू पूरे होशो-हवास में था। उसे मालूम था कि समय निकल रहा है, करीना भी हाथ से निकल सकती है। लेकिन छमिया के हाथ में आ जाने से वह निश्चिंत था, क्योंकि ठेके पर अभी भी भीड़ बनी हुई थी, लेकिन चिकलू हिम्मत नहीं जुटा पा रहा था कि वह इस भीड़ का हिस्सा बने और अपनी करीना को हासिल करे। क्योंकि चिकलू को मिर्गी की बीमारी थी। अक्सर भीड़ में उसे मिर्गी का दौरा पड़ जाया करता था, इसलिए चिकलू डर रहा था कि कहीं करीना के लेने के बाद निकलने के दौरान उसे मिर्गी का दौरा पड़ गया तो लेने के देने पड़ जायेंगे। इसके बावजूद उसकी नजर लगातार ठेके पर बनी हुई थी।

छमिया ने चिकलू के ध्यान को तोड़ते हुए पूछा - "ठेके के बंद होने का इंतजार कर रहे हो का, जाओ नहीं तो बिहान तक करीना नहीं नजर आवेगी; कहो तो हम जाकर ले आवें तुम्हरे लिए।"

चिकलू हड़बड़ाकर बोला- "ना रे पगली, तू जाके काहे लावेगी, इ काम मरद लोगन का है; तू भी रामप्यारिया बन जावेगी का जो लुग्गा खोल के ठेके में घुसकर करीना खरीद लेवत रहे। अब तो मर गई उ, फिर दूसरी रामप्यारी पैदा नहीं होई कोई।"

चिकलू ने मुद्दा बदलते हुए छमिया से फिर पूछा- "तुम सल्लूआ के बारे में कुछ बतायी नहीं, कहाँ हैं आजकल?"

छमिया ने नाक सिकोड़ते हुए कहा- "आजकल छक्कों के साथ नागिन डांस कर रहा है। हम तो छक्के हैं नहीं, सो मारी उसके पिछवाड़े पर एक जोरदार लात अउर चल दी अपनी राह। दारू और जोरू मर्द की दोस्त होवत है दोस्त, बस ज्यादे चढ़ने न पावे...

चिकलू, छमिया की दार्शनिक बातों से हैरान रह गया। चिकलू ने सोचा कि आखिर ये दिव्य ज्ञान छमिया को कहाँ से मिला। लेकिन उसने अपनी हैरानी को चेहरे पर नहीं आने दिया और छमिया की बात पर वह खिलखिलाकर हँस दिया। कुछ देर बाद दोनों एक-दूसरे को देखकर हँसने लगे। फिर अचानक दोनों की हंसी रुक गयी। दोनों ने फिर एक-दूसरे को घूरकर देखा और एकटक देखते रहे। चिकलू को छमिया की आँखों में और छमिया को चिकलू की आँखों में अपने लिए अनोखा प्यार दिखा जो अब तक छिपा हुआ था। अब तक ठेके की भीड़ भी

कम हो चुकी थी, लेकिन चिकलू, जो बार-बार ठेके की ओर नजर गड़ाये हुआ था, उसकी नजर अब छमिया पर आकर टिक गयी थी। बहुत देर तक दोनों एकटक एक-दूसरे को प्यार से देखते रहे, मानो कह रहे हों कि अब बहुत हुआ एक-दूसरे से दूरी बनाए रखना, अब नहीं बिछड़ेंगे। ऐसा लग रहा था कि एक-दूसरे की आँखों की भाषा को दोनों अच्छी तरह से पढ़ पा रहे थे, इसलिए तो वे एक-दूसरे को टकटकी लगाये देखते हुए आगे बढ़े और दोनों ने अपनी बाँहों में एक-दूसरे को भर लिया और कस कर जकड़ लिया। जो नशा छमिया को आगोश में लेने का था वो चिकलू को करीना में कहाँ मिलता। चिकलू के लिए तो छमिया ही उसकी करीना और चखना दोनों थी। आखिरकार ठेके पर ही उसे अपनी जिंदगी की असल करीना वापस मिल चुकी थी और छमिया को उसका बिंदास हँसमुख छोरा गोविंदा। तो ये है ग्रामीण भारत का 'शुद्ध देशी रोमांच भरा रोमांस'

(देशी शराब का नाम है करीना और कैटरिना। बीड़ी की एक ब्राण्ड है गोविंदा)

13
बाबा छत्तीसानंद

मेरा सच बोलने वालों से छत्तीस का आँकड़ा रहता है। इसे मेरी बकैती न समझना, लेकिन बड़े ही फरेबी होते हैं सच बकने वाले लोग। मैं सौ फीसदी सही बयान दे रहा हूँ। आप लोगों को लग रहा होगा कि सच बोलने वाले फरेबी क्यों होते हैं; इसलिए होते हैं क्योंकि जहाँ काम बनता होगा वहाँ सच उगल देंगे ...फिर क्या, बनता काम भी बिगड़ जाता है। आज ही मेरी मुलाकात लखनऊ विधानसभा के सामने बैठने वाले बाबा छत्तीसानंद से हुई। इनका भी 56 इंच वालों से 36 का आँकड़ा रहता है।

मैंने कारण जानना चाहा तो बाबा छत्तीसानंद बोले- ''ससुरा छत्तीस करम करने और छत्तीस झूठ बोलने के बाद हमें ये कालजयी उपाधि मिली है; हम इस उपाधि की महत्ता को समझते हैं और जानते हैं। किसी को क्या मालूम महामण्डलेश्वर बनने के लिए समाज में कितने पापड़ बेलने पड़ते हैं, तब कहीं जाकर तिकड़म जोड़ लगाने के बाद लोग मठाधीश बन पाते हैं। कोई एक सच बोलकर अगर आपका खेल बिगाड़ दे तो ऐसी दिव्य आत्मा को आप क्या कहेंगे... फरेबी नहीं कहेंगे तो क्या कहेंगे। छह बाल पर छक्का मारो तो छत्तीस रन बनते हैं और हम इसी छत्तीस के दिवाने हैं; इसलिए हमने अपना नाम भी बाबा छत्तीसानंद ही रखा है। लोगों को नाम लेने में आसानी तो होती ही है, साथ ही सुखद आनंद की अनुभूति होती है सो अलग।

हमने पूछा कि बाबा आपको अपना नाम बाबा छप्पनभोग रखना चाहिए था; छप्पन करम तो किये ही होंगे आपने अपनी जिंदगी में अब तक, अगर छप्पनभोग पसंद नहीं है तो बाबा छप्पनानंद रख लेना चाहिए था, दिन भर में छप्पन हजार बार आप का नाम लेने वालों के संकटमोचन साबित होते आप, आपके लिए ये एक बड़ी उपलब्धि साबित होती।''

छत्तीसानंद मेरे इस सुझाव पर थोड़ा बिफर पड़े। उन्होंने आहत होते हुए कहा कि छप्पन करम किये होते तो विधानसभा के सामने जमीन पर बैठकर किसी का भाग्य न बांच रहे होते हम, विधानसभा के अंदर बैठकर आम जनता का विकास करने का स्वाँग रचा रहे होते। हम अपना पेट पालने के लिए कुछ भी झूठ-फरेब कर लें, लेकिन जब देश की बात आती है तो हम पक्का राष्ट्रप्रेमी हो जाते हैं, इसमें तनिक भी गुंजाइश नहीं छोड़ते। छप्पन इंच का सीना देखने के लिए सीमा पर जाना पड़ेगा, इसे देखने के लिए कहीं और भटकने की जरूरतै का है भइया। इस समय देश फरेबी और गरीबी दोनों से बहुतै ग्रस्त है, ऐसे में माहौल को देखते हुए गरीबों का सीना छत्तीस इंच का ही हो जाय, ये ही बहुत है। कम से कम हम तो छत्तीस इंच के सीने के साथ खुद में बहुत खुश हैं और इसलिए अपना नाम छत्तीसानंद रखा है। हमारा मामला तो बिल्कुले टंच है। मात्र छत्तीस रुपये दक्षिणा लेते हैं कुंडली देखने के लिए; न किसी को देने में तकलीफ, न हमें लेने में तकलीफ। वैसे भी जिंदगी में छत्तीस और छप्पन का अपना अपना अलग ही महत्त्व है। आँकड़े छत्तीस के होते हैं और व्यंजन छप्पन किस्म के होते हैं, हम ग्रहों के आँकड़ों का खेल दिखाते हैं, व्यंजनों का नहीं।

आदमी को छप्पन करम के साथ छप्पन तरीके के हथकण्डे अपनाने पड़ते हैं, जब जाकर कोई दुनियादारी का पाठ पढ़ पाता है। मैंने तो पढ़ाई भी स्नातकोत्तर तक की थी; दुनियादारी के साथ-साथ कॉलेज की पढ़ाई में भी मेरा दखल रहा है।

जाँच पड़ताल के बाद मुझे पता चला कि बाबा छत्तीसानंद कक्षा आठ फेल हैं इसलिए शायद उन्होंने छप्पन की जगह छत्तीसा बने रहने में ही भलाई समझी। आज लखनऊ विधानसभा के सामने बाबागीरी कर खुद भी चूने का पान खाते हैं और दूसरों को भी चूना लगाकर अपने हुनर का परिचय देते हैं। बाबा छत्तीसानंद का कहना है कि वह तो अठन्नी-चवन्नी के लिए ही झूठ बोलते हैं, यहाँ तो नेताओं के दलाल विधानसभा की इमारत दिखाकर लोगों को करोड़ों का चूना लगा देते हैं, अपनी छल-कपट नीति से विधानसभा के सामने अच्छे खासे भले आदमी

को नंगा कर देते हैं।

बाबा छत्तीसानंद ने मुझसे सवाल किया- "आप खाने के बाद संडास तो जाते होंगे या सब कुछ पेट में ही हजम कर लेते है।"

मैंने कहा - "बगैर संडास जाये मर जायेंगे बाबा।"

उन्होंने झट बोला, बिल्कुल सही कहा, देश का धन खाकर पचाना हम सब के बस की बात नहीं है। लेकिन ये नेता लोग जितना खाते हैं, हजम करते जाते हैं। ये संडास नहीं जाते, पेट भरते रहते हैं और जब पेट में अच्छी-खासी रकम जमा हो जाती है तो संडास करने के लिए विदेश चले जाते हैं और स्विस बैंक में संडास करके वापस चले आते हैं। पूरा पेट खाली करके आते हैं और फिर अपना पेट भरने में लग जाते हैं। पेट दोबारा भरते ही वह फिर संडास जाने के लिए स्विस बैंक का गलियारा तलाशने लगते हैं।

बाबा छत्तीसानंद के चेहरे पर गुस्सा झलक रहा था। उन्होंने झल्लाते हुए कहा कि ऐसे नेताओं के बारे में कोई कुछ नहीं कहता और जब वह विधानसभा के सामने बैठकर अपनी जीविका के लिए लोगों को मामूली-सा चूना लगाते हैं तो उनसे सौ तरह के सवाल किये जाते हैं।

बाबा के सवाल में दम था इसलिए मैं चुप रह गया था... उसी तरह, जिस तरह नेता जब किसी सवाल में फँस जाते हैं तो मौन धारण कर लेते हैं। फिलहाल मेरी और बाबा छत्तीसानंद की मुलाकात अब रोजाना ही होती है किसी न किसी मोड़ पर। लेकिन एक अंतर होता है, बाबा छत्तीसानंद रोज नये-नये मुखौटे में हमें नयी-नयी जगह दिखायी दे जाते हैं, वहीं मेरा कलेवर छप्पन के फेर में रोज बदला-बदला रहता है।

वैसे भी जब हर कोई अपने हिस्से का हिन्दुस्तान बेच रहा है तो बाबा छत्तीसानंद को मैं कैसे अकेला चोर कह सकता हूँ। चोर तो सब हैं, कोई बड़ा है तो कोई छोटा चोर। सब मौके-मौके की बात है। आप परेशान न हों मैं छत्तीसानंद से तो निपट ही लूँगा। फिलहाल, मैं इनकम टैक्स रिटर्न भरने जा रहा हूँ, ब्लैकमनी रखना बहुत मुश्किल काम हो गया है। आपको अगर कभी बाबा छत्तीसानंद मिले तो मेरा नया ठिकाना उन्हें बता दीजिएगा। संडास... जी हाँ मैंने भी अमीरों के लिए एक खास तरह का सुलभ शौचालय खोल रखा है। वे मेरे यहाँ संडास करने आते हैं और मैं उनके संडास यानि ब्लैक मनी को व्हाइट में कनवर्ट कर देता हूँ; न उन्हें स्विस बैंक जाना पड़ता है और न मुझे कमाई के लिए

ज्यादा जोड़-तोड़ करनी पड़ती है। मेरी भी अच्छे से कट रही है और उन संडास वालों की भी चकल्लस है। रही बात बाबा छत्तीसानंद की तो, उनकी कैसे कट रही है, इसका पता चलते ही मैं आप लोगों को इसकी सूचना जरूर दूँगा।

14

अब पल्लवी आजाद थी

पल्लवी ने कभी सोचा भी न था कि विवेक उसकी जिंदगी में नासूर बन कर आयेगा और उसकी खुशियों को रौंद देगा। महानगर में रहने वाली पल्लवी पढ़ने में होशियार थी और दिखने में भी स्मार्ट और खूबसूरत थी। अपनी दो बहनों और इकलौते भाई में वह सबसे बड़ी थी। पल्लवी की चंचलता किसी का भी मन मोह सकती थी। माँ शालिनी एक घरेलू महिला थीं और पिता दीवान साहब एक सफल कारोबारी थे। लेकिन महानगर में रहने के बावजूद दीवान साहब और शालिनी अपनी बेटियों की पढ़ाई-लिखाई, उनके शौक को पूरा करने की बजाय शान-ओ-शौकत से जल्द उनकी शादी कर देने के पक्ष में थे।

पढ़ाई में अव्वल रहने के बावजूद पल्लवी उच्च शिक्षा नहीं ले सकी। पल्लवी को इस बात का बहुत मलाल था। जबकि दिन भर आवारा की तरह घूमने वाला उसका भाई दीपक हमेशा ही माँ-बाप का चहेता रहा। दीवान साहब ने उसकी पढ़ाई-लिखाई पर जितने पैसे खर्च किये, शायद अपनी दोनों बेटियों पर खर्च किये होते तो उनकी दोनों बेटियाँ कहीं बड़े सरकारी पद पर आसीन होतीं। लेकिन बेटे के आगे दीवान साहब के लिए सब बेकार था। बेटियों की उपलब्धियों से उन्हें कोई सरोकार नहीं था। वे बेटियों को पराया धन की तरह ही समझते थे। पल्लवी को ये बात बहुत खलती थी, लेकिन घर में दीवान साहब का इतना दबदबा था कि कोई भी उनके आदेश के खिलाफ आवाज उठाने की

हिम्मत नहीं कर सकता था। पल्लवी की माँ का भी लड़कियों को लेकर वही रुख था जो दीवान साहब का था।

सामाजिक प्रतिष्ठा के साथ शादी करने का ख्वाब लिये दीवान साहब ने राजेश नामक एक सॉफ्टवेयर इंजीनियर लड़के से पल्लवी की शादी तय कर दी। इसके लिए उन्होंने पत्नी की सहमति लेना भी उचित नहीं समझा। पल्लवी को अपनी शादी तय होने की बात तब पता चली, जब लड़के वाले उसे देखने के लिए आने वाले थे। पल्लवी के एक बार मन में आया कि वह दो टूक शब्दों में अपनी बात कह दे कि वह अभी शादी नहीं करना चाहती, लेकिन वह इस बात के लिए अंत तक हिम्मत नहीं जुटा सकी। फिर वही हुआ जो होना था। दीवान साहब को तो समाज में अपनी नाक ऊँची रखनी थी। उन्होंने लड़के की केवल नौकरी देखी, उसके आचार-व्यवहार के बारे में पता करने की उन्होंने थोड़ी भी जहमत नहीं उठायी। उन्हें सॉफ्टवेयर इंजीनियर दामाद चाहिए था जो उन्हें मिल गया था। पल्लवी की शादी धूम-धाम से हो गयी। राजेश बैंगलुरू में नौकरी करता था। शादी के बाद राजेश, पल्लवी को लेकर बैंगलुरू चला आया।

राजेश एक बिगड़ैल किस्म का शराबी लड़का था। वह लड़कियों को भोग की वस्तु समझता था। उसकी घटिया सोच धीरे-धीरे पल्लवी के सामने उजागर होने लगी थी। पहले तो वह पार्टी के नाम पर घर में शराब पीकर आने लगा। लेकिन पार्टी का कब तक बहाना चलता। उसका अब रोज नये-नये बहाने के साथ पीकर घर आने का सिलसिला शुरू हो गया। पल्लवी अगर उसे कुछ समझाती थी तो राजेश आगे से शराब नहीं पीने की कसमें खाता, लेकिन अगले दिन कसम भूलकर वही नाटक, पल्लवी के लिए अब यह आम बात हो गयी थी। जब पल्लवी सख्ती करने की कोशिश करती तो राजेश हाथापाई पर उतर आता। पल्लवी को राजेश से ऐसी उम्मीद नहीं थी कि एक पढ़ा-लिखा इंसान अपनी पत्नी पर हाथ भी उठा सकता है।

पहले तो पल्लवी ने सोचा कि वह राजेश को प्यार-मोहब्बत से रास्ते पर लेते आयेगी, लेकिन राजेश तो किसी और ही मिट्टी का बना था। पल्लवी अपने ऊपर हो रहे अत्याचार को अपने माँ-पिता से भी नहीं साझा करती थी, क्योंकि वह नहीं चाहती थी कि उसके मम्मी-पापा उसकी परेशानी से परेशान हों।

राजेश का एक पड़ोसी मित्र दीपक था। वह भी राजेश की ही कम्पनी में साफ्टवेयर इंजीनियर था। छुट्टी के दिन राजेश और दीपक आपस में चाय-नाश्ते

पर एक-दूसरे के घर आते-जाते थे। दीपक की अभी शादी नहीं हुई थी इसलिए वह कभी-कभी राजेश के यहाँ वीकेंड पर खाना खाने भी आ जाता था।

दीपक को ऐसा कई बार ऐसा लगा कि राजेश और पल्लवी के बीच कुछ ठीक नहीं चल रहा है। कई बार वह राजेश के घर से रात को मार-पीट और चीखने-चिल्लाने की आवाजें भी सुन चुका था। उसके मन में आता था कि वह मामले में हस्तक्षेप करे, लेकिन पति-पत्नी का व्यक्तिगत मामला सोचकर वह ऐसा नहीं करता था। हालाँकि दीपक, राजेश की हरकतों को जानता था कि वह ऑफिस में एक लड़की को फ्लर्ट करता है और रोजाना शराब पीना उसकी आदत में शुमार है। पल्लवी को लेकर उसके मन में एक अलग तरह की सहानुभूति थी। उसे लगता था कि एक संस्कारी लड़की की शादी राजेश जैसे लड़के के साथ नहीं होनी चाहिए थी।

कई बार जब राजेश, दीपक को अपने यहाँ खाने की दावत दे देता था और खुद बीयर या शराब पीने बाहर चला जाता था। उसे लौटने में अगर आधा-एक घण्टा देर हो जाती थी तो दीपक की मेहमान नवाजी में पल्लवी कोई कोर कसर नहीं छोड़ती थी ताकि दीपक को राजेश के न होने का तनिक भी एहसास न हो सके। कई बार की मुलाकात के चलते पल्लवी और दीपक आपस में घुलमिल गये थे। पल्लवी ने कई बार दीपक से राजेश के व्यवहार को लेकर बातचीत करने की सोची, लेकिन हर बार वह ये सोचकर रुक गयी कि दीपक उसके बारे में क्या सोचेगा।

एक बार पल्लवी ने दीपक से पार्ट टाइम जॉब के बारे में पता किया था। दीपक ने उसे एक कम्पनी में जॉब दिलाने की बात भी कही थी। लेकिन जब पल्लवी ने राजेश से अपनी नौकरी को लेकर इच्छा जाहिर की तो वह एकदम से आगबबूला हो गया। उसने सिरे से पल्लवी की बात को नकार दिया और घर से बाहर नहीं निकलने देने की धमकी भी दे डाली। पल्लवी ने दीपक को पहले तो उसकी नौकरी के लिए प्रयास करने के लिए थैंक्स बोला, फिर उसने भरे मन से दीपक को बता दिया कि राजेश को उसका नौकरी करना पसंद नहीं है। पल्लवी और दीपक दोनों एक-दूसरे की भावनाओं की बहुत इज्जत करते थे।

पल्लवी ने राजेश के गुस्सैल व्यवहार को लेकर एक बार दीपक से पूछ ही लिया कि क्या ऑफिस में भी राजेश गुस्से में ही रहता है। लेकिन दीपक ने बात को टाल दिया और राजेश के आने पर उसने उसके साथ खाना खाया और अपने रूम पर चला गया। दीपक बहुत देर तक सोचता रहा कि आखिर पल्लवी जैसी

शालीन और समझदार पत्नी पाने के बाद भी राजेश उसे उतनी तवज्जो नहीं देता जितने की वो हकदार है। दीपक जान चुका था कि राजेश, पल्लवी के साथ अच्छा व्यवहार नहीं करता है।

दीपक मन ही मन सोच रहा था कि अगर पल्लवी जैसी लड़की उसकी जिंदगी में आती तो वह उसे पलकों पर बिठाता। दरअस्ल, दीपक को पल्लवी से भावनात्मक लगाव हो गया था, लेकिन उसने कभी इस बात को पल्लवी पर जाहिर नहीं होने दिया।

एक दिन रात को राजेश देर से घर लौटा। उसने ज्यादा शराब पी रखी थी। उसके कुछ दोस्तों ने उसे घर तक छोड़ा था। पल्लवी को उस दिन एहसास हुआ कि उसके पिता ने उसके साथ धोखा किया। जाने-बूझे बगैर उन्होंने उसकी शादी एक ऐसे बिगड़ैल शराबी लड़के से कर दी जो न तो उसे सम्मान देता है और न ही उसकी बातें सुनता है। फिलहाल पल्लवी ने नशे में धुत राजेश को दरवाजे से अंदर किया और किसी तरह उसे बेड तक पहुँचाया। शराब के नशे में राजेश पूरी तरह बेसुध था। जब पल्लवी ने हद से ज्यादा शराब पीने और गिरते-पड़ते घर आने की वजह पूछी तो राजेश एकदम से भड़क गया और लड़खड़ाते कदमों से पल्लवी की ओर लपका। पल्लवी ने उससे दूर होने की कोशिश की तो उसने पल्लवी के बालों को पकड़ लिया, जिसके चलते पल्लवी फर्श पर गिर पड़ी। राजेश भी पल्लवी के ऊपर गिर पड़ा। पल्लवी की मानो जान ही निकल गयी। राजेश यहीं नहीं रुका, उसने फर्श पर पड़ी पल्लवी को हाथ-पैर से मारना शुरू कर दिया।

पल्लवी गिड़गिड़ाती रही, लेकिन राजेश के सिर पर जैसे भूत सवार था। उसने पल्लवी के बालों को पकड़कर उसे घर के बाहर निकाल दिया। चूँकि रात ज्यादा हो चुकी थी, इसलिए अपार्टमेंट में सभी लोग सो गये थे। लेकिन दीपक अभी जग रहा था और दोनों के बीच झगड़े की आवाज से वह भाँप चुका था कि राजेश, पल्लवी को मार-पीट रहा है। इधर राजेश ने पल्लवी को घर से बाहर निकालकर अंदर से दरवाजा बंद कर दिया। पल्लवी इतनी सहम गयी थी कि उसने राजेश की इस हरकत का कोई प्रतिरोध नहीं किया। उसे लगा कि अगर वह राजेश का प्रतिरोध करती है तो कहीं वह उसे नशे में होने के चलते जान से न मार दे। दूसरी ओर दीपक चाहकर भी अपने कमरे से नहीं निकल पा रहा था। उसे लग रहा था कि घर के बाहर निकलने और पल्लवी की मदद करने से कहीं राजेश और न चिढ़ जाय। इसके बावजूद कुछ देर इंतजार करने के बाद दीपक से

रहा नहीं गया और वह कमरे से बाहर निकला तो पाया कि पल्लवी अपने घर के बाहर बैठी रो रही है और डर से काँप रही है।

दीपक को गैलरी में देखकर पल्लवी सिर झुकाकर सुबकने लगी। दीपक ने जब पल्लवी से कुछ पूछना चाहा तो पल्लवी के मौन ने वह सब कुछ बयाँ कर दिया जो उसके साथ हुआ था। जैसे ही दीपक ने पल्लवी को सहारा देकर फर्श से उठाने की कोशिश की, पल्लवी अपनी आहत भावनाओं को रोक नहीं पायी और जोर-जोर से सुबकने लगी।

दीपक, पल्लवी को इस हाल में देखकर अंदर ही अंदर काफी गुस्से में था। उसने चाहा कि वह रात को ही राजेश से इस बाबत बात करे, लेकिन पति-पत्नी की लड़ाई में वह चाहकर भी कुछ न बोल सका। उसने अपने कमरे में आकर एक चादर लाकर पल्लवी को दिया। पल्लवी के मासूम चेहरे को देखकर दीपक ने सोचा कि भगवान भी कैसा क्रूर मजाक करता है कभी-कभी। यही सोचते-सोचते सहानुभूति से कब उसके हाथ पल्लवी के कंधों पर चले उसे पता भी नहीं चला। जैसे ही सहानुभूति का हाथ पल्लवी ने अपने कंधे पर महसूस किया, अंदर ही अंदर मानो वह काँप गयी। लेकिन जब अपनापन से कोई निःस्वार्थ भाव से कंधे पर हाथ रखे तो दुःख स्वतः बाहर निकलकर आँसू बन कर बहने लगते हैं। यही कुछ पल्लवी के साथ हुआ था।

दीपक के सहानुभूति वाले बर्ताव ने पल्लवी की पीड़ा को उभार दिया था, लेकिन पल्लवी ने जल्द ही अपनी भावनाओं को काबू में कर लिया। उसने दीपक से कहा कि वह अपने कमरे में चली जायेगी, अभी थोड़ी देर में राजेश दरवाजा खोल देगा और वह अंदर चली जायेगी। पल्लवी के समझाने के बावजूद दीपक चुपचाप पल्लवी के बगल में शांत भाव से खड़ा रहा। ऐसी स्थिति को देखते हुए पल्लवी ने दीपक को समझाया कि उसकी थोड़ी-सी भी सहानुभूति उस पर भारी पड़ सकती है, क्योंकि राजेश के दिमाग का कोई ठीक नहीं है कि वह किस मामूली-सी बात का बतंगड़ बना दे। पल्लवी को ये भी डर था कि उसके चक्कर में कहीं राजेश, दीपक को भला-बुरा न कह दे। वैसे भी राजेश को पल्लवी का किसी पर पुरुष से बात करना अच्छा नहीं लगता था।

दीपक भी पल्लवी की मजबूरी समझ रहा था। वह पल्लवी के आग्रह पर भरे मन से अपने कमरे में चला गया और जाने कब पल्लवी दीपक के दिये गये चादर को ओढ़कर सो गयी उसे पता ही नहीं चला। इधर राजेश अत्यधिक दारू

पीने के चलते कुर्सी पर बैठा-बैठा ही लुढ़क चुका था।

दीपक ने एक घण्टे बाद जब देखा कि पल्लवी घर के बाहर दरवाजे पर दुबककर सो गयी है और दरवाजा अभी भी बंद है तो उससे रहा नहीं गया और उसने दरवाजे पर नॉक कर राजेश को जगाने का प्रयास किया। राजेश का नशा अब कुछ उतर चुका था। राजेश ने दरवाजे के खटखटाने की आवाज सुनकर जैसे ही दरवाजा खोला तो सामने दीपक को पाया। दरवाजे से ठीक दायें तरफ पल्लवी खामोशी के साथ सो रही थी। दीपक को देखकर राजेश थोड़ा असहज हो गया। वह कोस रहा था कि आखिर उसने इतनी शराब क्यों पी। राजेश को अपने पर गुस्सा आ रहा था कि उसने पल्लवी को घर से बाहर क्यों निकाला। दीपक के सामने राजेश काफी शर्मिंदगी महसूस कर रहा था।

फिलहाल राजेश ने पल्लवी को उठाया और कमरे में चलने को कहा। पल्लवी भी बिना कुछ बोले चुपचाप वापस कमरे में चली आयी। दोनों ने ही आपस में कुछ बात नहीं की और वे सो गये। पल्लवी के अंदर जाते ही दीपक भी अपने कमरे में जाकर सो गया।

पल्लवी जब सोकर उठी तो पाया कि राजेश उससे पहले उठ गया है और किचन में चाय बनाकर उसके लिए भी ला रहा है। राजेश ने कल की अपनी गलती पर पल्लवी से माफी माँगी और दोबारा ऐसी गलती नहीं करने की कसम खायी। पल्लवी ने जब राजेश को गिड़गिड़ाते हुए देखा तो पिघल गयी और उसे माफ कर दिया।

दो दिन बाद ही पल्लवी ने कुछ खास बनाया था। इधर राजेश ने दीपक से उसके साथ ऑफिस जाने के लिए कहा था। दीपक घर से निकल रहा था और राजेश को बुलाने के लिए नॉक किया। जब पल्लवी ने दीपक को देखा तो नाश्ते के लिए ऑफर कर दिया। दीपक और राजेश दोनों ने मिलकर नाश्ता किया। लेकिन राजेश को पल्लवी की ओर से दीपक को इनवाइट करना अच्छा नहीं लगा। उस समय तो राजेश ने कुछ नहीं बोला, लेकिन रात को राजेश खूब शराब पीकर घर आया और पल्लवी के चरित्र पर प्रश्न उठाये। दरअस्ल, राजेश को ये बात उसी दिन से खल रही थी कि जिस दिन दीपक ने रात को पल्लवी को चादर ओढ़ने के लिए दिया था। अब तो राजेश, पल्लवी और दीपक के बीच अवैध सम्बंध के होने को लेकर आशंका जाहिर करने लगा था।

जैसे ही राजेश ने पल्लवी से दीपक को लेकर कुछ वाहियात सवाल किया,

पल्लवी की आँखों से आँसू निकल आये। आज तक किसी ने उसके चरित्र पर कोई सवाल नहीं उठाया था, लेकिन राजेश ने उसके चरित्र पर सवाल उठाकर पति-पत्नी के रिश्ते को शर्मसार कर दिया था। उसे राजेश की सोच पर तरस आ रहा था और उससे अधिक उसे अपने भाग्य पर तरस आ रहा था कि कैसे नीच सोच के आदमी से उसकी शादी हुई है। उस दिन वह खूब रोयी और साथ ही उसने ये फैसला कर लिया कि वह अब राजेश के साथ और नहीं रह सकती। उसने अपने मायके जाने का फैसला कर लिया था। राजेश और पल्लवी के बीच उस रात गर्मागर्म बहस भी हुई।

इसी बीच पल्लवी को पता चला कि वह प्रेगनेंट है। यह जानकर पल्लवी ने अपने फैसले में नरमी लायी। उसने सोचा कि राजेश को ये खुशखबरी देने से हो सकता है वह अपने व्यवहार में कुछ बदलाव लाये। लेकिन जैसे ही उसने राजेश को ये बताया, राजेश ने कहा कि ये बच्चा मेरा नहीं है बल्कि ये बच्चा दीपक का है। पल्लवी के पैरों तले मानो जमीन ही खिसक गयी। उसने कभी नहीं सोचा था कि राजेश इस हद तक गिर जायेगा। राजेश ने अपना फरमान भी सुना दिया कि उसे गर्भपात कराना पड़ेगा। पल्लवी ने जब ये सुना तो मानो उसको साँप सूँघ गया। वह अचेत-सी हो गयी।

पल्लवी ने अपने माँ-पिता को अपने प्रेगनेंट होने की बात बता दी थी।

दरअस्ल, दीपक मध्यमवर्गीय परिवार का लड़का था और उसकी शादी इसलिए नहीं हो पा रही थी क्योंकि उसे सामान्य घर की घरेलू, सुंदर, सुशील लड़की की तलाश थी, जैसी पल्लवी थी। दीपक को भी लगने लगा कि पल्लवी की शादी उस जैसे लड़के से होनी चाहिए थी न कि राजेश जैसे चरित्रहीन लड़के के साथ।

इधर राजेश ने पल्लवी को न केवल रोज मारना पीटना शुरू कर दिया बल्कि उस पर पहरा भी लगा दिया। राजेश, पल्लवी को कमरे में बंद कर ऑफिस जाने लगा। अब तो हद हो चुकी थी। एक दिन दीपक ने राजेश से पूछ लिया कि भाभी जी कहीं गई हैं क्या जो वह ताला लगाकर ऑफिस जा रहा है। राजेश ने हड़बड़ा कर कहा- ''हाँ... हाँ...

हालाँकि, दीपक को पता चल गया कि पल्लवी के पैर भारी हैं। अब वह सारी बातें समझ गया था और उसने ठान लिया कि वह पल्लवी की मदद करेगा। उसने एक दिन छुट्टी लेकर खिड़की से पल्लवी से बात की और कहा कि वह

अपने सम्मान को बचाये रखने के लिए खुलकर राजेश के समक्ष अपना पक्ष रखे और राजेश में सुधार नहीं आने पर कोई सख्त कदम उठाये। क्योंकि दीपक को मालूम था कि राजेश का ऑफिस की एक लड़की के साथ चक्कर है।

पल्लवी को दीपक से थोड़ा हौसला मिला और उसने राजेश से बिना डरे साफ-साफ कह दिया कि वह उसके साथ अब नहीं रह सकती, वह तलाक लेना चाहती है। राजेश का गुस्सा सातवें आसमान पर पहुँच गया और उसने जैसे ही पल्लवी को मारने के लिए हाथ उठाया, पल्लवी ने उसका हाथ पकड़ लिया और कहा कि वह अब और अत्याचार सहन नहीं करेगी।

पल्लवी ने अपने माँ-पिता को तलाक लेने का अपना फैसला बताया तो उसे अपने माता-पिता से सहानुभूति मिलने की बजाय ये सुनने को मिला कि अब तुम्हारा पति ही तुम्हारे लिए सब कुछ है, उसका फैसला जैसा भी हो मानना होगा। माँ-पिता से मिले जवाब से पल्लवी मानो टूट गयी। उसने तय कर लिया कि वो खुद तय करेगी कि उसे क्या करना है और क्या नहीं।

अभी वह इस उधेड़बुन में लगी हुई थी कि पीछे से उसके कंधों पर किसी ने हाथ रखा। वो हाथ दीपक का था... सहानुभूति का नहीं बल्कि निर्णय लेने की शक्ति देने वाला हाथ था। पल्लवी को अब ये तय करना था कि राजेश या तलाक। लेकिन जैसे ही पल्लवी को ये एहसास हुआ कि दीपक उसके हर कदम पर उसका साथ देने के लिए तैयार है, उसने पहली बार जिंदगी में अपना एक फैसला लिया; राजेश से अलग होने का फैसला। अब उसके मन से न केवल कोई बड़ा बोझ उतर गया था बल्कि उसे अपने हमसफर के तौर पर एक ऐसा लड़का मिला था जो न केवल खुले दिल और विचारों का था बल्कि नारी का सम्मान करने वाला युवक था। दीपक ने पल्लवी के पेट पर हाथ फेरा और पल्लवी से कहा कि आज से दोनों की जिम्मेदारी मेरी है, अगर मैं तुम्हें कबूल हूँ तो मेरा हाथ थाम सकती हो। पल्लवी ने मुस्कुराते हुए दीपक से कहा कि अगर वो उसे कबूल है तो बाँहों में ले ले उसे। फिर दोनों ने एक-दूसरे को आगोश में ले लिया मानो पहले कुछ हुआ ही नहीं हो। पल्लवी और दीपक एक नयी जिंदगी शुरू कर चुके थे और इनकी इस शुरूआत का गवाह बनने को तैयार था पल्लवी के पेट में पल रहा बच्चा।

15
मन की सुंदरता

माँ अक्सर कहती थी कि इंसान के लिए तन की सुंदरता से ज्यादा मन की सुंदरता जरूरी है। लेकिन आज लगा कि माँ की आदर्शवादी बातें मौजूदा दौर में कोरी बेमानी हैं। आज की भौतिकवादी संस्कृति में मन की सुंदरता को टटोलने का न तो किसी के पास वक्त है और न ही मन की सुंदरता को दुनिया बहुत महत्त्व देती है। कलयुग का दौर है, जो दिखता है वही यथार्थ है। जो नहीं दिखता, वह भ्रम है और भ्रम में भला कौन रहना चाहता है... कोई नहीं।

इस दौर में न तो आदर्शवादी विचारधारा का कोई महत्त्व है, न ही आदर्शवादी व्यक्तित्व का कोई मोल है। मौजूदा दुनिया का ये ही फण्डा है कि जो दिखता है वही बिकता है। बात विचारधारा और सोच की है। इसी कश्मकश में वैदेही अपने दिमाग की दही कर रही थी, क्योंकि आज उसकी सबसे निकट की सहेली रूपा को लड़के वाले देखने आये थे। रूपा आज बहुत सुंदर लग रही थी, गोलमटोल-सी बिलकुल गुड़िया लग रही थी। मेकअप भी रूपा ने अच्छा कर रखा था। रूपा वैदेही के बचपन की सहेली थी।

लड़के वालों में लड़के की बहन, लड़के का भाई, खुद लड़का और लड़के की मौसी रूपा को देखने आयी थीं। आधे घण्टे तक एक-दूसरे से परिचय हुआ रूपा की पसंद-नापसंद के साथ दोनों परिवार वालों के बीच बड़े ही अच्छे माहौल

में बातचीत हुई। रूपा को बुलाया गया। रूपा काफी सहमी हुई थी इसलिए आण्टी ने वैदेही को रूपा के साथ लगा दिया ताकि वह उसके साथ रह कर उनका मनोबल बढ़ाये और उसके डर को कुछ कम कर सके। पहली बार रूपा का किसी लड़के वालों से सामना हो रहा था। वैसे भी वैदेही, रूपा जितनी रूपवान नहीं थी इसलिए इस बात का भी डर नहीं था कि रूपा के साथ वैदेही के रहने पर लड़के वालों पर कोई नकारात्मक असर देखने-दिखाने को लेकर पड़ता।

रूपा को लड़के वालों को दिखाने के लिए बुलाया गया तो वैदेही रूपा के आत्मविश्वास को बनाये रखने के लिए उसके साथ आयी। लेकिन ये एक ऐसी अनजानी भूल थी जिसका अंदाजा शायद किसी को भी नहीं था और वो भूल रूपा का वैदेही के साथ होना था। वैदेही के आगे रूपा बौनी नजर आ रही थी। सुंदरता में वैदेही जरूर उसके आगे उन्नीस बैठती थी, लेकिन लम्बाई के मामले में वैदेही, रूपा से बीस नहीं इक्कीस बैठती थी।

दरअस्ल, लड़के वालों के बुलावे पर रूपा और वैदेही ने ड्राइंग रूम में कौतुहल भरे माहौल में पदार्पण किया। वहाँ माहौल पहले से ही भावनात्मक बना हुआ था। रूपा की एण्ट्री होते ही कमरे में शांति छा गयी। रूपा की माँ ने रूपा को अपनी दाहिनी ओर बगल में बिठा लिया और वैदेही, रूपा के दाहिने हाथ बैठ गयी। एक मिनट के भीतर ही कमरे में फिर से बातचीत का दौर शुरू हो गया। लड़के की मौसी बहुत बातूनी थी; शायद इसलिए ही उन्हें लड़की देखने के लिए लाया भी गया था। उन्होंने रूपा का पूरा इंटरव्यू ही ले लिया। सबकी नजरें रूपा पर थीं लड़के का छोटा भाई भी रूपा को ही देख रहा था। लड़के की मौसी तो सर्च इंजन की तरह रूपा की हर एंगल से जाँच-परख करने में जुटी हुई थीं।

रूपा का इण्टरव्यू लेने के बाद लड़के वालों ने वैदेही से भी दो-चार बातें की। रूपा की माँ ने लड़के की मौसी को बताया कि ये वैदेही चतुर्वेदी है, रूपा की सबसे जिगरी सखी है और यह कह कर रूपा की माँ ने बात खत्म करने की कोशिश की, साथ ही लड़के की मौसी से आग्रह किया कि एक बार फिर कुछ ठण्डा-गरम हो जाय। लेकिन मौसी तो मौसी थीं, जब तक वैदेही का भी पूरा ब्यौरा न ले लेतीं। उन्हें चैन कैसे आता। मथुरा के पण्डों की तरह उन्होंने वैदेही के पूरे खानदान के बारे में पता कर लिया- मसलन कितनी पढ़ी है, कितने भाई-बहन हैं.. वगैरह।

वैदेही ने गौर किया कि जब लड़के की मौसी उसका साक्षात्कार ले रही थीं, लड़का बड़े गौर से उसे ही देख रहा था। वैदेही ने एक, दो बार नहीं कई बार कनखियों से देखा और एहसास किया कि लड़का रूपा में कम उसमें ज्यादा दिलचस्पी दिखा रहा है। पहले तो वैदेही को लगा कि ये उसका भ्रम है, लेकिन अब पक्का हो चुका था कि वह रूपा के बजाय वैदेही के बारे में जानने को उत्सुक है। लड़के ने वैदेही से सवाल किया कि वह किस कॉलेज में पढ़ी है। रूपा को दिखाने के दौरान तक जो लड़का मौनव्रत धारण किये हुए था, वह वैदेही से इतने सहज तरीके से बातें करेगा किसी को पता नहीं था। ये बात रूपा की मम्मी और लड़के की मौसी सहित खुद वैदेही को भी खटक रही थी। रूपा की माँ को लड़के की ये हरकत नागवार गुजरी। उन्होंने आखिरकार लड़के की ओर उन्मुख होते हुए कह ही दिया कि बेटा आप अगर रूपा से कुछ पूछना चाहते हैं तो पूछ सकते हैं, शर्माइए नहीं, हम लोग कोई गैर थोड़े ही हैं।

लेकिन लड़के ने उनकी बातों पर मुस्कुरा भर दिया, बोला कुछ भी नहीं। कुछ देर बाद वह फिर से वैदेही की ओर देखने लगा। लड़के की इस हरकत को देखकर वैदेही को बहुत बुरा लग रहा था। वैदेही को ऐसा आभास हुआ कि जबसे लड़के ने ये जाना कि वह एक डिग्री कॉलेज में लेक्चरर है, उसका आकर्षण उसकी ओर बढ़ गया था, जबकि सुंदरता के मामले में वैदेही, रूपा से कमतर थी। लेकिन पता नहीं क्यों वैदेही की नजरें भी रह-रह कर लड़के को देख ले रही थीं। दरअस्ल, लड़का काफी स्मार्ट और सुंदर था। माहौल देखकर ऐसा लग रहा था कि वैदेही को भी लड़का पसंद आ गया था। लेकिन वैदेही उसकी स्मार्टनेस को लेकर यही सोच रही थी कि काश ये लड़का रूपा को पसंद कर ले, इसके बाद शादी में वह इस लड़के को ऐसा मुर्गा बनायेगी कि मजा आ जायेगा। वैदेही हर हाल में चाह रही थी कि रूपा की शादी किसी तरह से इस लड़के से तय हो जाय।

पाँच मिनट के अंदर ही ऐसा माहौल बन गया कि सभी को पता चल गया कि लड़के का पूरा फोकस वैदेही के ऊपर ही है। ये बात केवल वैदेही ही नहीं बल्कि अब तो रूपा और उसकी माँ के अलावा लड़के का छोटा भाई और उसकी मौसी भी महसूस करने लगे थे। इस दौरान रूपा की माँ से लड़के की मौसी ने कान में कुछ कहा और रूपा की माँ पहले खुद रसोई की ओर गयीं, फिर उन्होंने वैदेही को किचन में बुला लिया। आण्टी ने वैदेही से कहा कि बेटा तुम्हें घर लौटने में देर हो जायेगी। तुम घर लौट जाओ क्योंकि अभी और देर लगेगी यहाँ।

वैदेही भी माजरा समझ चुकी थी।

वैदेही ने आण्टी से कहा- "ठीक कह रही हैं आप आण्टी, मेरे घर पहुँचते पहुँचते काफी देर हो जायेगी, इसलिए मैं चलती हूँ, मैं बाद में रूपा से बात कर लूँगी।"

वैदेही की स्वीकारोक्ति से आण्टी ने एक ठण्डी आह भरी और उसे खुशी से विदा कर दिया। इस घटनाक्रम से आण्टी से ज्यादा वैदेही खुश थी, क्योंकि वह नहीं चाहती थी कि लड़का रूपा के बजाय उसमें दिलचस्पी दिखाये। सबसे बड़ी बात ये थी कि रूपा के पिता नहीं थे। माँ एक प्राइमरी स्कूल में पढ़ाती थीं। रूपा का एक छोटा भाई था जो मेडिकल की तैयारी कर रहा था। रूपा भी अपनी एम.ए. की पढ़ाई पूरी कर घर ही बैठी थी। हालाँकि, वह कम्पटीशन की तैयारी में भी जुटी हुई थी, इसलिए वैदेही का रूपा के प्रति भावनात्मक लगाव था। लेकिन गलती तो हो चुकी थी। वैदेही इस गलती के लिए किसी को दोष भी नहीं दे सकती थी, लेकिन रिश्ता तय नहीं होने पर सारा दोष उस पर ऊपर मढ़ा जायेगा इस बात का अंदाजा वैदेही को लग चुका था।

वैदेही किसी का चेहरा आसानी से पढ़ लेती थी और उस दिन उसे लग गया कि लड़का रूपा को इग्नोर कर रहा है। शायद उसे रूपा पसंद नहीं आयी थी इसलिए वह उससे बात करने की कोशिश कर रहा था ताकि रूपा के घर वालों को संदेश चला जाय कि रूपा में वह इंटरेस्ट नहीं दिखा रहा है। घर जाने के क्रम में वैदेही यही सब सोचती रही। लेकिन दिल से वैदेही चाह रही थी कि रूपा को वो लड़का पसंद कर ले वर्ना रूपा पर क्या गुजरेगी। वैदेही भगवान से मना रही थी कि रूपा का रिश्ता तय हो जाय, लेकिन उसका दिमाग लगातार कह रहा था कि लड़का रूपा को नहीं उसे पसंद कर चुका है, इसलिए वह उससे बातें कर रहा था। सच्चाई ये थी कि वैदेही के मन में भी चोर घर कर गया था। दरअस्ल, लड़का वैदेही को बेहद पसंद आ चुका था। वैदेही का मन विचलित हो उठा कि वह अपनी सबसे बेस्ट फ्रेंड के साथ कहीं मक्कारी तो नहीं कर रही है। ये सोचकर ही वैदेही का मन काँप उठा।

वैदेही भारी मन से अपने घर पहुँची। उसकी माँ ने पूछा "क्यों वैदेही चेहरा क्यों उतरा हुआ है तुम्हारा।"

वैदेही के पास उनके इस प्रश्न का कोई ठोस जवाब नहीं था, लेकिन वैदेही ने बनावटी हँसी हँसते हुए माँ से कहा कि लड़के वाले जोंक हैं, डेरा जमा लिया

है रूपा के घर पर, पता नहीं कब हिलेंगे इसलिए वह वापस आ गयी। वैदेही के जवाब से उसकी माँ को लगा कि लड़के वालों को रूपा पसंद आ गयी होगी इसलिए वे आगे की बातचीत के लिए बैठे होंगे। माँ ने वैदेही से कहा कि शादी में लेन-देन इतनी आसानी से कहाँ पक्का होता है। चलो कोई बात नहीं, रूपा गुणवान है, रूपवान है और शालीन भी है... बिन बाप की बेटी है, जल्द उसकी शादी हो जाय। इससे अच्छी बात भला और क्या हो सकती है।

माँ की बातें वैदेही को बिलकुल अच्छी नहीं लग रही थीं। वैदेही चाहकर भी माँ से वो सब बातें नहीं बता पा रही थी, जो उसके दिलो-दिमाग में रह-रह कर घूम रही थीं।

वैदेही रात भर ठीक से सो नहीं पायी, बस यही सोचती रही कि रूपा का फोन उसके पास अब तक क्यों नहीं आया। यही सोचते-सोचते कब भोर हो गयी, उसे पता भी नहीं चला। वैदेही वाकई रूपा को लेकर चिंतित थी। वह भगवान से मना रही थी कि जो वह सोच रही है वो सही न हो, रूपा को वह लड़का पसंद कर ले, ऐसा होने पर वह कालका जी के हनुमान मंदिर में सवा किलो प्रसाद चढ़ायेगी। वैदेही के मन में रह-रह कर नकारात्मक बातें आ रही थीं। वैदेही के मन में तरह-तरह की आशंकाएँ जन्म ले रही थीं जिसे वह चाहकर भी झुठला नहीं पा रही थी। वैदेही की अधीरता काफी बढ़ गयी थी। वह रूपा से जानना चाहती थी कि आखिर बीते कल क्या हुआ। लेकिन वैदेही को खुद लगने लगा था कि उसके मन में चोर है और वह लड़के को पसंद करने लगी है, जबकि सच्चाई यही थी कि वैदेही दिल से चाह रही थी कि रूपा की शादी उस लड़के से ही हो।

आखिरकार वैदेही के लैंडलाइन फोन की घण्टी करीब दो बजे दोपहर में बजी। उसने लपककर अपना फोन उठाया। फोन रूपा का ही था। पर जैसे ही उसने फोन उठाना चाहा, फोन कट गया। वैदेही ने तुरंत रूपा को फोन किया, लेकिन उसका फोन नहीं उठा। वह कम से कम आधे घण्टे तक रूपा को फोन मिलाती रही, लेकिन घण्टी जाने के बावजूद उसका फोन नहीं उठा। वैदेही सचमुच घबड़ा गयी थी। आखिर वो रूपा जो आधी रिंग जाते ही उसका फोन पिक कर लेती थी, आज लगातार घण्टी जा रही है लेकिन फोन उठा नहीं रही है। वैदेही का मन अधीर हो उठा था। उसने तय किया कि वह रूपा के घर जायेगी और क्या कुछ हुआ पता लगाएगी।

रूपा की तरह वैदेही की सबसे अच्छी दोस्तों में उसकी एक और दोस्त उसकी माँ थी, जिससे वैदेही अपना सब कुछ साझा करती थी। वैदेही ने सोचा कि इन डेढ़ दिनों में जो कुछ हुआ है, उसे वह अपनी माँ से शेयर करेगी, इसके बाद ही वह रूपा के घर जाएगी।

अमूनन वैदेही की माँ के लिए दोपहर का समय घर का काम-धाम निपटाकर आराम करने का होता था। वैदेही मौका देखते ही माँ पास आकर लेट गयी। पहली बार एहसास हुआ कि माँ आखिर माँ ही होती है।

उन्होंने वैदेही की ओर पलटते हुए कहा - "तुम कल से परेशान दिख रही हो और कुछ कहना भी चाहती हो; तुम तो मेरी सबसे अच्छी दोस्त हो, क्या कहना चाहती हो, मुझसे अपने दिल की बात कह कर मन हल्का कर सकती हो।"

वैदेही ने कहा - "माँ तुम तो जानती हो, कल रूपा को लड़के वाले देखने आये थे। रूपा ने मुझे जोर देकर बुलाया था। मैं बड़े उत्साह के साथ गयी भी थी; लेकिन मैं कल से ही कुछ बातों को लेकर सशंकित हूँ और परेशान भी हूँ।"

माँ वैदेही की बातें गौर से सुन रही थीं। बेटी के मुरझाये चेहरे को देखकर वह भी थोड़ा परेशान हो गयी थीं। उन्होंने माहौल में नरमी लाने के लिए वैदेही से मजाक किया और कहा - "कोई बात नहीं लाडो, कल तुम्हें देखने के लिए भी किसी लड़के वाले को बुला लेंगे, तुम्हें चिंता सता रही है कि रूपा की शादी हो जायेगी तो तुम अकेली पड़ जाओगी।" यह कहकर वह हँसने लगीं।

माँ का मजाक वैदेही को तनिक भी अच्छा नहीं लगा। उसने माँ से कहा- "मैं आपसे अपनी परेशानी बताने आयी हूँ और आप है कि मेरी खिंचाई कर रही हैं।"

माँ ने बेटी के सिर पर हाथ फेरा और कहा - "बेटा मैं तेरी परेशानी समझ चुकी हूँ, लड़के वालों ने रूपा को पसंद नहीं किया होगा यही न। तुम्हारी सबसे बेस्ट फ्रेंड है रूपा, इसलिए तुम्हें बुरा लग रहा होगा, वर्ना अब तक तो तुम मेरा मुँह मीठा करा चुकी होती और चहक-चहक कर मुझे कहानी बताती कि माँ ऐसे हुआ, वैसे हुआ। लड़कों वालों की खूब खिंचाई की। लड़का बहुत स्मार्ट था। रूपा की किस्मत अच्छी है जो उसे ऐसा लड़का मिला वगैरह।"

माँ ने नटखट अंदाज में वैदेही से पूछा - "मैंने ठीक कहा ना! परेशान नहीं

होते हैं बल्कि परेशानी टालने की कोशिश करते हैं बेटा।''

माँ ने बड़े इत्मीनान से साँस भरते हुए वैदेही से ये बातें कहीं।

''बेटा ये कोई नई बात नहीं है, यही तो विडम्बना है हमारे समाज की। लड़कियों को ऐसे हालात से कई बार गुजरना पड़ता है। एक-दो बार तो बुरा लगता है, लेकिन बाद में लड़कियों को इसकी आदत-सी पड़ जाती है।''

वैदेही ने माँ की बात को सुनकर हाँ में अपना सिर हिलाया।

''माँ मैं इसे लेकर परेशान नहीं हूँ, मैं आपसे कुछ और शेयर करना चाहती हूँ; बात बहुत सिरियस है और ये बात मैं केवल तुम्हीं से कह सकती हूँ।''

वैदेही की बातें सुनकर माँ भी गम्भीर मुद्रा में आ गयी। पहले वो लेटी हुई थी, लेकिन अब उठकर बैठ गयीं। उनके बैठते ही वैदेही भी बेड पर बैठ गयी। माँ ने वैदेही से पूछा कि क्या हुआ बेटू कह दे; जो कहना है; तेरी परेशानी मेरी परेशानी है बेटा। अच्छा है आज तेरे पापा भी घर पर नहीं हैं; वर्ना मुझे उलझाये रहते हैं पूरे दिन, तेरी भी आज छुट्टी है।

वैदेही ने बगैर देरी किये अपनी बात माँ के सामने कहनी शुरू की। वैदेही ने कहा - ''माँ, कल लड़के वाले रूपा को देखने आये थे। लड़के वालों में लड़के का एक छोटा भाई, लड़के की मौसी और खुद लड़का भी था। लड़का बहुत ही स्मार्ट था, हाल ही में आयकर विभाग में अधिकारी बना है। उसके परिवार वालों ने रूपा को देखा। लड़के के परिवार वालों को रूपा पसंद भी आयी, लेकिन लड़का पता नहीं क्यों मुझे बार-बार घूर कर देख रहा था। उसने लाख कहने पर भी रूपा से कोई बात नहीं की बल्कि उलटे मुझसे बात करनी शुरू कर दी। मुझे बुरा तो लग रहा था। लेकिन मैं क्या करती। लड़के ने जब मुझमें ज्यादा इंटरेस्ट दिखाना शुरू किया तो लड़के की मौसी ने आण्टी के कान में कुछ कहा और आण्टी ने मुझे बाहर बुलाकर कहा कि बेटी तुम्हें घर जाने में देर हो जायेगी, तुम निकल सकती हो।

मुझे कुछ समझ में आ भी रहा था और नहीं भी आ रहा था। इसके बाद मैं वापस घर आ गयी। तब तक तो समझो सब कुछ ठीक ही था। लेकिन कल से लेकर आज अभी तक कोई बात मेरे और रूपा के बीच नहीं हुई है; यहाँ तक भी ठीक था, लेकिन अभी एक घण्टे पहले ही रूपा का फोन आया, पर बात होने से पहले ही फोन कट गया। इसके बाद मैंने कई बार उसे फोन मिलाने की कोशिश

की, घण्टी पूरी जाने के बाद भी रूपा फोन नहीं उठा रही है इसी बात को लेकर मैं बहुत परेशान हूँ और इसी उलझन को लेकर मैं आपसे बात करना चाहती थी।''

माँ ने वैदेही से कहा- ''बस इतनी बात थी; दरअस्ल, कल रूपा का मेरे पास फोन आया था; उसने चोरी से मुझे फोन किया था। उसने कहा कि उसकी मम्मी को लगता है कि तुम्हारी वजह से ये शादी तय नहीं हो पायी। तुम लड़के के सामने ज्यादा स्मार्ट बनने की कोशिश कर रही थी इसलिए वह उसे पसंद करने की बजाय तुम्हारे बारे में ज्यादा रुचि ले रहा था। कल ही तुमसे रूपा बात करना चाहती थी, लेकिन नहीं कर सकी, मौका मिलते ही वह तुमसे बात करेगी।''

मम्मी ने अपनी बात को जारी रखा। उन्होंने जोर देते हुए कहा कि रूपा को कहीं से ये नहीं लगता कि तुम्हारी वजह से लड़के ने उसे पसंद नहीं किया।

वैदेही ने माँ से कहा कि उसने तो रूपा की शादी तय हो जाने को लेकर भगवान से मन्नतें भी माँगी थी।

माँ ने वैदेही को ये भी बताया कि रूपा को ऐसा कुछ नहीं लगता ये राहत की बात है। तुम्हें लेकर रूपा की माँ का नजरिया भी बाद में बदल जायेगा, ये सब पार्ट ऑफ लाइफ है।

माँ ने वैदेही को बताया कि रूपा ने कहा है कि तुम उसे फोन नहीं करोगी, वो खुद तुम्हें फोन करेगी।

वैदेही, रूपा से मिलने के लिए उसके घर के लिए निकलने वाली थी, लेकिन माँ की बात सुनने के बाद उसने अपना इरादा बदल दिया। वैदेही को लगने लगा कि इस माहौल में रूपा के घर जाना ठीक नहीं रहेगा। ऐसे में वैदेही ने मन मार कर घर पर दूसरे कामों में अपने को व्यस्त रखने में ही भलाई समझी।

दूसरी ओर वैदेही का परिवार अपनी बेटी के लिए भी कोई अच्छा रिश्ता ढूँढ़ रहा था, लेकिन उन्हें इसके लिए कोई जल्दबाजी नहीं थी। दरअसल वैदेही के पापा बेटी की शादी को लेकर थोड़ा भी फिक्रमंद नहीं दिखते थे। मम्मी जब भी कहती कि वैदेही बड़ी हो गयी है, तो उनका जवाब होता कि जब बड़ी हो गयी है तो किस बात की चिंता, वह अपना भला-बुरा खुद समझ सकती है। जब माँ कहती कि मेरी बेटी में तो बिलकुल बचपना है तो पापा कहते कि जब बचपना खत्म हो जायेगा तब रिश्ता देखेंगे उसके लिए। वैदेही के पापा शादी के मुद्दे पर अपनी पत्नी को बातों में ऐसा उलझा देते थे कि वह बड़बड़ाते हुए किसी और

काम में लग जाती थीं। वैदेही की माँ भुनभुनाते हुए कहतीं कि तुम बाप-बेटी को समझना मेरे बस की बात नहीं है।

एक हफ्ते हो गये थे, लेकिन रूपा का फोन वैदेही के पास नहीं आया। वैदेही को रह-रह कर रूपा की याद आ ही जा रही थी, लेकिन क्या करती। रूपा ने उसे फोन करने से मना जो कर रखा था। लेकिन ये इंतजार काफी लम्बा होता जा रहा था।

इसी बीच वैदेही की खुशी का ठिकाना नहीं रहा, जब ठीक आठवें दिन रूपा खुद वैदेही के घर अवतरित हो गयी। रूपा को सामने पाकर वैदेही खुद पर नियंत्रण नहीं रख सकी और उसे अपनी बाँहों में ऐसे जकड़ लिया जैसे चंदन संग सर्प लिपटा होता है। वैदेही, रूपा को पाकर भावनात्मक हो गयी थी। दोनों की आँखों से आँसू टपक रहे थे। वैदेही की माँ इस सखी मिलाप को देखकर खुद अपने आप को रोक नहीं पाई, उनकी आँख भी नम हो गयी। रूपा को इतने दिनों बाद पाकर वैदेही की खुशी का ठिकाना नहीं था। यही हाल रूपा का भी था। दोनों ने खूब बातें की, गप्प सड़ाका किया, जी खोलकर अपने मन की बातें की। रूपा ने बताया कि मम्मी को आशंका थी कि वैदेही के चलते ही राज से उसकी शादी की बात नहीं बन सकी, लेकिन मम्मी को अब लगने लगा है कि वह वहम का शिकार थी, और मौजूदा परिस्थितियों में वास्तविकता से रू-ब-रू नहीं होना चाहती थीं।

रूपा ने बताया कि राज, वैदेही से इसलिए बातें कर रहा था ताकि उसकी माँ को ये मैसेज चला जाय कि राज, रूपा में इंटरेस्ट नहीं दिखा रहा है।

रूपा ने बताया कि पाँच-छह दिन बाद राज की मौसी ने उसकी मम्मी से बात की और उन्हें सारी बात बतायी। राज को केवल और केवल मेरी हाइट से प्राब्लम थी।

दरअस्ल, रूपा की मम्मी ने भी झूठ बोल रखा था कि उनकी बेटी की हाइट पाँच फीट दो इंच है। अब बारी रूपा की मम्मी के झेंपने की थी। रूपा ने वैदेही को बताया कि उसकी माँ ने ही उसे उसके घर भेजा है ताकि गलतफहमियों को दूर किया जा सके।

रूपा की बातें सुनकर वैदेही का चेहरा खुशी से चमक गया था। वैदेही की माँ के चेहरे पर भी सकून झलक रहा था। वैदेही की माँ को इस बात को लेकर खुशी थी कि उनकी बेटी पर इस बात को लेकर लगा लांछन हट चुका था कि

उनकी बेटी के चलते रूपा की शादी कट गयी थी।

वैदेही की माँ भी रूपा को बहुत चाहती थीं। उनका भांजा यानि वैदेही का मौसेरा भाई शौर्य कुछ दिन पहले ही सीए बना था। शौर्य अपने माँ-पिता की इकलौती संतान था। मौसी अक्सर बीमार रहती थीं इसलिए उन्हें एक ऐसी सौम्य सुशील बहू की तलाश थी जो गृहकार्य में दक्ष हो, पढ़ी-लिखी हो और सुंदर भी हो। शौर्य अपनी हाइट के चक्कर में मात खा जाता था। उसकी लम्बाई भी महज पाँच फीट 2-3 इंच ही थी। इसके चलते उसकी शादी में दिक्कतें आ रही थीं। कहीं पढ़ी-लिखी लड़की मिलती तो सुंदर नहीं होती, जहाँ पढ़ी-लिखी और सुंदर लड़की मिलती तो घरेलू काम में दक्ष नहीं होती थी। सब कुछ ठीक होता तो लड़की लम्बी होती।

ऐसे में वैदेही की माँ ने एक हफ्ते पहले ही रूपा की एक तस्वीर वाट्सएप पर अपनी बहन को भेजी थी।

आज दरअस्ल, बहुत खुशी का दिन था। घर की कॉलबेल बजी। वैदेही ने दरवाजे पर लगे कैमरे की मदद से जान लिया कि डोर पर पापा खड़े हैं। रोज की तरह, हाथ में सब्जी का थैला लिये, चेहरे पर थकान लेकिन मुस्कुराते हुये ही वह घर में एंट्री करते थे।

वैदेही की माँ ने दरवाजा खोला। सामने वैदेही के पापा खड़े थे। वैदेही के पापा ने रूपा को देखकर उसे गले लगा लिया। रूपा की बगल में वैदेही भी खड़ी थी। उन्होंने हैरत भरे अंदाज में वैदेही की माँ से पूछा- ''मैं तो केवल एक ही बेटी से की प्यार की झप्पी की उम्मीद लगाये था, लेकिन यहाँ तो मुझे दो-दो बेटियाँ मिल गयीं। फिर सभी ने मिलकर जोरदार ठहाका लगाया।

दरअस्ल, वैदेही के पापा भी रूपा को बहुत प्यार करते थे। रूपा के पिता के नहीं होने से मेरे घर में मम्मी-पापा दोनों का रूपा से भावनात्मक लगाव था। रूपा थी भी प्यारी। वैसे भी अपने आचार-विचार-व्यवहार से रूपा किसी को अपना मुरीद बना लेती थी।

वैदेही के पापा दोनों बच्चों को उनके कमरे में छोड़कर वैदेही की माँ के पास किचन में आ गये। और एक खुशखबरी सुनायी। उन्होंने वैदेही की माँ को बताया कि शौर्य दो दिन के लिए दिल्ली आ रहा है, कह रहा था कि कम्पनी की ऑडिट करनी है और कुछ जरूरी बात भी तुमसे उसे करनी है।

वैदेही की माँ गैस पर चाय चढ़ा चुकी थीं, लेकिन पति की बातों ने उन्हें

इतना रोमांचित कर दिया कि उन्होंने दौड़कर अपनी बहन से बात करने के लिए अपना मोबाइल उठाया। जैसे ही वैदेही की मम्मी बात करने को हुईं कि उन्हें वाट्सएप पर नोटिफिकेशन दिखायी दिया। शौर्य ने उन्हें वाट्सएप पर लिखा था कि मौसी मैं ऑडिट के बहाने आपकी भेजी फोटो वाली लड़की देखने आ रहा हूँ। मम्मी को मत बताना मौसी, लड़की सबको बहुत पसंद हैं। आपकी रूपा ने सबका दिल जीत लिया है। मैं कल आ रहा हूँ। मौसी ये बात वैदेही से भी सीक्रेट रखना और हाँ अपनी रूपा को कल जरूर बुला लेना, वर्ना मेरा आना बेकार चला जायेगा।

वैदेही की माँ का खुशी का ठिकाना नहीं रहा, लेकिन उन्होंने अपनी खुशी को छिपाये रखा मानो उन्होंने वाट्सएप पर कुछ पढ़ा ही नहीं हो। उन्होंने पहले पतिदेव को चाय दी, फिर दोनों बेटियों को चाय सर्व करने के बाद उन्होंने रूपा से पूछा कि वह कल क्या कर रही है। रूपा ने कहा कि कुछ खास नहीं आण्टी, बस बैंक के कुछ काम निपटाने हैं। पापा की पेंशन के अकाउंट को दूसरे बैंक में ट्रांसफर करना है। वैदेही की माँ ने रूपा से कहा कि उन्हें कल उसके घर की तरफ आना है, सो पूछ लिया, चलो कल शाम को ही आते हैं।

रूपा ने अपनापन दिखाते हुए कहा कि आण्टी, आप ऐसा क्यों कह रही हैं, आप जब भी आयेंगी रूपा आपको घर पर ही मिलेगी, बैंक का काम कल नहीं परसों हो जायेगा। वैसे भी मम्मी बेहद खुश होंगी अगर आप हमारे घर आयेंगी। आपके आने से शायद उनको आप सबसे माफी भी मिल जायेगी।

वैदेही की माँ ने चेहरे पर अपनापन दिखाते हुए रूपा से कहा कि बेटा ऐसा नहीं कहते, अब आगे ऐसी बातें नहीं करना, वर्ना मैं कभी तुम्हारे घर नहीं आऊँगी।

रूपा ने झेंपते हुए कहा कि नहीं आण्टी मेरा मतलब वो नहीं था।

वैदेही अपनी माँ और रूपा के बीच की इस प्यार भरी नोंक-झोंक लिये वार्तालाप को सुनकर जितनी खुश थी उससे अधिक हैरान थी। लेकिन साथ ही दोनों परिवार के बीच उपजी गलतफहमियों को दूर करने के लिए माँ की इस पहल पर उसे बेहद खुशी हुई।

अगले दिन सुबह-सुबह ही कॉलबेल बजी। शौर्य आ चुका था। चेहरे पर खुशी और उत्सुकता दोनों थी। वैदेही के पापा के ऑफिस जाने के बाद शौर्य और वैदेही की माँ भी घर से निकलने को तैयार थे। वैदेही के कॉलेज जाने का

टाइम हो चुका था। वैदेही को बस इतना पता था कि शौर्य भैया किसी ऑडिट के काम से यहाँ आये हैं और वह ऑडिट के लिए निकलने वाले हैं। वैदेही की माँ ने वैदेही से कहा कि वह क्लास लेकर सीधे रूपा के घर पहुँचेगी। ये कहते हुए तीनों लोग घर को लॉक कर निकल गये। वैदेही कालेज चली गयी। शौर्य और वैदेही की माँ रूपा के घर की ओर निकल गये।

रूपा घर पर वैदेही की माँ के आने का इंतजार कर रही थी।

जैसे ही वो रूपा के घर पहुँची, रूपा ने आण्टी को गले लगकर उनका स्वागत किया। रूपा की माँ भी सिर झुकाये अपनी बेटी के पीछे खड़ी थीं। वैदेही की माँ ने रूपा की माँ को आगे बढ़कर गले लगा लिया। वैदेही की माँ के आने से रूपा इतनी खुश थी कि उसने ये भी न देखा कि वैदेही की माँ के पीछे भी दरवाजे के बाहर कोई शख्स खड़ा है। वो शख्स और कोई नहीं बल्कि शौर्य था। वैदेही कई बार अपने शौर्य भैया का जिक्र रूपा से कर चुकी थी, लेकिन दोनों के बीच महज चर्चा ही हुई थी। वैदेही की माँ ने रूपा से घर के बाहर खड़े शौर्य की ओर इशारा किया और इशारे में ही रूपा से कहा कि शौर्य को भी घर के अंदर बुला ले। रूपा बिल्कुल झेंप गयी। उसने बड़े विनम्र भाव से शौर्य को अंदर आने के लिए कहा। इस बीच वैदेही की माँ और रूपा की माँ में काम की बात हो चुकी थी। रूपा की माँ ने शौर्य को अब तक अच्छी तरह से देख लिया था। इस बीच रूपा, शौर्य के लिए पानी लेकर आयी और पानी देकर वापस लौटने लगी तो शौर्य ने उसे टोक दिया। उसने रूपा से कहा कि वह उसी से मिलने आया है। ''मेरा नाम शौर्य है। सीए हूँ। मैंने अपनी बहन वैदेही से आपकी बड़ी तारीफ सुन रखी है, जैसा सुना था, वैसी ही आप विनम्र स्वभाव की हैं, आपकी एक फोटो भेजी थी मौसी ने मेरे लिए; पूरे घर को आप पसंद हैं, बस मैं ये जानना चाहता हूँ कि मैं आपको पसंद हूँ कि नहीं!''

शौर्य का इतना कहना भर था कि रूपा का चेहरा शर्म के मारे लाल हो गया। वह दौड़कर अपने कमरे में आकर पेट के बल बेड पर लेट गयी। वैदेही की माँ और रूपा की माँ ये सारा नजारा चुपके-चुपके देख रही थीं। रूपा की माँ अपनी बेटी का शर्माना देखकर मंद-मंद मुस्कुरायी। इस बीच वैदेही, रूपा के कमरे में आ चुकी थी। उसने रूपा के बगल में लेटकर रूपा से नजरें मिलायी। रूपा ने एक बार वैदेही को देखा फिर शर्म से गद्दे में सिर छिपा लिया। रूपा को शौर्य के तौर पर उसका जीवनसाथी मिल चुका था और वैदेही को मिल चुकी थी अपनी सबसे प्यारी दोस्त रूपा के चेहरे पर प्यार भरी मुस्कान।

16
अंतर

दिल्ली की व्यस्तता भरी जिंदगी में कभी-कभी ऐसे वाकये सामने आ जाते हैं जब उस विषय पर गम्भीरता से सोचना पड़ता है। यहाँ की महानगरीय जीनवशैली में महिला और पुरुष दोनों को ही जीविकोपार्जन के लिए घर से बाहर निकलना पड़ता है। सुबह से ही बसों और गाड़ियों की रेलमपेल देखकर आसानी से अंदाजा लगाया जा सकता है कि महानगरों में किस हद तक व्यस्तता है। भेड़-बकरियों की तरह भीड़तंत्र बसों में चढ़ती-उतरती है। हर कोई अपनी धुन में लगा रहता है। मुँह से कुछ कहे बिना सभी मुस्कुराते हुए, हंसकर, संजीदा बनकर, एक-दूसरे की भावनाओं को टटोलते हुए और अपनी भावनाओं को व्यक्त करते हुए सफर पूरा करने में लगे रहते हैं।

बात उन दिनों की है जब दिल्ली में मेट्रो रेल नहीं चली थी।

ऐसे ही एक ठसाठस बस भरी हुई बस में मुझे भी चढ़ने का अवसर मिला। चूँकि बस इतनी भरी हुई थी कि बैठने के लिए जगह मिलना तो दूर, खड़े रहना भी दूभर था। कोई अपने पैर रखने की जगह बनाने की फिराक में तो कोई अपने साफ कपड़ों को गंदा होने से बचाने की जुगत में था, कुछ इस ताँक-झाँक में कि कहीं कोई खाली जगह होने वाली हो और वे उछलकर उस पर अपना कब्जा जमा लें। बस में कुछ लोग ऐसे भी थे जिन्हें खड़े होने में ही आनन्द आ रहा था।

सीट खाली होती, पर जनाब खड़े रहते और खाली सीट पर कोई भद्र महिला अपना कब्जा जमा लेती। महिलाओं के लिए आरक्षित सीटों की ओर तो खड़े होने वालों की और मारा-मारी थी और इस ओर खड़े होकर यात्रा करने वालों की तादाद में पुरुषों की बहुलता थी।

जब भी बस किसी स्टॉपेज पर रुकती और अगर कोई महिला बस में सवार होती तो पहले तो उसे गेट से बस के अंदर आने के लिए खचाखच भरी सवारी से मोर्चा लेना पड़ता, फिर जैसे ही वो अपने को व्यवस्थित करती, उसकी खोजी नजरें इस बात की तहकीकात करती नजर आतीं कि कहीं उसे महिला सीट पर पुरुष दिखायी दे जाय और वो 'लेडीज सीट' जैसे वाक्यों के सहारे उक्त सीट पर बड़ी ही विनम्रता के साथ आसन जमा सके।

चलती का नाम गाड़ी की तरह बस सबको लिये चली जा रही थी। "टिकट-टिकट" कहते हुए कंडक्टर अपना काम कर रहा था और बस में जुगाली करती सवारी अपने में मस्त थी। हर बार की तरह बस एक बार फिर स्टॉप पर रुकी और इस बार एक जलजला बुजुर्ग व्यक्ति जैसे-तैसे बड़ी मुश्किल से बस में सवार हुआ। चूँकि वो बस के अगले गेट से चढ़ा था सो उसे उम्मीद थी कि वृद्ध और विकलांगों वाली सीट पर उसे शायद राहत मिल जाय, लेकिन दो मूक और बधिर छात्रों के उस पर बैठे होने के चलते बुजुर्ग को निराशा हाथ लगी। अभी वह आगे कुछ सोच पाता कि एक जवान दिखने वाली करीब चालीस साल की भद्र महिला ने उम्र के तकाजे का सम्मान करते हुए जलजले बुजुर्ग को अपनी सीट पर बिठा दिया और खुद खड़ी हो गयी। मुझे ऐसा देखकर सुखद अनुभूति हुई कि महिला सीट होने के बावजूद महिला ने बुजुर्ग की अवस्था का खयाल रखा। हालाँकि महिला ने कुछ बोला नहीं, लेकिन उसके चेहरे की भावभंगिमा से साफ जाहिर हो रहा था कि उसे ऐसा करना अच्छा लगा।

बात यहीं खत्म नहीं हुई। बस में भीड़ तो थी ही और चढ़ने-उतरने वालों का ताँता लगा हुआ था। बस एक बार फिर सवारी स्टॉपेज पर रुकी। इस बार चढ़ने वाले तमाम चेहरों में एक बड़ा ही आकर्षक चेहरा बस में चढ़ा। उम्र बीस से बाईस साल के बीच। सुंदर काया। आधुनिक पहनावा। कंधे पर फैंसी पर्स और चेहरे पर एक युवा उमंग। जी हाँ मैं बात कर रहा हूँ एक सुंदर बाला की। सभी पुरुष सवारियों की निगाहें उस पर टिक गयी। जो महिला सीट की ओर खड़े थे, उनके चेहरे देख कर साफ लग रहा था कि मानो उनका ऐसे खड़े रहना सार्थक हो गया हो। नये जमाने का पहनावा और उस पर बला की सुंदर, भला

किसकी आँखों को नहीं सुहायेगा।

तभी एक घटना घटी। इस लड़की की आँखें भी महिला सीट पर बैठे हुए किसी पुरुष को ढूँढ़ने लगीं ताकि वो अपने नारी अधिकार का प्रयोग करते हुए सीट पर कब्जा जमा सके। काला चश्मा पहने इस लड़की को अपनी आँखों को ज्यादा तकलीफ नहीं देनी पड़ी और आखिरकार वह बुजुर्ग व्यक्ति उसकी नजरों में आ ही गया। वह धीरे-धीरे अपने शिकार की ओर बढ़ने लगी। भीड़ की चीरती हुई सुंदर बाला जैसे ही बुजुर्ग के पास पहुँची, एक जागरूक नागरिक बनते हुए उसने बुजुर्ग से महिला सीट की दुहाई देते हुए सीट छोड़ने का आग्रह किया।

इस आग्रह में वह अपनी भारतीय संस्कृति को भूल गयी कि वह एक बुजुर्ग की मजबूरी पर अपना दावा ठोंक रही है। बस में बैठे सभी लोग हतप्रभ रह गए। अभी बुजुर्ग अपने को सँभालते हुए उठने की कोशिश कर ही रहा था कि लड़की बड़ी ही बेशर्मी से बोली, "देखते नहीं महिला सीट है, उफ्फ आजकल के बुड्ढे भी, इन्हें महिलाओं की सीट पर बैठने में बड़ा मजा आता है; अरे बाबा, जब बैठ ही गये तो उठने में इतनी देर क्यों लगा रहे हो।"

आगे कोई कुछ समझ भी पाता कि अपनी युवा सोच और सुंदरता के घमण्ड में खोई बाला जाने कितने ही अच्छे-अच्छे शब्दों से बुजुर्ग का सम्मान बढ़ा चुकी थी।

लड़की का ये व्यवहार सभी सवारियों को बुरा लग रहा था। हिम्मत कर जब एक महिला ने ही लड़की के इस आचरण पर ऐतराज जताया तो सुंदर बाला ने तपाक से उत्तर दिया कि आप ही बिठा लें अपनी सीट पर इन्हें। लड़की बड़बड़ाती रही... "बस में सफर करने की क्या जरूरत है, उम्र बढ़ गयी है तो घर पर ही बैठें रहते...।"

मैं सोच नहीं पा रहा था कि कैसे बुजुर्ग के पक्ष में अपनी बात रखूँ। जैसे-तैसे हिम्मत कर मैंने जैसे ही कुछ बोलना चाहा, लड़की ने मानो मुझे काट खाया और कहने लगी "आप कौन होते हैं बोलने वाले, क्या लगते हैं आप इनके। अच्छी तरह से जानती हूँ इन शरारती बुजुर्गों को, ये जानबूझ कर किसी महिला सीट पर ही बैठते हैं।"

लेकिन तब तक बस में और भी कई आवाजें उठने लगीं बुजुर्ग के पक्ष में, पर लड़की के तेवर जैसे पहले थे वैसे ही बने रहे और वो महिला सीट की प्रासंगिकता गिनाने में लगी रही। इस नोक-झोंक के बीच बस रुकी और बुजुर्ग

कब बस से उतर गया किसी को पता भी नहीं चला। शायद उसे भी अंदाजा नहीं था कि उसके बुढ़ापे का मजाक ऐसे सरेआम उड़ाया जायेगा।

इसी दौरान एक अधेड़ उम्र की महिला बस में सवार हुई और एक नेकदिल आदमी ने ससम्मान अपनी सीट से उठकर उक्त महिला को बैठने की जगह दे कर नैतिकता निभायी। कुछ दूर जा कर तुनकमिजाज लड़की भी बस से उतर गयी। अब क्या था इस पूरे प्रकरण पर लोगों ने खुल कर अपने विचार रखने शुरू कर दिये। कोई कहता, महिला का मतलब ये नहीं कि किसी बुजुर्ग पुरुष के साथ अभद्रता की जाये। कोई कहता कि जब महिलाओं को पुरुष के बराबर का दर्जा प्राप्त है तो ऐसी अलगाववादी व्यवस्था की भला क्या जरूरत। कुछ यात्री बैठे-बैठे लोगों की बातों पर मजे ले रहे थे। लेकिन जैसे ही मैं उतरने को हुआ, एक मजेदार वाकया हुआ। किसी सज्जन ने बोला- ''महिला और लड़की में अंतर नहीं है क्या; बहुत फर्क होता है, लड़की स्वस्थ और जवान होती है जबकि महिला अधेड़, उम्रदराज होती है। लड़कियाँ तो घण्टों खड़े होकर बस में सफर कर सकती हैं, लेकिन महिलाएँ ऐसा नहीं कर सकतीं।''

तभी एक और महाशय बोल पड़े कि महिला शादीशुदा, बच्चोंवाली होती है जबकि लड़की...।

सच्चाई ये है कि इस वाकये के बाद मैं भी लड़की और महिला के बीच के 'अंतर' को समझने की बचकानी कवायद करने लगा और इसका उत्तर तलाशने में लग गया। दरअस्ल, दिल्ली की बसों में, अप्रासंगिक होते हुए भी ये कभी न खत्म होने वाली एक ऐसी बहस है जिसका न तो कोई सिर है और न पैर। फिलहाल इस बेतुकी बहस का मैं भी तब तक एक हिस्सा बना रहा जब तक मेरा स्टॉपेज नहीं आ गया और जैसे ही मेरा स्टैण्ड नज़दीक आया मैंने अपने कंधों को झटका और उछलकर बस से कूद पड़ा और चल पड़ा अपनी राह।

17

लव @36

ब्रिगेडियर तयाल रिटायर हुए तो अपनी पत्नी अंजू के साथ दिल्ली से वापस मेरठ लौटने का मन बनाया। तयाल दम्पत्ति को कोई संतान नहीं थी। ब्रिगेडियर साहब का सोचना था कि घर वापसी करने से एक तो अपनों के बीच रहने का मौका मिलेगा और दूसरा, भतीजों के सहारे जिंदगी भी आसानी से कट ही जायेगी। लेकिन उनकी पत्नी अंजू, महानगर की जिंदगी छोड़कर मेरठ जाने को तैयार नहीं थीं। वैसे भी दुनिया के लिए दोनों भले ही मिस्टर-मिसेज थे, लेकिन दोनों की अपनी एक अलग दुनिया थी। दोनों ही एक-दूसरे की जिंदगी में हस्तक्षेप करने से बचते थे।

अंजू और ब्रिगेडियर तयाल की सोच में छत्तीस का आँकड़ा था, लेकिन भौतिकवादी बनावटी रिश्ते निभाने में अंजू को महारत हासिल थी। दरअस्ल, ये कहना गलत होगा कि अंजू शुरू से ऐसे ही नेचर की थी। सेना में नौकरी करने के दौरान ब्रिगेडियर तयाल का अक्सर तबादला होता रहता था। वे परिवार को समय भी कम ही दे पाते थे। अंजू की जब मिस्टर तयाल से शादी हुई तो शुरूआत के कुछ दिन बड़े अच्छे से गुजरे। लेकिन जैसे-जैसे पाकिस्तान और चीन के साथ सीमा विवाद परवान चढ़ता गया। अंजू और तयाल साहब के बीच भी दूरियाँ बढ़ती गयीं। शुरूआती दिनों में अंजू को अकेलापन अखरता था, लेकिन बाद में धीरे-धीरे वो इन परिस्थितियों में ढलती गयी। अंजू को उसका अकेलापन अच्छा

लगने लगा, क्योंकि उसे अकेलेपन में आजादी नजर आने लगी थी। जिस तरह बहता पानी अपनी राह बना लेता है, उसी तरह अंजू ने अपने अकेलेपन की काट खोज ली थी।

सेना में अधिकारियों की पत्नियाँ किटी पार्टी का खूब आयोजन करती हैं। उनके पास मनोरंजन का साधन ही एक-दूसरे से मेल-जोल होता है। ऐसे में किटी पार्टी अंजू की बहुत बड़ी कमजोरी बन चुकी थी। अंजू की इससे भी बड़ी कमजोरी टीन एजर्स के साथ मौजमस्ती करने की आदत थी। ब्रिगेडियर तयाल से अंजू पंद्रह साल छोटी थी। ये एक और बड़ी वजह थी कि मिस्टर तयाल और मिसेज तयाल यानि अंजू में शारीरिक मिलन तो हुआ, लेकिन मन का मिलन शायद ही कभी हो पाया। हो भी जाता लेकिन सेना की नौकरी ने मन के मिलन में ग्रहण लगा दिया था।

बिग्रेडियर साहब की पूरी जवानी बॉर्डर की रक्षा करते बीत गयी, वहीं अंजू की रातें इस इंतजार में बीतने लगीं कि कभी तो मिस्टर तयाल स्थायी तौर पर उनके साथ समय गुजारेंगे। घर-गृहस्थी भी तभी जमती है जब पति-पत्नी साथ रह रहे होते हैं। यही वजह रही कि कुछ अंतराल के बाद जब अंजू को लग गया कि ब्रिगेडियर साहब उसके यौवन की वासना को शांत नहीं कर पायेंगे तो एक लता की तरह पल्लवित होने के लिए अंजू ने भी दीवार रूपी प्रेमी का सहारा ले लिया। तयाल साहब भी दोनों के बीच उम्र की खाई की कमजोरी को समझते थे इसलिए अंजू की नयी प्रेम कहानी में एंट्री मारने की उन्होंने न तो कभी कोशिश की और न ही ये जानने की जहमत उठायी कि अंजू का प्रेमी कौन है। ब्रिगेडियर तयाल और अंजू के बीच ये एक मौन समझौता था जो दोनों को मंजूर था।

चूंकि अब तो ब्रिगेडियर तयाल सेना से रिटायर हो गये थे तो जाहिर है पति-पत्नी को अब साथ रहने की मजबूरी थी। ब्रिगेडियर साहब साठ साल के और अंजू पैंतालीस साल की... खटपट तो होनी ही थी। अंजू की हरकतों पर पहरा लगाने और रोक-टोक करने से बचने के लिए ब्रिगेडियर साहब का समय दिल्ली-मेरठ की बीच गुजरने लगा। इधर भटकती आत्मा की तरह अंजू का यौवन एक बिंदास मनचले आशिक की तलाश पूरी कर चुका था। अंजू, जैसा लड़का चाहती थी, उसे वैसा ही लड़का मिल गया था। वो चाहती थी कि उसका प्रेमी एक अच्छे बच्चे की तरह से उसकी हर बात माने और उसमें स्मार्टनेस हो। वह उसकी शारीरिक जरूरतों को पूरा कर सके। अंजू की ये मुराद पूरी हो चुकी थी। ग्रेजुएशन के दूसरे वर्ष का स्टूडेंट राहुल दिखने में आकर्षक तो था ही, पॉर्न

मूवी देख-देखकर उसके अंदर सेक्स की ऐसी भूख जग चुकी थी जिसे वो हर हाल में मिटाना चाहता था। ऐसे में अंजू जैसी भटकती आत्मा राहुल की इन सभी फेंटेसी को पूरा कर सकती थी।

कहते हैं जहाँ चाह वहाँ राह। अंजू को अपने जैसी ही एक करेक्टर से उसकी ही कॉलोनी में मुलाकात हो गयी, नाम था मिसेज दुग्गल। कहीं भी किसी के सामने कुछ भी बोल देने वाली एक ऐसी महिला, जिसे ये परवाह नहीं रहती थी कि सामने वाला उसके बारे में क्या सोचेगा। अपने यहाँ पूर्वांचल में ऐसी महिलाओं को भड़भड़ी जीव कहते हैं। मिसेज दुग्गल की उम्र चालीस साल के आसपास की थी। लेकिन वह खुद को पच्चीस साल से अधिक की नहीं मानती थीं। मिसेज दुग्गल दिखने में एकदम बिंदास और अल्हड विचारों की महिला थी। मिसेज दुग्गल में एक खासियत यह भी थी कि वह कॉलोनी में किसी जरूरतमंद की मदद करने में हमेशा आगे रहती थीं इसलिए उन्हें कॉलोनी के सभी लोग रॉबिन हुड आण्टी के नाम से जानते थे... हालाँकि उन्हें ये नाम कतई पसंद नहीं था। कारण साफ था कि उन्हें खुद को आण्टी कहलाना ही पसंद नहीं था।

एक दिन मिसेज दुग्गल अपनी गाड़ी से एक अधेड़ से दिखने वाले शख्स को लेकर उतरीं तो पार्क में खड़ी अंजू ने उन्हें देख लिया। शाम को मुलाकात के दौरान अंजू ने बातों ही बातों में मिसेस दुग्गल से पूछ लिया कि उनके पिताजी बीमार हैं क्या? मिसेज दुग्गल ने कहा मेरे पिता जी तो कब का स्वर्ग सिधार चुके हैं; लेकिन जाते-जाते उन्होंने एक बीमारी जरूर सौंप दी है पूरी उम्र भर के लिए। जिन्हें आप मेरा बीमार पिता कह रही हैं वो मेरे पिता नहीं बल्कि मेरे पति हैं, बिलकुल तुम्हारे पति की तरह बुढ़ऊ हैं।''

मिसेज दुग्गल यहीं नहीं रूकीं, उन्होंने आगे बोलना जारी रखा। पता नहीं तुम्हारी जवानी कैसे कटती है, सच कहूँ तो मेरी तो नहीं कटती। और फिर मिसेज दुग्गल अपना फिगर देखने लगी। अंजू, मिसेस दुग्गल की बात सुनकर भौंचक रह गयी। मिसेज दुग्गल ने ब्रिगेडियर साहब को सबके सामने ही बुढ़ऊ कह दिया था। लेकिन सभी जानते थे कि मिसेज दुग्गल की जुबान कैंची की तरह चलती है इसलिए उनकी बातों का कोई बुरा नहीं मानता था इसलिए अंजू भी तीखी मुस्कान के साथ उनकी बातें सुनकर चुप रह गयी।

वहीं मिसेस दुग्गल, अंजू को अपनी बात सुना देने के बाद लगातार अपने

फिगर को ही निहारती रहीं। अपनी काया निहारते हुए मिसेज दुग्गल बुदबुदायीं "अभी बहुत दम है इस बदन में।" अंजू ने मिसेज दुग्गल की बात सुन ली। अंजू ने जब देखा कि मिसेज दुग्गल निर्लज्जता पर आ ही गयी हैं तो उन्होंने भी जुबानी तीर छोड़ने में तनिक भी देरी नहीं लगायी और इठलाते हुए बोलीं- "मिसेज दुग्गल ऐसे क्यों निहार रही हैं अपने आप को इस कदर मादकता भरी नजर से, आप जितनी उम्र की हैं उतनी दिखती नहीं हैं, अभी तो आपके अंदर बहुत आग है; लेकिन लगता है अभी तक कोई फायर ब्रिगेड वाला नहीं मिला आपको जो इस बदन की आग को बुझा सके।"

फिर अंजू बुदबुदायी। आग तो दोनों ओर लगी है, मुझे तो मेरा फायरमैन मिल गया है, पता नहीं मिसेज दुग्गल को कब मिलेगा। मिसेज दुग्गल ने अंजू की बातें सुन ली थी, लेकिन उन्हें अंजू की बातों का जरा भी बुरा नहीं लगा और तो और वह खिलखिलाकर हँसने लगीं। मानो कुछ हुआ ही न हो। अंजू भी मिसेज दुग्गल के साथ जोर-जोर से हँसने लगी। फिर क्या था... एक सोच की दो महिलाओं या यूँ कहें कि दो हसीनाओं का मिलन हो गया। धीरे-धीरे अंजू और मिसेज दुग्गल की नजदीकियाँ और बढ़ती गयी।

दरअस्ल मिसेज दुग्गल के पति नवीन दुग्गल की बंदूक की पुश्तैनी दुकान थी। जिंदगी भर बंदूक की नाल ही साफ करते रह गये दुग्गल जी, घर-बार के बारे में कभी सोचा ही नहीं। दुग्गल साहब पुराने कारोबारी थे। पैसे की कोई कमी नहीं थी। चाँदनी चौक में दुकान थी। खालिस व्यापारी थे। परिवार पर ध्यान देने के बजाय निन्यानबे को सौ करने में जिंदगी काट दी और बीवी एक अदद साथ को तरसती रही। दुग्गल साहब ने अपनी पत्नी की खूबसूरती को शायद ठीक से कभी निहारा ही नहीं था, तभी तो मिसेज दुग्गल पैसा-कौड़ी होने के बावजूद अंजू की तरह भटकती आत्मा बनी रहीं।

किसी हँसते-खेलते परिवार को देखकर मिसेज दुग्गल के अंदर टीस पैदा होती थी। सब कुछ होते हुए उन्हें बस कमी थी तो शारीरिक सुख की। उन्होंने जब पाया कि वे अपनी वासना पर नियंत्रण नहीं रख पा रही हैं तो उन्होंने पार्टियों में आना-जाना शुरू कर दिया ताकि मन बहलता रहे। लेकिन जबसे उनकी अंजू से मुलाकात हुई थी तो उनकी अकेलेपन को रफा-दफा करने की रही-सही कसर भी पूरी हो गयी। अंजू की ही तरह मिसेज दुग्गल को भी कोई औलाद नहीं थी। ऐसे में अंजू और मिसेज दुग्गल की जोड़ी सुपर हिट जोड़ी बन गयी। जहाँ भी जाना, एक साथ जाना। शाम की चाय की चुस्कियाँ दोनों एक साथ लेती थीं।

जैसे कोई प्यासा कुआँ खोज ही लेता है, वैसे ही दोनों ने अपनी जरूरतों के मुताबिक एक-दूसरे को तलाश लिया था।

कॉलोनी की एक और हॉट ऑयटम थी- रोजी तोरानी। मिसेज तोरानी को जिंदगी भर अफसोस रहा कि वह एक सफल मॉडल नहीं बन सकीं। लेकिन उनके मुताबिक मॉडलिंग के लिए उनकी फीगर आज भी मुफीद थी। दरअस्ल रोजी के पति मिस्टर तोरानी दिल्ली के नामी गिरामी सीए थे। जिंदगी में नाम और पैसा दोनों बहुत कमाया, लेकिन समय नहीं कमा सके, क्योंकि यह इनके बस की बात भी नहीं थी। महानगरों में कुछ बड़ा करने के लिए परिवार का त्याग करने के साथ-साथ दिन-रात एक करना पड़ता है तब कहीं जाकर कोई पैर जमा पाता है... कुछ ऐसा ही मिस्टर तोरानी के साथ भी था। ऑडिट के सिलसिले में हमेशा घर से बाहर रहना पड़ता था। लेकिन एक पति के तौर पर उनमें अच्छी बात ये थी कि वे मिसेस तोरानी को महत्त्व बहुत देते थे। वहीं रोजी खुद को मधुबाला से कम नहीं मानती थीं। लेकिन क्या करें, उन्हें कोई किशोर कुमार नहीं मिला जो उनके नखरे उठा सके।

रोजी एक टिपिकल मारवाड़ी फेमिली से आती थीं। उनका असली नाम रुक्मिणी था, लेकिन नये जमाने के हिसाब से रुक्मिणी ओल्ड नाम लगता था इसलिए उन्होंने अपना पुकारने का नाम रोजी रख लिया था। वह धीरे-धीरे रुक्मिणी से रोजी में कब तब्दील हो गयीं, पता ही नहीं चला। रोजी फैशन की दीवानी थीं। वह खूबसूरत भी थीं। ऐसे में रोजी के बदलते तेवरों को देखकर रोजी के माँ-बाप ने कोई जोखिम लेने के बजाय मिस्टर तोरानी से उनकी की शादी कर दी। महज बीस साल में ही रोजी की शादी हो गयी थी। महज इक्कीस साल में रोजी माँ बन चुकी थीं। और आज रोजी की बेटी अठारह साल की हो चुकी थी और रोजी भी स्वीट 40 की होने वाली थीं। लेकिन वे अपने आप को अपनी बेटी से अधिक उम्र की नहीं दिखना चाहती थीं।

रोजी को अपनी खूबसूरती पर इतना नाज था कि वो अपनी बेटी से ही प्रतिस्पर्धा करने लगती थीं। यही वजह थी कि माँ-बेटी में अक्सर वाद-विवाद हो जाया करता था। रोजी जानती थीं कि बेटी को बैसाखी बनाकर वह मॉडलिंग की अपनी दिली तमन्ना पूरी कर सकती हैं। एक किटी पार्टी में अंजू और मिसेज दुग्गल की रोजी से मुलाकात हुई थी। आज इस तिकड़ी की पूरी कॉलोनी में अपनी धाक थी। कह सकते हैं कि कॉलोनी की महिलाओं में अंजू, मिसेज दुग्गल और रोजी के पूरे जलवे थे।

अब, जब तीनों स्वीट युवतियाँ एक हो गयी तो इनके बीच एक नया तराना छिड़ गया। इनमें अपने में ही कम्पटीशन छिड़ गया। अंजू का मानना था कि इस तिकड़ी में वह सबसे बिंदास हैं, तो मिसेज दुग्गल को अपनी कमनीय काया पर गुमान था। जबकि रोजी इन सबके बीच अपने को सबसे हॉट समझती थी। इनके बीच अक्सर शर्त लगती रहती थी कि इस ग्रुप की सबसे हॉट लेडी कौन है।

इन सबके बावजूद तीनों हसीनाओं के ग्रुप की रिंग मास्टर अंजू ही थी। दरअस्ल वो सबसे अधिक पढ़ी-लिखी थी और अगर कहें कि घाट-घाट का पानी पी चुकी थी तो गलत न होगा। ब्रिगेडियर जैसे पति को बेवकूफ बनाकर राहुल जैसे स्मार्ट ब्वायफ्रेंड के साथ रंगरेलियाँ मनाना और घर में आकर सती सावित्री बन जाना कोई मामूली कला नहीं थी। फिलहाल ये महारत न तो मिसेज दुग्गल ने हासिल की थी और न ही रोजी ने इस तरह के 'आर्ट ऑफ लव' की पढ़ाई पूरी की थी। इसलिए अंजू ही इस तिकड़ी की निर्विवाद तौर पर मुखिया थी। दोनों को अंजू से अभी बहुत कुछ सीखना था। रोजी तो अंजू को बॉस कहकर ही पुकारती थी।

वहीं अंजू थोड़ी ढीठ भी थी और उसे अपनी बुद्धि पर गुरूर तो था ही, साथ ही अपने यौवन पर भी गुमान था। लेकिन अंजू को सबसे अधिक घमण्ड इस बात का था कि उसके पास राहुल जैसा ब्वायफ्रेंड है। वहीं मिसेज दुग्गल और रोजी को चुनौती मिल चुकी थी कि वे भी राहुल जैसे किसी बिंदास युवा जोश को अपने जाल में फँसाकर साबित करें कि उनके अंदर भी ब्वायफ्रेंड बनाने की कूबत है। हालाँकि इसके लिए सुंदरता के साथ-साथ दिमाग का तेज होना भी अनिवार्य शर्त होती है जो फिलहाल मिसेज दुग्गल और रोजी में नहीं था।

वैसे भी मिसेज दुग्गल अपने को सबसे हॉट मानती थीं। वे सबसे हॉट थीं भी, लेकिन जुबान खुलते ही उसकी हॉटनेस बड़बोलेपन में हवा हो जाती थी। हाजिर जवाबी में उनका कोई तोड़ नहीं था, लेकिन कभी-कभी कुछ ऐसा बोल जाती थीं कि सामने वाला मिसेज दुग्गल के सेंस ऑफ ह्यूमर का आँकलन कर लेता था। बात-बात में दोअर्थी मजाक करना और अपने दिलकश नाज-नखरों से किसी को भी आकर्षित करना मिसेज दुग्गल का पुराना शगल था... तो वहीं रोजी को अपने गदराये हुए अल्हड बदन चालीसा पर पूरा ऐतबार था कि वह पलक झपकते ही एक ऐसे लड़के को अपना दीवाना बना सकती हैं जो दिखने में स्मार्ट और सुंदर हो। रोजी तो खुलकर अंजू और मिसेज दुग्गल को चैलेंज देती थीं कि कोई बाईस-तेईस साल की लड़की उनसे अधिक हॉट बनकर दिखाये तो जानें।

इन तीनों के बीच इस तरह की प्रतिस्पर्धा अक्सर चलती रहती थी।

एक-दूसरे का साथ पाकर तीनों हसीनाएँ अपनी हदों से निकलकर ऐसे सपनों में रहने लगी थीं जिसका न कोई ओर था न ही कोई छोर था। तीनों की सेक्सी एण्ड हॉट फोर्टिज की कहानी पूरी कॉलोनी में चर्चा का विषय बन चुकी थी। कॉलोनी की दूसरी महिलाएँ भी इनकी तरह ही आजाद सोच की होना चाहती थीं। भला कैद में रहना किसे पसंद है। वे अक्सर इन तीनों देवियों से सम्पर्क बढ़ाने के फेर में लगी रहती थीं ताकि उनके ग्रुप में किसी तरह से इन्हें एंट्री मिल सके। अब बारी थी सैक्सुअल डिजायर को पूरा करने के लिए मिसेज दुग्गल और रोजी को किसी टीन एज लड़कों को अपना शिकार बनाने की, ताकि ये अंजू की ही तरह गुलछर्रे उड़ा सकें और जिंदगी का असली मजा ले सकें। मिसेज दुग्गल और रोजी बस इसी मामले में अंजू से पिछड़ जाती थीं क्योंकि इनके पास कोई ब्वायफ्रेंड नहीं था।

महानगरीय जीवनशैली में विवाहेतर सम्बंधों की बाढ़-सी आ गयी थी, ऐसे में रोजी और मिसेज दुग्गल अपने-अपने शिकार को लेकर संजीदा हो गयी थीं। इन दोनों भटकी हुई आत्माओं पर आखिरकार अंजू को तरस आ ही गया। एक दिन अंजू ने अपने ब्वायफ्रेंड राहुल से मिसेज दुग्गल और रोजी के बारे में बात की। अंजू ने राहुल से कहा कि वह मिसेज दुग्गल और रोजी के लिए ब्वायफ्रेंड तलाश करने में उनकी मदद करे। वैसे भी राहुल के कुछ ऐसे फ्रेंड थे जो अंजू जैसी मैरीड वूमन की तलाश में भटक रहे थे। अंजू ने राहुल से कहा कि वह अपने ऐसे कुछ दोस्तों से मिसेज दुग्गल और रोजी का परिचय कराये। अंजू चाहती थी कि उसकी दोनों दोस्त भी जिंदगी के वही मजे लें जो वह राहुल की संगत में रह कर ले रही थी।

राहुल खुशी से पागल हुआ जा रहा था। वह भी चाहता था कि उसके करीबी दोस्त राज और आर्यन को भी उनकी गर्लफ्रेंड मिल जायँ। अब, जब कि अंजू ने राहुल को इसके लिए खुला ऑफर दे दिया था तो राहुल का काम आसान हो गया। मिसेज दुग्गल और रोजी से राज और आर्यन को मिलाने के लिए अंजू ने राहुल के साथ मिलकर एक पार्टी रखी। इस पार्टी में राज और आर्यन को राहुल, अंजू की सहेलियों के सामने इंट्रोड्यूस करने वाला था और इसी तरह राज और आर्यन की मिसेज दुग्गल और रोजी से मुलाकात का टाइम फिक्स हो गया।

अंजू की ये पार्टी बेहद निजी पार्टी थी। इस पार्टी में बस तीन महिलाएँ और तीन यंग ब्वायज ही शामिल होने वाले थे। अंजू ने राहुल को सब कुछ समझा दिया। सोमवार को दोपहर तीन बजे पार्टी का समय रखा गया, क्योंकि इस समय किसी भी रेस्त्राँ में भीड़-भाड़ कम ही होती है और लोग रविवार की छुट्टी के बाद अगले दिन अपने-अपने काम में बिजी रहते हैं। मिस्टर दुग्गल, मिस्टर तोरानी और ब्रिगेडियर तयाल की अपनी जिंदगी पुराने ढर्रे पर चल रही थी और इनकी पत्नियाँ एक नयी बिंदास जिंदगी को ख्वाबों में जी रही थीं। असल में अंजू की अपनी जिंदगी पहले से रंगीन थी और अब वो अपनी सहेलियों की जिंदगी को रंगीन बनाने की कोशिशों में लगी थी। ऐसी चाहत खुद रोजी और मिसेज दुग्गल ने जाहिर की थी।

सोमवार की सुबह से ही तीनों देवियों के दिलों में हलचल मची हुई थी। रोजी बार-बार खुद को आईने में निहार रही थी, वहीं मिसेज दुग्गल भी पार्टी में कहर बरपाने में कोई कोर-कसर नहीं छोड़ना चाहती थीं। खुद को खूबसूरत दिखाने के लिए रोजी मानो पागल हुई जा रही थी। बार-बार कपड़े बदलकर वाट्सएप पर अंजू को अपनी पिक भेजकर वो आयडिया लेने में लगी हुई थी ताकि वो मिसेज दुग्गल से ज्यादा आकर्षक दिख सके। लेकिन रोजी को नहीं पता था कि मिसेज दुग्गल भी वही काम कर रही थीं, जो रोजी कर रही थी। अंजू दोनों की हरकतों पर मन ही मन मुस्कुरा रही थी। वो दोनों को ही अपना बहुमूल्य टिप्स दे रही थी।

पार्टी जाने के लिए दोपहर में दो से सवा दो बजे के करीब अंजू, मिसेज दुग्गल और रोजी को कॉलोनी के पास बने टेलीफोन एक्सचेंज के करीब मिलना था। दरअस्ल अंजू का मकान कॉलोनी में सबसे अंत में था और उसके मकान की चहारदीवारी से टेलीफोन एक्सचेंज की बिल्डिंग लगी हुई थी। इधर राहुल के सम्पर्क में राज और आर्यन सुबह से लगे हुए थे। दरअस्ल, दोनों ओर आग लगी हुई थी। तीनों छोकरे आज अधेड़ उम्र की, लेकिन खूबसूरत महिलाओं का साथ पाने की उम्मीद में खुशी से फूले नहीं समा रहे थे, और इधर अपने को टीन एज लड़कियाँ समझने वाली छत्तीस से चालीस साल के करीब की ये महिलाएँ अपने को ऐसी मानसिकता में ढाल चुकी थीं जहाँ उन्माद, जवानी और उत्साह के साथ रोमांच और रोमांस का अद्भुत संगम था। अब अंजू के साथ-साथ मिसेज दुग्गल और रोजी को भी उनकी पसंद का ब्वायफ्रेंड मिल चुके थे। इनके पैर आज जमीं पर नहीं थे। तो ये था महानगर का शुद्ध सेक्सी रोमांस।

18

एक नयी जिंदगी

मीरा की उम्र महज दस साल की रही होगी कि उसके सिर से पिता का साया उठ गया। मीरा पाँचवीं में पढ़ रही थी। देवीधर की सबसे बड़ी संतान थी। मीरा से दो साल छोटी उसकी एक बहन छाया थी। मीरा को नवल नामक एक भाई भी था, जो सबसे छोटा था। इलाहाबाद हाईकोर्ट में मुंशी पद पर तैनात देवीधर को दिल का दौरा पड़ा था। जब तक उन्हें अस्पताल ले जाया जाता, उनकी साँसें टूट चुकी थीं। देवीधर की पत्नी फूला का रो-रो कर बुरा हाल था। फूला पढ़ी-लिखी नहीं थी, इसके अलावा ऐसे हालात से निपटने के लिए भी तैयार नहीं थी। वह ग्रामीण परिवेश से आयी थी।

दरअस्ल शादी के बाद कुछ दिन तक तो देवीधर ने माँ-बाप की सेवा के लिए फूला को गाँव में ही रख छोड़ा था। देवीधर के तीनों बच्चे गाँव में ही पैदा हुए थे। देवीधर के एक भाई शंकर था। बस नाम का शंकर था वरना उसके सारे गुण राक्षसों वाले थे। शंकर के दिन की शुरूआत ताड़ी के सेवन से होती थी। इसके बाद गाँव के लफंगों के साथ मण्डली जमाकर ताश के पत्ते फेंटना उसका रोजाना का काम था। शंकर के लिए शाम को देशी दारू की व्यवस्था करना रोजाना का शगल था। बुजुर्ग माँ-बाप से लड़-झगड़कर ऐसे-तैसे वह उनसे पैसे वसूल ही लेता था। देर रात पीकर आना और ताण्डव मचाना आम बात थी। फूला घर की बड़ी बहू थी। वह शंकर की नौटंकी से परेशान होते हुए भी कुछ

कह नहीं सकती थी। फूला को पता था कि जो शख्स अपने माँ-बाप के साथ गाली-गलौज कर सकता है, वह उसे क्या छोड़ेगा। कभी-कभार जब उसके ससुर पैसे नहीं देने की जिद पर अड़ जाते थे और शंकर घर के सामान फेंकने लगता था, ऐसे में फूला डरकर शंकर को चोरी से दारू के लिए पैसे दे देती थी। एक तरफ देवीधर कड़ी मेहनत और ईमानदारी से अपनी पगार का एक बड़ा हिस्सा बुजुर्ग माँ-बाप की सेवा और परिवार के भरण-पोषण के लिए मनीआर्डर कर देते थे, वहीं शंकर अपने बड़े भाई के पैसे को शराब में खर्च करने से थोड़ा भी गुरेज नहीं करता था।

देवीधर इस बात को जानते थे, लेकिन उनकी मजबूरी थी कि वह नौकरी करें या घर सँभालें। देवीधर को अपने बुजुर्ग माँ-बाप की परवाह थी, ऐसे में जब तक उनके माँ-बाप जिंदा रहे, देवीधर ने अपने परिवार को गाँव में ही रखा। देवीधर की सबसे बड़ी समस्या शंकर था। लेकिन जैसे ही देवीधर के माँ-बाप गुजरे, उसके कुछ दिन बाद ही शंकर की भी रात को नशे में कुएँ में गिरने से मौत हो गयी। देवीधर को शंकर के मरने का गम तो था, लेकिन भगवान ने देवीधर को उसके दारूबाज भाई से निजात दिला दिया था।

माँ-बाप के गुजरने और शंकर की मौत के बाद देवीधर के पास फूला को शहर लाने के सिवा कोई विकल्प नहीं बचा था। दरअस्ल, फूला ने अपने सास-ससुर की सेवा को लेकर काफी त्याग किया था। देवीधर के लिए इलाहाबाद में गृहस्थी जमाना आसान नहीं था। फूला से शादी करने के दो-तीन साल बाद उनकी नौकरी हाईकोर्ट में लगी थी। इलाहाबाद में करीब सात साल तक वह अकेले ही रहे, ऐसे में पत्नी और बच्चों के साथ घर गृहस्थी जमाना उनके लिए मुश्किल काम था। हालाँकि फूला इलाहाबाद आकर बहुत खुश थी।

शादी के करीब दस साल बाद वह देवीधर के साथ रहने के लिए इलाहाबाद आई थी। तीनों बच्चे भी शहर में आकर खुश थे। देवीधर ने सभी बच्चों का नाम एक स्कूल में लिखा दिया था। फूला की जिंदगी भी पटरी पर लौट रही थी। फूला ने बच्चों संग पति की सेवा में कोई कोर-कसर नहीं छोड़ी थी, लेकिन उसकी खुशी डेढ़ साल तक ही कायम रही। एक दिन हाईकोर्ट निकलने के लिए जैसे ही देवीधर तैयार हुए, उन्हें सीने में दर्द हुआ और जब-तक कोई कुछ समझ पाता और अस्पताल ले जाता उनकी सांसें उखड़ चुकी थीं।

फूला के लिए ये एक बड़ी विपदा थी। अनजान शहर में उसे सूझ नहीं रहा

था कि वह आखिर इन हालात में क्या करे। पढ़ी-लिखी नहीं होने से अनुकम्पा के आधार पर बाबू की नौकरी मिलनी भी मुश्किल थी। अनपढ़ होने के चलते चपरासी की भी नौकरी के लाले पड़ गये। लेकिन रजिस्ट्रार साहब की शुभेच्छा के चलते आखिरकार फूला को हाईकोर्ट में ही मालिन की नौकरी मिल गयी। मरता क्या न करता, फूला ने जिंदगी का सहारा समझकर इस नौकरी को पकड़ लिया। जाहिर है इलाहाबाद जैसे शहर में तीन-तीन बच्चों का लालन-पोषण और पढ़ाई-लिखाई का खर्चा और घर चलाना फूला के लिए किसी भागीरथी प्रयास से कम न था। जवान हो रही लड़कियों को सँभालना और अपनी अस्मत को बचाकर रखना देवीधर की विधवा फूला के लिए एक बड़ी चुनौती थी। मीरा पाँचवीं में थी, लेकिन घर की सबसे बड़ी संतान होने के नाते फूला उसके बालपन में गम्भीरता तलाशने लगती थी।

सच कहें तो पिता के गुजर जाने के बाद मीरा के कमजोर कंधों पर सबसे अधिक बोझ पड़ा था। फूला को हाईकोर्ट में मालिन की नौकरी मिलने के चलते रसोई-चौके के काम में मीरा को भी हाथ बँटाना पड़ता था। शुरूआती दिनों में तो मीरा के कंधों पर बोध कम था लेकिन जैसे-जैसे फूला नौकरी में रमती गयी, मीरा का रसोई में दखल अपने आप बढ़ता गया। आये दिन उसका स्कूल छूट जाता था। वह चाहकर भी पढ़ नहीं पाती थी। छाया और नवल अभी छोटे थे, ऐसे में फूला उन्हें कोई काम नहीं देती थी। जिम्मेदारियों का बोझ धीरे-धीरे फूला के कंधों से हटता गया और यह मीरा के कमजोर कंधों पर हस्तांतरित होता गया। कुछ ही दिनों में रसोई की पूरी कमान मीरा के हाथ आ गयी। मीरा का स्कूल से नाम तो नहीं कटा, लेकिन उसका स्कूल जाना लगभग बंद हो गया।

मीरा को अपनी नियति पता चल चुकी थी। घर में सबसे बड़ी औलाद का फर्ज निभाना उसकी मजबूरी बन गयी थी। एक माँ अपने किसी एक बच्चे के प्रति स्वार्थी कैसे हो सकती थी। लेकिन हालात और परिस्थितियाँ ऐसी बन चुकी थी कि मीरा की पढ़ाई छुड़वाकर चौका-बर्तन करवाना फूला की मजबूरी बन चुकी थी। माँ आखिर माँ होती है। एक तो फूला को परिवार चलाना था, दूसरा उसे अपने दो और बच्चों की परवरिश भी बेहतर तरीके से करनी थी, उसके लिए अगर एक बच्चे की बलि दी जा रही हो तो फूला को इससे परहेज नहीं था।

कुछ भी हो, मीरा अभी बच्ची ही तो थी। उसे भी खेलने-कूदने का मन करता था। छाया और नवल जहाँ एक ओर मौज-मस्ती करते थे, तो मीरा रसोई में अपने परिवार के लिए खाना बना रही होती थी। शाम को बिजली चले जाने

पर जहाँ आस-पड़ोस के बच्चों के साथ छाया और नवल छुपन-छिपाई का खेल खेलते थे तो वहीं मीरा रसोई में आटा गूँथ रही होती थी। मीरा के रसोई का काम सँभालने के बाद फूला भी रसोई में जाना पसंद नहीं करती थी। एक तरह से मीरा के ऊपर देवीधर की असमय मौत से वज्रपात हुआ था। समय से पहले उस पर जिम्मेदारियाँ डाल दी गयीं। समय से पहले उसकी मासूमियत पर गम्भीरता का चोला ओढ़ा दिया गया। मीरा अपने साथ हो रहे सौतेले बर्ताव के चलते मन ही मन कुढ़ने लगी थी, लेकिन वह अपना दर्द किसी से कह भी नहीं सकती थी। एक बार गलती से उसने अपने पड़ोस की नीना चाची को अपने दिल का दर्द बयाँ कर दिया था। जैसे ही उसकी माँ फूला को इस बात का पता चला, उसने मीरा की जमकर नौबत बजायी थी। इसके बाद मीरा की दोबारा कभी अपने मन की बात किसी से साझा करने की हिम्मत नहीं हुई।

फूला अनपढ़ थी और उसके ससुराल में कोई बड़ा-बुजुर्ग नहीं था जो उसके परिवार का हाल-चाल जानने की कोशिश करे। ले-देकर फूला के मायके पक्ष के लोग ही थे जो अक्सर फूला के घर आया-जाया करते थे। फूला जब अपना दुःख-दर्द अपने भाई से साझा करती तो उसके भाई का बस एक ही कहना होता था कि वो जल्द से जल्द बेटियों की शादी कर दे। सभी समस्या का हल धीरे-धीरे निकल जायेगा। फूला अपने भाई की बातों में आ गयी और आनन-फानन में उसने मीरा की शादी विजय नामक एक ऐसे शख्स से कर दी जो उम्र में मीरा से दस साल बड़ा था। विजय परचून की दुकान चलाता था। बाइस साल का हट्टा-कट्टा जवान था। घर का अकेला लड़का था। विजय के पिता की भी हाल ही में बीमारी से मौत हुई थी। घर में अकेली माँ की देख-रेख करने के लिए उस पर शादी का बहुत दबाव था। इधर हाईकोर्ट में समधन की नौकरी देखकर विजय के घर वाले भी शादी के लिए तैयार हो गये थे।

फूला ने मीरा की शादी कर दी। जो समय बच्चों के खेलने-कूदने का होता है, उस समय मीरा की माँग में सिंदूर पड़ चुका था। बारह साल की मीरा को अपनी शादी को लेकर कोई दुःख नहीं था। मीरा को अपनी माँ से चिढ़ हो गई थी। उसे पता था कि उसे रसोई-चौका में ही अपनी जिंदगी खपानी है। मायके में वह अपना दुःख-दर्द किसी से नहीं कह सकती थी। ससुराल में वह कम से कम अपनी पीड़ा अपने पति से तो कह सकती थी। शादी के बाद उसका तीन साल का गौना रखा गया। इस दौरान लड़की अपने पीहर में ही रहती है।

मीरा जब पंद्रह साल की हो गयी तो उसकी माँ ने आपाधापी में उसकी

विदाई कर दी। विदाई के दौरान मीरा बिलकुल शांत थी। उसकी आँख के आँसू तो कब का सूख चुके थे। विदाई के दौरान फूला को जरूर अपनी बेटी से मोह जागा, लेकिन मीरा की खामोशी देखकर फूला अपनी बेटी से गले मिलने तक की हिम्मत नहीं जुटा सकी।

विदाई के बाद एक तरफ मीरा अपने ससुराल चली गयी वहीं दूसरी तरफ फूला की मुश्किलें और बढ़ गयी। मीरा के जाने के बाद घर का सारा काम उसे ही करना पड़ रहा था। मीरा के रहते फूला ने कभी छाया को रसोई के काम में लगाया नहीं था। ऐसे में छाया चूल्हा-चौका के काम को सीख नहीं पायी थी। छाया पढ़ने में भी होशियार थी, ऐसे में वह रसोई के कामों में रुचि नहीं लेती थी। फूला को नौकरी करने के साथ-साथ घर के काम करने पड़ रहे थे। उसे महसूस हुआ कि उसने मीरा के साथ अच्छा बर्ताव नहीं किया था। फूला अब धीरे-धीरे मीरा के करीब आने लगी। फूला, मीरा को मायके बुलवाती, उसका खूब सम्मान करती। मीरा ने भी अपने साथ हुए बुरे बर्ताव को भूलकर अपनी माँ को माफ कर दिया था।

छाया और नवल धीरे-धीरे फूला के हाथ से निकलते जा रहे थे। फूला की बातों को वे अनसुनी कर देते थे। फूला को लगा कि जल्द से जल्द उसे छाया की भी शादी कर देनी चाहिए। छाया ने बारहवीं पास कर जैसे ही बीएसी प्रथम वर्ष में दाखिला लिया, एक अच्छा रिश्ता देखकर फूला ने छाया की भी शादी तय कर दी। छाया ने शादी नहीं करने को लेकर खूब कोहराम मचाया, लेकिन मीरा ने छाया को शादी के लिए आखिरकार राजी कर ही लिया। फूला दरअस्ल बीमार रहने लगी थी।

मीरा ने छाया को समझाया कि माँ की तबीयत ठीक नहीं होने के चलते कहीं कुछ कोई ऊँच-नीच हो गयी तो दिक्कतें बढ़ जायेंगी। छाया को भी लगा कि अगर माँ का साया उठ गया तो परिवार की दिक्कतें बढ़ जायेंगी। ऐसे में छाया शादी करने के लिए राजी हो गयी। इस शादी में फूला की जो पुश्तैनी जमीन बची हुई थी वो भी बिक गयी थी। अब फूला की नौकरी और उसका फण्ड ही बचा था जो नवल के भविष्य में काम आ सकता था।

नवल ने ड्राइवरी सीख ली थी। वह प्राइवेट गाड़ियाँ चलाने लगा। इधर फूला अक्सर बीमार रहने लगी थी। फूला की सारी छुट्टियाँ खत्म हो चुकी थीं। कुछ दिन बाद ऐसा हुआ कि फूला नौकरी करने में असमर्थ हो गयी। अब नवल की ड्राइवरी से घर का खर्च चल रहा था। नवल अपनी दोनों बहनों का भी

खयाल रखता था। दोनों बहनें भी फूला की बीमारी के दौरान पीहर में आकर अपनी माँ की खूब सेवा की। एक दिन भोर में फूला दुनिया से चल बसी। नवल के ऊपर मानो वज्रपात गिरा। उसकी दोनों बहनें मीरा और छाया ने उसे इस दौरान भावनात्मक सहारा दिया और नवल की शादी करा दी। नवल अपनी गृहस्थी जमाने में लग गया। मीरा और छाया भी अपने ससुराल में अपना-अपना घर-बार सँवारने लगीं।

अब तक मीरा के तीन बच्चे हो चुके थे। तीनों लड़के थे। मीरा का पति विजय बीड़ी बहुत पीता था। एक दिन पता चला कि विजय को मुँह का कैंसर हो गया है। विजय की सारी कमाई उसकी दवा-दारू में खर्च होने लगी। लेकिन कैंसर के मर्ज से विजय पार न पा सका और एक दिन मौत की नींद सो गया। बत्तीस साल की मीरा इतनी कम उम्र में विधवा हो चुकी थी। बचपन में पिता को खोने का गम मीरा झेल चुकी थी। माँ की बेरूखी और कम उम्र में शादी ने मीरा को बहुत आहत किया था। जैसे-तैसे मीरा इन हालातों से उबर रही थी कि पहले माँ और फिर पति की मौत ने उसे पूरी तरह से तोड़ दिया था।

मीरा के समझ में नहीं आ रहा था कि वह क्या करे, किससे अपने की मन की बात कहकर अपने जी को हल्का करे। परचून की दुकान पर उसके बच्चों ने बैठने से मना कर दिया था। मीरा को जीविकोपार्जन के लिए खुद परचून की दुकान पर बैठने पर मजबूर होना पड़ा। इस दौरान उसने अपने तीनों बच्चों को आईटीआई करा दिया। दो पहले से ही हरियाणा के गुरुग्राम में एक बाइक बनाने वाली कम्पनी में नौकरी कर रहे थे, तीसरे को भी उसी कम्पनी में नौकरी मिल गयी। बचपन से ही कष्ट झेलती आयी मीरा के लिए ये एक सुखद पल था।

तीनों बच्चे अपने-अपने पैरों पर खड़े हो गये थे। लेकिन इसी बीच जब मीरा अकेली रहने लगी तो मोहल्ले के कुछ लोगों ने उसके चरित्र पर उँगली उठाना शुरू कर दिया। दरअस्ल, मीरा के पड़ोस के मोहन बाबू की पत्नी की हाल में ही मौत हो गयी थी। मोहन बाबू चालीस साल के थे। उनका अक्सर मीरा की दुकान पर आना-जाना होता था। वह वहीं दुकान पर बैठकर मीरा से अपना दुःख-दर्द साझा करते थे। मीरा को भी मोहन बाबू के साथ अपनी बातों को साझा करने का मौका मिल जाता था। दोनों के बीच एक-दूसरे के प्रति सम्मान, विश्वास और भरोसा था। ये भरोसा समय के साथ-साथ मजबूत होता गया। मोहन बाबू ने अपनी इकलौती लड़की की शादी मीरा के सबसे बड़े लड़के से तय कर दी। खूब

धूम-धाम से दोनों की शादी हो गयी। मीरा और मोहन बाबू आपस में समधी-समधन बन चुके थे। लेकिन मोहल्ले वाले कुछ एक लोग ऐसे थे जो मीरा के चरित्र पर सवाल उठाने से बाज नहीं आ रहे थे।

एक दिन मोहन बाबू ने मीरा से खुलकर कहा कि दोनों की भरोसे और एक-दूसरे के प्रति सम्मान रखने वाली दोस्ती को समाज हमेशा गलत नज़रिये से ही देखेगा। अब जबकि दोनों के बीच समधी-समधन के रिश्ते बन चुके थे, इसके बावजूद समाज में उन दोनों के बीच के सम्बंध को गलत नज़रिये से ही देखा जा रहा था। दोनों पड़ोसी थे। समधी-समधन थे। एक-दूसरे के घर में आना-जाना लगा रहता था। मोहन बाबू का खाना मीरा के घर से ही जाता था। कभी-कभी मोहन बाबू मीरा के घर पर ही खाना खा लेते थे। ऐसे में दोनों के बीच अवैध सम्बंधों की अफवाह थमने का नाम नहीं ले रही थी। आखिरकार मोहन बाबू और मीरा ने एक ऐसा निर्णय लिया जिसका किसी को अंदाजा नहीं था। अपने बच्चों की रजामंदी से मीरा और मोहन बाबू ने एक दिन ब्याह रचा लिया। दोनों की उम्र अभी ज्यादा नहीं थी। दोनों को एक-दूसरे के साथ की जरूरत थी। दोनों शायद समाज का मुँह देखकर कभी एक नहीं हो पाते लेकिन मोहल्ले वालों की ही बात सुन-सुनकर वे इतने आजिज आ चुके थे कि दोनों ने शादी कर ली। मोहल्ले वाले कहते थे कि छुप-छुपकर मिलने से अच्छा है दोनों को खुलकर सामने आना चाहिए और शादी कर लेनी चाहिए। अब दोनों ने मोहल्ले वालों की ही बात मानकर शादी कर ली थी और उन दोनों के प्रति गलत बात फैलाने वालों का मुँह बंद कर दिया था। मीरा की जिंदगी में उसे अपना मोहन मिल चुका था। ये जरूर है कि इस मोहन को पाने में उसे काफी वक्त लग गया था।

19

बाल भूतनी

बाल भूतनी महज एक कहानी नहीं है बल्कि मौजूदा दौर की एक हकीकत है। एक कड़वा सच उन अभिभावकों के लिए, जो अपने बच्चों को थोड़ा भी समय नहीं देते हैं। और नहीं तो और जब बच्चे अपने माँ-बाप के पास अपनी जिज्ञासाओं के साथ आते हैं तो उनके हाथ में पेरेन्ट्स मोबाइल थमा देते हैं। ऐसे में माँ-बाप अपने काम में व्यस्त हो जाते हैं और बच्चा मोबाइल में गेम खेलने में मगन हो जाता है। खासतौर पर भागदौड़ की जिंदगी और शहरीकरण के माहौल में महानगरों में रहने वाले अधिकतर लोगों के पास अपने बच्चों तक के लिए समय नहीं है। ये बीमारी बड़े शहरों से अब छोटे शहरों में भी अपनी जड़ें जमा रही है। एकल परिवार होने के चलते बच्चों को अब दादा-दादी और नाना-नानी का साथ तो मिल नहीं पा रहा है, उलटे भौतिकवादी जीवनशैली के फेर में बच्चे रिश्ते-नातों से भी दूर होते जा रहे हैं।

जिन बच्चों को खेलने के लिए मैदान चाहिए, वे मोबाइल पर आतंक मचाये रहते हैं। माँ-बाप के प्यार की जगह बच्चों को आया के संग रहने की आदत पड़ गयी है और कुछ एक बच्चे तो वाचमैन तक के सम्पर्क में रहने लगे हैं और गलत आदतों के शिकार होते जा रहे हैं। बड़ों का कम्पटीशन अब बच्चों के खाते में गिर गया है। कुछ एक ऐसे माँ-बाप हैं जो चाहते हैं कि उनका बच्चा पैदा होते ही आइएएस, डॉक्टर, इंजीनियर बन जाए। ऐसे में वे अपने बच्चों पर

पढ़ाई का इतना दबाव डाल देते हैं कि कुछ बच्चे टूट जाते हैं और अवसादग्रस्त हो जाते हैं। ऐसे में बच्चों का बचपना अब धीरे-धीरे गायब होता जा रहा है। ये कहानी दिल्ली की एक व्यस्त कॉलोनी की है। जहाँ करीब सात बच्चों की एक टीम है जो अपने घर के तंग माहौल और पढ़ाई के दबाव से आजिज आ चुके थे। ये बच्चे अब आजादी चाहते थे और बंद कमरों से निकलकर अपने माँ-बाप की तरह जिंदगी जीना चाहते थे। सभी बच्चे तय करते हैं कि वे पार्क से लगे एक झाड़ी के पास पीपल के पेड़ के नीचे मिलकर फैसला लेंगे कि उन्हें ऐसा, करना चाहिए ताकि उन्हें आजादी मिल सके।

ऐसे में सातों बच्चों का ग्रुप, जिनकी उम्र छह से सात साल के बीच है, शाम को पीपल के एक पेड़ के नीचे इकट्ठा होते हैं और तय करते हैं कि अगली सुबह सभी अपने-अपने घर से भाग जायेंगे और पास के मंदिर में सभी मिलेंगे। लेकिन बच्चों को पता नहीं होता कि उस पेड़ पर एक भूतनी भी रहती है। भूतनी को भी एक बच्ची थी और वह भी अपनी माँ की सख्ती से परेशान थी।

बच्चों की आजादी की बात सुनकर भूतनी की बेटी भी अब अपनी माँ से आजादी की बात सोचने लगती है। बाल भूतनी के मन में आता है कि उसे इन बच्चों के साथ दोस्त बनकर रहना चाहिए। वह फैसला करती है कि अब उसे भी अपनी माँ के साथ नहीं रहना है।

इधर भूतनी को श्राप था कि जब तक वह कोई भलाई का काम नहीं करेगी, उसे और उसकी बेटी को प्रेत योनि से मुक्ति नहीं मिलेगी। भूतनी चाहती थी कि उसकी बेटी बाल भूतनी सामान्य बच्चों की तरह से जिंदगी बिताये। लेकिन इसके लिए प्रेत योनि से छुटकारा पाना जरूरी था।

इधर बच्चे अपनी योजना में सफल हो जाते हैं और सभी अपने घर से भाग कर एक मंदिर में शरण लेते हैं। इन बच्चों को घर से भागने के बाद बाल भूतनी भी किसी तरह से अपनी माँ को चकमा देकर भागने में सफल हो जाती है और कॉलोनी के भागे हुए बच्चों के ग्रुप में शामिल हो जाती है। बच्चों को इस बात की भनक भी नहीं है कि उनके साथ कोई भूतनी की बेटी भी रह रही है।

बच्चे घर से भाग तो गये पर उन्हें कई परेशानियों से जूझना पड़ रहा था। लेकिन भूतनी की बच्ची उन्हें हर मुश्किल से आसानी से निकाल लेती है।

भागे हुए बच्चों को आभास होता है कि कोई ऐसी तीसरी शक्ति तो जरूर है जो उनका हर मुसीबत में साथ दे रही है। बाल भूतनी इन बच्चों को अपने होने

का आभास दिलाती है और अपने बारे में इन्हें बताती है। बच्चे भी अपने साथ एक अदृश्य लड़की का साथ पाकर खूब खुश होते हैं, लेकिन उन्हें अपने माता पिता की भी खूब याद आती है। भूतनी की बेटी बारी-बारी सभी बच्चों के घर जाती है औरअदृश्य होकर उनके घर का हालचाल बच्चों को बताती है।

बच्चों को लगता है कि अगर वे घर चले गये तो फिर से उन्हें अपने माँ-पिता के अनुसार चलना होगा और उनकी सारी मौज-मस्ती छिन जायेगी। लेकिन उन्हें अपने घर की याद भी आती रहती है। वे कई बार घर वापस लौटने की बात सोचते हैं, लेकिन मौज-मस्ती के चलते वे अपना घर-बार भूल जाते हैं। इधर भूतनी की लड़की को भी अपने घर की याद आती है, लेकिन बच्चों के साथ हो रही शैतानियों को वह खूब पसंद करती है। इनके साथ रहकर उसे भी खूब मजा आ रहा है।

एक दिन भूतनी की बेटी को अपनी माँ की याद आती है और वह दिन में अपनी माँ को देखने के लिए चोरी से बरगद के पेड़ के नीचे जाती है, क्योंकि दिन के समय भूतनी का सोने का समय होता है और दिन में भूत शक्ति भी काम नहीं करती है। जैसे ही भूतनी की बेटी अपने घर के करीब जाती है, वह पाती है कि कई लोग इसी पेड़ के नीचे खड़े होकर उदास मन से कुछ चर्चा कर रहे हैं।

ये वही लोग थे जिनके बच्चे गायब हुए थे। इन लोगों को पता चला था कि आखिरी बार इनके बच्चे यहीं देखे गये थे। बरगद के पेड़ के पास ही एक झोपड़े में रहने वाले मलंग बाबा ने बताया कि जिस पेड़ के नीचे से बच्चे गायब हुए हैं उस पेड़ पर एक भूतनी का डेरा है और पूरी आशंका है कि इसी भूतनी ने इन बच्चों को अपना निशाना बनाया है। बच्चों के माँ-बाप को भी लगने लगा कि बरगद के पेड़ पर रहने वाली भूतनी ने ही इनके बच्चों को गायब किया है।

भूतनी की लड़की ने जब ये सब देखा तो उसे बहुत दुःख हुआ कि जिस काम को उसकी माँ ने नहीं किया उसका इल्जाम उसकी माँ पर लग रहा है।

बच्चों के माँ-बाप की आगे की कानाफूसी सुनने के लिए वह अदृश्य होकर थोड़ा और करीब आ गयी। उसने पाया कि मलंग बाबा के साथ एक तांत्रिक खड़ा है। मलंग बाबा गायब हुए बच्चों के माँ-पिता से कह रहे थे कि सूरमा तांत्रिक उनके बच्चों को वापस ला देगा और भूतनी को भस्म कर देगा, इसके लिए हवन पूजा की व्यवस्था करनी होगी। बच्चों के माता-पिता इसके लिए तुरंत तैयार हो जाते हैं।

यह सब सुनकर भूतनी की बेटी विचलित हो जाती है। उसे डर हो जाता है कि कहीं उसकी माँ को ये तांत्रिक भस्म न कर दे। वह अपनी माँ को खोना नहीं चाहती थी। उसे मालूम था कि उसकी माँ ने कभी किसी को परेशान नहीं किया था, वो तो खुद प्रेत योनि से निकलने के लिए कोशिश कर रही है।

फिलहाल अपनी माँ का हाल देखने के लिए वह बरगद के पेड़ पर जाती है। उसे मालूम था कि उसकी माँ इस समय सो रही होगी। लेकिन वह पाती है कि उसकी माँ का रो-रोकर बुरा हाल है। भूतनी को श्राप है कि वह मनुष्य को तो अपने चंगुल में ले सकती है, लेकिन प्रेत योनि में रहने वाले किसी आत्मा को अपने मायाजाल में नहीं फँसा सकती। यही वजह थी कि भूतनी अपनी बेटी का पता नहीं लगा पा रही थी। भूतनी का भी अपना इलाका होता है, इस इलाके के बाहर उसका कोई मायावी जोर नहीं चल सकता था। दूसरी समस्या ये थी कि दिन में भूतनी की मायावी शक्ति कमजोर हो जाती है। रात को ही भूतनी का मायाजाल पूरी तरह काम करता है।

बालभूतनी ने पाया कि थोड़ी ही देर में मलंग बाबा बच्चों के माता-पिता और तांत्रिक के साथ पूजा-सामग्री लेकर बगरद के पेड़ के पास आ रहा है। भूतनी की लड़की अब एक नयी मुसीबत में घिर गयी थी। वह आयी तो थी अपनी माँ का हाल देखने, लेकिन अब यहाँ एक नया बखेड़ा खड़ा हो गया था। इधर भूतनी को भी पता चल गया कि उसके ऊपर कोई विपदा आने वाली है, लेकिन वह चाहकर भी कुछ करने में असमर्थ थी। वह बरगद के पेड़ से बँधी थी, कहीं जा भी नहीं सकती थी। अगर वह उस पेड़ को छोड़ती है तो उसे आजीवन प्रेत योनि में रहना होता, इसलिए वह बरगद के पेड़ को छोड़ नहीं सकती थी। भूतनी की दूसरी मजबूरी ये थी कि उसकी बेटी बाल भूतनी जब भी वापस लौटती, इसी बरगद के पेड़ पर अपनी माँ को खोजती, इसलिए भी भूतनी बरगद के पेड़ को छोड़कर कहीं नहीं जा सकती थी।

बालभूतनी ने पाया कि मलंग बाबा तांत्रिक को लेकर एक मंदिर में जा रहा है और उसकी माँ को भस्म करने के लिए पूजा करने की तैयारियों में जुटा हुआ है। भूतनी की बेटी को मालूम था कि सूरमा तांत्रिक के पास ऐसी शक्तियाँ हैं जो किसी और तांत्रिक के पास नहीं हैं। सूरमा तांत्रिक के बारे में कहा जाता था कि बड़े से बड़े भूतों को वह अपने वश में कर लेता था और उन्हें बोतल में आजीवन कैद कर देता था।

अपनी माँ की बेबसी को देखकर भूतनी की बेटी ने कुछ करने की ठानी। उसने सोचा कि अगर वह बच्चों के बारे में उनके माँ-पिता को बता देती है तो शायद उसकी माँ पर आने वाली बला को टाला जा सकता है। यहीं सोचकर वह एक सुंदर लड़की का रूप धारण करती है और मलंग बाबा के पास जाती है, जहाँ गायब बच्चों के माँ-बाप भी खड़े हैं। वह मलंग बाबा को बताती है कि उसने कुछ बच्चों के एक झुण्ड को पास की पहाड़ी के दूसरे छोर पर एक ऐसे इलाके में देखा है जहाँ कोई आता जाता नहीं है।

लेकिन जब मलंग बाबा पूछता है कि आखिर उसने कैसे उस इलाके में उन बच्चों को देखा जबकि उसकी उम्र काफी कम है और वह उधर क्यों गयी थी। उसके माँ-पिता कौन हैं, वह कहाँ रहती है। इन सभी सवालों पर भूतनी की बेटी घबरा जाती है। वह बस इतना ही कहती है कि इन सवालों का जवाब वह बाद में दे देगी, लेकिन अभी तो वह उन्हें उनके बच्चों के पास ले जा सकती है।

मलंग बाबा को छोटी लड़की की बातों पर विश्वास नहीं होता। उसे लगता है कि कहीं भूतनी की ये नयी चाल तो नहीं है। ऐसी आशंका होने पर वह सूरमा तांत्रिक से सलाह लेने की सोचता है जो कि पूजा-हवन की तैयारियों में लगा हुआ है।

लेकिन भूतनी की बेटी बाल भूतनी को इस बात की आशंका है कि अगर सूरमा तांत्रिक के सामने वह गयी तो वह तुरंत ही उसे पहचान लेगा और उसे बोतल में कैद कर लेगा, इसलिए वह एक चाल के तहत वहाँ से पहाड़ी की ओर दौड़ने लगती है ताकि मलंग बाबा भी उसके पीछे-पीछे आए और उसका सूरमा तांत्रिक से आमना-सामना न हो सके। बाल भूतनी की चाल कामयाब होती है। मलंग बाबा के साथ-साथ बच्चों के माता-पिता भी उसके पीछे दौड़ने लगते हैं।

इधर सूरमा तांत्रिक बच्चों के माँ-बाप को नदारद देख वापस अपने घर लौट जाता है। बाल भूतनी का भी मकसद सूरमा तांत्रिक को किसी तरह से बरगद के पेड़ के नीचे से हटाना था वर्ना सूरमा तांत्रिक अपनी तंत्र विद्या से उसकी भूतनी माँ को बोतल में कैद करने से नहीं चूकता।

उधर बालभूतनी आगे-आगे दौड़ रही थी और उसके पीछे गायब बच्चों के माँ-बाप और मलंग बाबा दौड़ रहे थे। अब वे पहाड़ी के करीब लगे मैदान में आ चुके थे। लेकिन ये क्या, बच्चे तो यहाँ किसी को दिखे नहीं। भूतनी की बेटी भी अचरज में थी कि बच्चे कुछ देर पहले तक तो यहीं थे, आखिर वे कहाँ चले

गये। मलंग बाबा ने भूतनी की बेटी को गुस्से से पकड़ लिया। गायब बच्चों के माँ-बाप ने भी भूतनी की बेटी को चारों ओर से घेर लिया। सभी पूछने लगे कि उसने तो कहा था कि सभी बच्चे उन्हें मिल जायेंगे यहाँ, पर यहाँ तो कोई नहीं दिख रहा है। फिलहाल तो बाल भूतनी की बेटी भी चक्कर में पड़ गयी कि आखिर बच्चे गये तो कहाँ गये।

मलंग बाबा ने कहा कि हो न हो ये ही भूतनी है और अपना रूप बदलकर हम लोगों को फँसा रही है। सबने फैसला किया कि अब ये लोग इस लड़की को पकड़कर सूरमा तांत्रिक के पास ले जायेंगे। अब वहीं फैसला होगा कि आखिर ये मायावी लड़की कौन है। दरअसल भूतनी को गायब देखकर घर से भागे हुए बच्चों को आभास हो गया था कि कहीं वह उनके माँ-बाप को बताने तो नहीं चली गयी कि वे सब बच्चे कहाँ छिपे हुए हैं। क्योंकि बाल भूतनी अक्सर बच्चों से कहती रहती थी कि उन्हें अपने-अपने घर वापस लौट जाना चाहिए। चूँकि उसे भी अपनी माँ की याद आती थी, लेकिन उसने बच्चों से प्रॉमिस किया था कि जब तक बच्चे अपने घर नहीं जाते, बाल भूतनी भी अपनी भूतनी माँ के पास नहीं लौटेगी। ऐसे में बच्चों को लगा था कि भूतनी की बेटी कहीं उनका ठिकाना बताने के लिए उनके घर तो नहीं चली गयी है। इसलिए किसी अनजान खतरे से बचने के लिए भागे हुए बच्चों ने अपना ठिकाना बदल लिया था, क्योंकि जिस आजादी के दिन का बच्चे आनंद ले रहे थे, उस आजादी को वे खोना नहीं चाहते थे।

इधर भागे हुए बच्चों के माता-पिता बेहद निराश हो गये थे। उन्हें लगा कि अब उनके बच्चे उनसे कभी नहीं मिल पायेंगे। एक बच्चे की माँ ने भगवान से प्रार्थना करने के लिए जैसे ही आसमान की ओर सिर उठाया, चौंक गयी, क्योंकि पेड़ की एक टहनी पर उनके बच्चे की निकर सूखने के लिए लटकी हुई थी। उनकी आँखों में चमक आ गयी। उन्होंने खुशी के मारे सबको चिल्ला कर बताया कि अरे देखो मेरे राजू की निकर, यानि भागे हुए बच्चे यहीं कहीं छिपे हुए हैं; ये लड़की झूठ नहीं बोल रही है। यह हमें सही जगह लायी है। तभी एक माँ को उसके बच्चे की शर्ट दिख गयी। अब तो साफ हो गया था कि भागे हुए बच्चे यहीं कहीं पर डेरा जमाये हुए थे। सभी बच्चों के माता-पिता भूतनी की बेटी से बड़े प्यार से अपने बच्चों के बारे में और अधिक जानकारी लेने की कोशिश करने लगे। भूतनी की बेटी ने जब सभी बच्चों का हुलिया बताया तो सभी को विश्वास हो गया कि उनके बच्चों के बारे में ये लड़की जो कुछ भी कह रही है, सही है।

भूतनी की बेटी ने एक शर्त पर उन्हें उनके बच्चों के बारे में अधिक जानकारी देने की बात स्वीकारी, कि ये लोग खुद उसके बारे में ज्यादा कुछ नहीं पूछेंगे। सबने फैसला किया कि अगर उन्हें उनके बच्चे मिल जाते हैं तो इससे बड़ी खुशी की बात और क्या होगी। सर्व सहमति से सभी लड़की की शर्त मान लेते हैं।

अब सब मिलकर बच्चों की खोज-खबर लेने का फैसला करते हैं और इनके इस काम में भूतनी की बेटी को अहम दायित्व दिया जाता है।

भूतनी की बेटी सभी बच्चों के माँ-बाप को इस बात का आश्वासन देती है कि जल्द ही उनके बच्चे उनके साथ होंगे। फिलहाल वे अपने-अपने घर चले जायँ और उस पर भरोसा कर उसे कुछ वक्त दें ताकि वह उन्हें उनके बच्चों से मिला सके। बाल भूतनी ने सभी से वादा किया कि वह जल्द ही उनके बच्चों को उनके सामने लेकर आयेगी, लेकिन इस बीच वे किसी तांत्रिक क्रिया का सहारा नहीं लेंगे वर्ना उनके बच्चे उनसे कभी नहीं मिल पायेंगे।

भारी मन से बच्चों के माँ-बाप अपने-अपने घर लौट जाते हैं, इस भरोसे के साथ कि वो लड़की जल्द ही उनके बच्चों से उन्हें मिला देगी। मलंग बाबा को भी भरोसा था कि बालभूतनी अपना वादा पूरा करेगी क्योंकि बालभूतनी धीरे से एक कोने में ले जाकर मलंग बाबा को पूरी बात बताती है और कहती है कि वह बाल भूतनी है, लेकिन उसने या उसकी भूतनी माँ ने बच्चों को गायब नहीं किया है बल्कि बच्चे अपने माँ-बाप से तंग आकर खुद घर छोड़कर भागे हैं। मलंग बाबा को बाल भूतनी की बातों पर भरोसा हो जाता है।

गायब बच्चों के माँ-बाप के वापस जाने के बाद एक तरफ भूतनी की बेटी अकेली मैदान में बैठी बच्चों को ढूँढ़ने को लेकर चिंतित थी, वहीं बच्चे कई दिन से कार्टून नहीं देखे थे और वह इधर-उधर घूम कर किसी के घर में टीवी पर कार्टून देखने की जुगत में थे। लेकिन उन्हें समझ में नहीं आ रहा था कि कैसे वह अपनी योजना को अमलीजामा पहना सकें। ऐसे में उन्हें भूतनी की बेटी बाल भूतनी की याद आयी। जब वे रात को चोरी-छिपे अपने पुराने अड्डे पर आये तो पाया कि भूतनी की बेटी अकेली चिंता में बैठी है। बाल भूतनी ने बच्चों को देखते ही राहत की साँस ली। बच्चों ने बालभूतनी से पूछा कि वह कहाँ गयी थी, क्यों गयी थी और इस दौरान उसने क्या-क्या किया। बाल भूतनी ने बताया कि वह अपनी किसी भूतनी दोस्त से मिलने चली गयी थी।

बच्चों ने कहा कि वे सभी टीवी पर कार्टून देखना चाहते हैं, लेकिन किसी के घर में वे जा नहीं सकते वर्ना लोग उन्हें पकड़कर उनके माँ-बाप को सौंप देंगे। बालभूतनी ने कहा कि वह उनके कार्टून देखने का इंतजाम कर देगी। ऐसे में उसने किसी को छिपकली बना दिया, किसी को चूहा तो किसी को मकड़ी और सभी एक ऐसे घर में लेकर घुस गयी जहाँ दो बच्चे टीवी पर कार्टून देख रहे थे। टीवी देख रहे एक बच्चे ने जब छिपकली देख उसे मारने की कोशिश की तो बीच में चूहा बना बच्चा कूद पड़ा ताकि छिपकली बने बच्चे को बचाया जा सके। इस तरह उछलकूद करते बच्चों ने कार्टून फिल्म का भरपूर मजा लिया।

आखिरकार सारे बच्चे कार्टून देखकर वापस अपने ठिकाने पर आ गये। सभी बच्चे बहुत खुश थे, लेकिन बाल भूतनी बहुत दुःखी थी। जब बच्चों ने इस बारे में उससे पूछा तो उसने बताया कि उसे अपनी माँ की बहुत याद आ रही है। फिर उसने एक-एक करके सभी बच्चों के घर की तस्वीर को उनके आँखों के सामने दिखाया और कहा कि वो तो अपनी भूतनी माँ के पास लौट जायेगी, लेकिन वह चाहती है कि बाकी बच्चे भी अपने-अपने घर लौट जायँ।

लेकिन बच्चे इतने डरे हुए थे कि उन्हें लगता था कि अगर वे घर लौटे तो उनकी खूब पिटाई होगी। ऐसे में ये तय हुआ कि पहले बाल भूतनी अपने घर जायेगी और अपनी माँ को समझायेगी कि उसने घर से भागे हुए बच्चों की मदद के लिए घर छोड़ा था। भूतनी माँ की समझ में बात आने के बाद वह अपनी माँ को इस बात के लिए राजी करेगी कि वह भागे हुए बच्चों को उनके परिवार से मिलाने में उसकी मदद करेगी। इसके लिए भूतनी बच्चों के माँ-बाप को समझायेगी कि वह अपने बच्चों पर अधिक दबाव न डाला करें और खेलने-कूदने के साथ साथ खुद अपने बच्चों के लिए भी समय दिया करें। केवल पढ़ाई करने से बच्चों का सर्वांगीण विकास नहीं होता। बाल भूतनी को इस बात के लिए भी बच्चों के माँ-बाप को राजी करना था कि वे अपने बच्चों की घर वापसी पर उन्हें मारेंगे-पीटेंगे नहीं।

एकमत से हुए निर्णय के बाद भूतनी की बेटी अपने घर लौटी तो भूतनी ने उसे अपने कलेजे से लगा लिया और पुचकारते हुए पूछा कि उसके प्यार में आखिर कहाँ कमी रह गयी थी जो वह रूठ कर घर छोड़कर चली गयी थी। भूतनी की बेटी ने जब सारी कहानी अपनी माँ को बतायी तो भूतनी ने उसे कलेजे से लगा लिया और बाकि बच्चों को भी उनके माँ-बाप से मिलाने का फैसला किया। वह चाहती थी कि जल्द से जल्द घर से भागे बच्चे अपने माँ-बाप से मिलें

और उसे इस नेक काम के बदले प्रेत योनि से मुक्ति मिले।

फिर क्या था भूतनी एक-एककर के अपनी बेटी के साथ सभी बच्चों के माँ-बाप से मिली, उन्हें बच्चों के बारे में बताया और उन्हें एक-दूसरे से मिला कर प्रेत योनि से मुक्ति पाने के लिए बरगद के पेड़ में समा गयी। कुछ ही देर में बरगद के पेड़ से एक सुंदर महिला एक लड़की के साथ बाहर निकली और उस ग्रैंड पार्टी में शामिल हो गयी, जिसे घर से भागे बच्चों के माँ-बाप से मिलने के अवसर पर आयोजित किया गया था।

20

सिर झुका के जिओ

जब मोबाइल बाजार में आया तो कुछ एक के ही हाथ में ये दिव्य बातचीत यंत्र पाया जाता था। सेलफोन स्टेटस सिम्बल बन गया था। धीरे-धीरे ये मोबाइल फोन सबके हाथों का झुनझुना बन गया। एक घर में पाँच सदस्य हैं तो सभी के हाथों में मोबाइल। शहर हो या गाँव, ये अब आम बात हो गयी है। इतना ही नहीं, कुछ एक के हाथों में तो दो-दो मोबाइल देखा जा सकता है लेकिन अमूनन सभी की मोबाइल में दो सिम होना सामान्य बात हो गयी है... एक घरवाली के लिए और एक बाहरवाली के लिए। गाँव देहात में एक बीएसएनएल का सिम होगा तो दूसरा जिओ का, लेकिन जबसे जिओ बाजार में उतरा है, पूरे देश की पंद्रह फीसदी आबादी 'सिर झुका कर जियो' की लत का शिकार हो गयी है। घर से लेकर बाजार तक, सड़क से लेकर संसद तक, स्कूल-कॉलेज से लेकर विश्वविद्यालय तक, बच्चों से लेकर बुजुर्गों तक, पुरुषों से लेकर महिलाओं तक, बस अड्डे से लेकर एयरपोर्ट तक जहाँ भी देखिए लोग सिर झुकाये मोबाइल में डूबे मिलेंगे। अगर मोबाइल की घण्टी नहीं बजी तो भी समस्या, और अगर लगातार बजती रहे तो भी मुसीबत। मोबाइल एक ऐसा मीठा जहर बन चुका है, जिसे न निगलते बन रहा है और न ही उगलते बन रहा है।

पुरानी कहावत है कि शान से जीना है तो सिर उठा कर जियो। लेकिन अब तो नये जमाने में नया फैशन बन गया है कि 'बिजी विदाऊट वर्क' दिखना है तो

सिर झुकाकर जियो। कुछ नहीं तो अपने साथियों के साथ या ग्रुप में वाट्सएप-वाट्सएप खेल खेलो, लेकिन लगे रहो मोबाइल में पूरे चौबीस घण्टे, मोबाइल न हुआ धड़कन हो गयी मुआ। एक तो हर घण्टे रियलिटी चेक करनी होती है कि मोबाइल तो एक्टिव मोड में है न, इण्टरनेट सेवा बाधित तो नहीं है। और अगर सबकुछ ठीक-ठाक है तो वाट्सएप पर किसी का कोई खतरनाक मैसेज तो नहीं आ गया। पहले डाउनलोड कर देखना पड़ता है कि घर में कौन-कौन इस वीडियो को देख सकता है और कौन नहीं।

अब बारी फेसबुक और ट्वीटर की आती है। दोनों एप मोबाइल पर सदैव जीवंत मिल जायेंगे। फेसबुक और ट्वीटर जैसे ये एप हमेशा जगते और जगाते रहते हैं; ये कभी स्लीप मोड में आते ही नहीं। रात को एक-दो बजे भी कुछ निशाचर मानव प्रजाति यहाँ जगावन करते आपको मिल ही जायेंगे। रही बात फेसबुक एप के खासियत की तो खुशफहमी के लिए ये बहुत अच्छा एप है.. ये न तो कभी कोमा में जायेगा न ही आपको कभी कोमा में जाने देगा। जहाँ तक मेरी बात है, बाप के डर से जिंदगी में कभी कोई चीज लाइक नहीं कर पाया, उसकी भरपाई अब कर रहा हूँ। मरने की खबर कोई स्टेटस पर डाला हो तो उसे भी लाइक कर देता हूँ साथ ही आत्ममुग्ध होकर इंतजार करता हूँ कि मुझे भी खूब लाइक्स मिले।

ट्वीटर पर आपको कौन फालो कर रहा है ये अपना मोबाइल एक आदर्श सेवक की तरह बताता रहता है। आजकल लूडो, कैंडीक्रश जैसे कुछ ऐसे एप आ गयी हैं जो शर्तिया आपको चौबीस घण्टे तक बिजी किये रहेंगे। दूसरा अनाप-शनाप कुछ भी देखना हो तो मोबाइल के गूगल बाबा की पूरी कुण्डली खुल जाती है। आपको जिस विषय पर जानकारी लेनी हो मिल जाती है। लोग मोबाइल के चलते किताबों को पढ़ना कम कर दिये हैं और अपनी जानकारी बढ़ाने के लिए फेसबुक और वाट्सएप युनिवर्सिटी का सहारा लेने लगे हैं।

सूचना एवं संचार तंत्र का सबसे घातक परमाणु बम ये मोबाइल रूपी ऑयटम है। एड्स से भी ज्यादा खतरनाक है मोबाइल रूपी यंत्र। लेकिन सब कुछ जानते हुए भी इस बीमारी से कोई बच नहीं पा रहा है। इसके उलट ये बीमारी लगी रहे, इसे लेकर मन्नतें मानी जाती है। इस बीमारी की कीमत पाँच सौ रुपये से कहाँ तक है, बताया नहीं जा सकता। गरीब पाँच सौ रुपये में इस बीमारी को खरीदते हैं तो बड़े आदमी इस बीमारी की बोली पचास-साठ हजार से शुरू करते हैं। पैसे वाले फलवाले ठेले का सेव खायें न खायें, लेकिन स्टेटस सिम्बल

के लिए लाखों रूपये खर्च कर जूठे एप्पल का स्वाद लेने में गर्व महसूस करते हैं। हर साल नया मॉडल। अब तो मोबाइल के मॉडल उल्का पिण्ड की तरह हम पर गिरने लगे हैं।

बड़े हुनरमंद लोग ही इस बीमारी से बच पाते हैं, जिनकी संख्या इक्का-दुक्का ही होगी। पहले लोग खुद की सुंदरता का बखान करने से कतराते थे, लेकिन अब मार्किट में आयी एक घातक बीमारी ने सभी मोबाइल धारकों को अपनी जद में ले लिया है और वह बीमारी है सेल्फी। मुँह बिचका-बिचकाकर, आड़े-तिरछे होकर, नाक-भौं सिकोड़कर आप अक्सर लोगों को सेल्फी लेते पा जायेंगे। एक मायने में सेल्फी अच्छी सौगात है उनके लिए जो इस खुशफहमी में जीते रहते हैं कि उनकी सुंदरता कोई कैमरे में उतार नहीं पाता है। जब खुद वे अपनी तस्वीर सेल्फी में लेते हैं और भूत नजर आते हैं तो उनका भ्रम टूट जाता है कि वे बहुत खूबसूरत हैं। सेल्फी की बीमारी अक्सर युवाओं और महिलाओं में पायी जाती है। इस लाइलाज बीमारी का अच्छा असर ये देखने को मिलता है कि ऐसे लोग किसी को बगैर परेशान किये किसी कोने में अपनी तस्वीर उतारने में मस्त रहते हैं। सिर झुकाकर जियो का ये तो एक पहलू था। दूसरा पहलू तो और भी धाँसू और तगड़ा है।

युवाओं को बिगाड़ने की रही-सही कसर रसीले पके आम की तरह प्रीपेड और पोस्टपेड प्लान पूरा कर देते हैं। इश्किया सिम आजकल प्रेमालाप में कारगर साबित हो रहा है। हो भी क्यों न रात 11 बजे से सुबह 6 बजे तक मुफ्त बातें करने का ऑफर अब कल की बात हुई; अब तो आप 24X7 फ्री बात कर सकते हैं। कोई सर्विस प्रोवाइडर कहता है कि दिन भर करो मुफ्त में बातें, रंगीन होंगी आपकी रातें... तो कोई टॉक टाइम के साथ इण्टरनेट फ्री का ऑफर देता है। जबसे जिओ आया है इण्टरनेट के साथ-साथ मुफ्त में बातें करने का अम्बार लग गया है मार्केट में। जिसे देखो अपने एक कान को बिजी रखे हुए मिल जायेगा। जिओ को टक्कर देने के लिए दूसरी कम्पनियों को भी सस्ती दर पर जियो जैसी सुविधा देने पर मजबूर होना पड़ रहा है। यानि लगे रहो इण्डिया बातचीत में। इतनी बातचीत अगर पड़ोसी देश पाकिस्तान से की जाती तो हमारी समझ से दोनों देशों के बीच के सम्बंध जरूर सुधर गये होते।

मुफ्त बातें करने का ये फण्डा भले ही इश्किया साबित हो रहा हो, लेकिन ये प्रेमी-प्रेमिकाओं की नींद तो हराम कर ही रहा है। पहले नींद में खलल न पड़ने पाये, इसकी कोशिश रहती थी, अब नींद में खलल का इंतजाम पैसे देकर किया

जा रहा है। जिन्हें रातों को पहले अच्छी नींद आती थी, उनकी रातें खराब करने के लिए मोबाइल कम्पनियों ने नाइट सर्विस शुरू की थी जिससे दिलजलों की आँखों की नींद नदारद हो गयी थी। हद तो तब हो रही है जब किशोर छात्र रात को पढ़ने के बहाने अपनी-अपनी वालियों से घण्टों गुटुर-गूँ कर रहे हैं। मामला यहीं तक रहता तो ठीक, लेकिन अब तो छठवीं-सातवीं-आठवीं के बच्चे भी इस इश्किया मोहपाश में कैद हो चुके हैं और नयी-नयी बनी गर्लफ्रेंड्स से प्रेमालाप कर रहे हैं। टीवी ने इन्हें सब कुछ सिखा दिया है कि कैसे घर वालों से छिपकर अपनी चाहने वालियों से बात करनी है। पटाने से लेकर बात करने तक के मैटेरियल इण्टरनेट पर पहले से मौजूद है। बस एक क्लिक पर इण्टरनेट पर सारे ऐसे उत्पाद मौजूद हो जाते हैं जो भोले-भाले बच्चों की जिंदगी सँवारने की बजाय इन्हें बिगाड़ने पर आमादा हैं।

इस इश्किया सिम में वो सब कुछ है जिसकी मदद से सीधे-सादे दिखने वाले बच्चों को समय से पहले जवान बनाया जा सकता है। यू-ट्यूब तो सर्वज्ञान का ऐसा भण्डारण है जिसमें डुबकी लगाने के बाद तो निकलने का मन ही नहीं करता। इस सोशल साइट से एक मोती खोजी नहीं कि दस और मोती आपको दर्शन देने लगते हैं। आप एक के बाद एक मोती पाने की चाहत में यूट्यूब के अथाह समंदर में गोता लगाते रहेंगे और आपको अपनी मर्जी और स्वाद के मुताबिक रस वाले व्यंजन मिलते रहेंगे। यूट्यूब पर वेज व्यंजन से शुरूआत करने के बाद आप धीरे-धीरे कब नॉन वेज कण्टेंट के दरिया में कूद पड़ते हैं ये पता भी नहीं चलता है। ये सब दिलफेंक फ्री इंटरनेट देने वाले मोबाइल सर्विस प्रोवाइडर्स के चलते हो रहा है।

हाथों में समा जाने वाले मोबाइल सेट को कभी भी कहीं भी अकेले में एकांत में चलाया जा सकता है। पहले तो केवल बातें करके ही दिलजले आशिक संतोष कर लिया करते थे, अब तो वाट्सएप-वाट्सएप का खेल इतने खतरनाक स्तर पर जा चुका है कि क्या कहने। चैटिंग तो पुरानी बात हुई, अब वीडियो चैटिंग होने लगी है। इतना सस्ता इण्टरनेट पैक पाकर देश के युवा बौरा से गये हैं। हमारी युवा पीढ़ी मानो बोंसाई पेड़ की तरह हो गयी है जो समय से पहले ही कम उम्र में जवान होती जा रही है, फिलहाल तकिये के नीचे मोबाइल और दिल रखकर सोने वाले दिलजलों का मिजाज आजकल थोड़ा बिगड़ा हुआ है। हठीले गुटर-गूँ करने वालों के साथ पेशेवराना छलकपट हो रहा है। ये भी कोई बात हुई कि सर्वर डाउन है नेटवर्क सुस्त है... टॉवर काम नहीं कर रहा। दिलफेंक प्रेमियों

के दिलों पर वज्रपात करने के लिए मोबाइल कम्पनियों के पास जाने क्या-क्या बहाने हैं। इश्किया सिम (ऑपरेटर) से परेशान कुछ निठल्लों ने इश्किया सिम की स्लिम-ट्रिम बहनों पर डोरे डालने लगे हैं, यानि सौतन सिम का सहारा लेना शुरू कर दिया है। जैसे आइडिया-वोडाफोन का सौतियाडाह एयरटेल और जिओ से है। लेकिन इश्किया सिम के बाद प्रेमियों की पहली पसंद आज भी सस्ता पैक बना हुआ है। कुछ टेस्ट बदलने के लिए आइडिया को कलेजे से लगा लेते हैं तो कुछ जियरा धक-धक कराने के लिए एयरटेल को चुन लेते हैं, लेकिन इसमें कोई शक नहीं कि जियो आज भी अधिकांश मजनुओं की लैला बना हुआ है।

बात परफारमेंस की करें तो पहले मामला सरकारी बनाम प्राइवेट का था। लेकिन प्राइवेट कम्पनियों के आगे सरकारी कम्पनी ने हथियार डाल दिये। हालाँकि पहले सरकारी कम्पनी पर भरोसा ज्यादा होता था। शादीशुदा लोगों की पहली पसंद इश्किया सिम बीएसएनएल ही था, लेकिन बीवी जब साथ न दे तो तलाक होना तय ही होता है। वही हुआ। लोग बीएसएनएल को तलाक देकर एयरटेल, वोडाफोन, आइडिया, जिओ जैसी नयी लुगाई ले आये। किंतु परंतु के बीच इनका नेटवर्क वर्क करे न करे पर मजा बहुत देता है... सब पइसा का खेल है भाई। कम लागत में ज्यादा मजा भला किसे नहीं सुहायेगा।

अब बात जरा मनमौजी हो जाय। एक और ऑपरेटर है जिसे पिलपिलाते प्यार करने वाले खूब पसंद करते हैं इसका नाम फ्रीलायंस है। फक्कड़ी और सैर-सपाटिया वालों के साथ इसका नैन मटक्का खूब होता है। दिन हो या रात जी भर के करो बात तो फिर काम कौन करेगा। फिर मामला किंतु-परंतु पर आ के अटक जाता है। इससे पहले जिक्र कर लेते हैं नासमझों को आइडिया प्रोवाइड कराने वाले वाइडिया कम्पनी के सिम की। ये ऑटोमेटिक और अंतर्यामी सिम है, कौन-सा प्लॉन आपको लेना है ये खुद तय कर लेता है और आपकी अमीरी पर डाका डालकर मुस्कुराता है। कस्टमर केयर पर एक मादक-मोहिनी रिकार्डेड आवाज के जरिये आपकी बेबसी को तार-तार करता हुआ लेकिन आपको आइडिया देते रहने का दावा करता रहता है। लाख गरियाने के बाद भी इस इलीट सौतन से मोहभंग कम लोगों का ही हो पाता है। बात करें एक और लालपरी सौतन मोडाफोन के सिम की, जिस पर दिल आ-आ कर रुक जाता है, लेकिन आखिर में दिल आ ही जाता है।

कम्पनी अपने ग्राहकों की कमजोरी जानती है। जगह-जगह अपने स्टोर

खोलकर सुंदर कुड़ियों से आपको रू-ब-रू कराता ये चमनबाज आजकल के लड़के-लड़कियों की महबूबा बनने की कवायद में सफल होता दिख रहा है। पर क्या करे स्वैपिंग-स्वैपिंग के खेल ने इसका खेल बिगाड़ रखा है। साला प्यार-मोहब्बत का खेल ही ऐसा है कि आज कौन-सी गोरिया किसकी गोद में जा बैठे, पता नहीं चलता। मामला पोर्टेबिलिटी से जुड़ा हुआ है। हरजाई कहीं का...आज हमारी तो कल तुम्हारी। ऊपर से बात जब टिकाऊ सुपर सौतन की हो तो कहना ही पड़ता है कि जब सभी सिम हो जायें फेल तो प्रेमियों की पसंद बनता है 'हेयरटेल।' खैर छोड़िए इन बातों को, आगे का खेल और जालिम है। ये दिलजली, करमजली और बेरहम दिल सौतन सिमों पर अगर भरोसा हो भी जाता है तो ये हरजाई ऐन मौकों पर दगा दे जाती हैं। वैसे ही जैसे मोहब्बत की चिंगारी पर कोई पानी की छींट मारकर अंगारों को बुझा दे। ठीक समझा आप लोगों ने, मैं कॉल ड्रापिंग की बात कर रहा हूँ। ये बीमारी बाजार में जबसे आयी है, अठन्नी पर एक और अठन्नी चिपकानी पड़ती है। पर क्या करें, जब सभी लोग देश भर के इस हाथ के झुनझुने का शिकार बन चुके हैं तो शरम के मारे तो सिर झुकाना ही पड़ता है। जो ऐसे नहीं सिर झुकाते हैं, उन्हें मोबाइल पर वाट्सएप वाट्सएप खेलने के लिए सिर को झुकाना ही पड़ता है और कहना पड़ता है 'सिर झुकाकरर जिओ'।

21

माहौल क्या है?

एक जिंदादिल और खुशफहमी में जीने वाली शख़्सीयत... नाम राजन सिंह। ठेठ आजमगढ़िया मिजाज। क्षेत्र-इलाके के लोग और दोस्त-यार इन्हें राजन के नाम से जानते-पहचानते हैं। सुनने-पढ़ने में राजन सिंह नाम जितना संतुलित लगता है, उनका व्यक्तित्व नाम के स्वभाव के विपरीत उतना ही असंतुलित है। संतुलित शब्दों में राजन सिंह की व्याख्या की भी नहीं जा सकती। इसलिए मैंने उनके व्यक्तित्व को असंतुलित होने की उपमा दी है। आप लोग मेरे शब्दों को आधार बना कर राजन सिंह के प्रति कोई नकारात्मक या सकारात्मक धारणा नहीं बनाइएगा। फिलहाल इससे इतर जैसे हर शब्द के पर्यायवाची शब्द होते हैं, वैसे ही राजन सिंह के नाम का भी मैंने ढेरों पर्यायवाची शब्द गढ़ रखा है। बेफिक्र, घुमक्कड़, अल्हड़, बिंदास, हँसोड़, प्रतिभा सम्पन्न जैसे कुछ शब्द हैं जो राजन भैया के सुलझे-उलझे व्यक्तित्व पर प्रकाश डालने के लिए सटीक बैठते हैं। आप सोच रहे होंगे कि राजन सिंह राजन भैया कैसे बन गये। वह मेरे ही विद्यालय में मुझसे एक साल वरिष्ठ प्राणी थे। उन दिनों काफी शरारती हुआ करते थे। वैसे तो वह मेरे पड़ोस के मोहल्ले में रहते थे, लेकिन हम चाहकर भी उनके करीब नहीं जा पाते थे, क्योंकि उनके रहन-सहन के चलते मोहल्ले वाले उनका बिगड़ैल लड़कों में शुमार करते थे। जब हम सबका कच्छा-बनियान पहनने का दौर था, उस समय भी वह ब्राण्डेड निकर पहनकर घर से घूमने-

टहलने निकलते थे। जब हम सबका पैंट-शर्ट पहनने का दौर आया तो वह जींस और टी-शर्ट में नजर आने लगे। पहनावे के मामले में वह हमेशा अपने आस-पड़ोस के लड़कों से दो हाथ आगे ही रहे। गोरा-छरहरा शरीर, फैशन और खान-पान के शौकीन राजन भैया पढ़ाई के दौरान हम लोगों के लिए हमेशा अचरज का विषय रहे। किशोर अवस्था से होते हुए जवानी की दहलीज पर आने के दरम्यान मोहल्ले के लड़कों के लिए राजन भैया अब तक युवाओं के लिए एक कुख्यात आदर्श प्राणी में तब्दील हो चुके थे। मोहल्ले में उस दौरान केवल एक ही घर में बुलेट थी, लेकिन उस बुलेट की सवारी, गाड़ी मालिक से ज्यादा उनके बेटे राजन भैया करते थे। सधा अंदाज और मस्तमौला व्यवहार राजन भैया की खासियत तो थी ही, साथ ही रौब वाले अंदाज में राजन सिंह सज-सँवरकर घर से बाजार-मोहल्ले में निकलते थे तो ईमानदारी से यही जी चाहता था कि उनकी बुलेट के पीछे बैठकर मुझे भी एक जानदार सवारी एक शानदार सवारी यानी हनकदार दिखने वाली बुलेट की सवारी का आनंद लेना चाहिए।

सच्चाई ये थी कि अनाड़ी फिल्म के नायक नागार्जुन की तरह वह बिंदास होकर बुलेट लेकर मोहल्ले का एक-दो चक्कर मारते थे, फिर बुलेट का पहिया इनकी कोठी के पोर्च के नीचे जाकर थम जाता था। उनके बुलेट लेकर घर से निकलने की एक फिक्स टाइमिंग होती थी। दरअस्ल, जिस समय उनकी बुलेट की सवारी शुरू होती थी, उसी दौरान शहर के एक गर्ल्स कॉलेज की छुट्टी भी होती थी। इस दौरान अगर वह किन्हीं वजहों से घर पर रह गये तो कुर्सी लगाकर अपने बरामदे में बैठ जाते और सड़क से गुजरती लड़कियों में जो लड़की उन्हें अच्छी लगती, उसे अपनी माँ को दिखाकर कहते कि फलाँ लड़की सुन्दर दिख रही है। मुझे तो ऐसा लगता है कि आँख सेंकने के वह पुराने खिलाड़ी थे, लेकिन व्यक्तिगत तौर पर मैंने उन्हें कभी लड़कीबाजी करते नहीं देखा।

राजन सिंह की बुलेट वाली आवारगी के चलते मोहल्ले में जहाँ कुछ लोग अपने घर में लड़कियों के होने के चलते उनसे दूरी बनाकर चलते थे, तो कुछ उनके चेहरे के शांत भाव, बातों में अदब और स्वभाव में शालीनता के मुरीद थे, लेकिन मैं न चाहते हुए भी उनके व्यक्तित्व का प्रशंसक कब बन गया मुझे पता ही नहीं चला।

दिखने में राजन भैया भले ही रौबदार थे, लेकिन इन सबके बावजूद वह दिल से बड़े मिलनसार, विनम्र स्वभाव के प्राणी थे। बार-बार राजन भैया के लिए 'प्राणी' शब्द का इस्तेमाल करने से आप हैरान जरूर हो रहे होंगे, लेकिन हम

उन्हें प्राणी इसलिए कह रहे हैं क्योंकि वह बाकी लड़कों से थोड़ा हटकर थे। हमारी मण्डली से सभी बच्चे उन्हें प्राणी कहकर ही पुकारते थे। उनके व्यक्तित्व की यही खास बात भी थी कि जैसा वह दिखते थे, वैसा वह थे नहीं और जैसे वह थे, वैसे दिखते नहीं थे। उस दौरान जब हम ग्यारहवीं में थे, उनका व्यक्तित्व हमें तिलिस्म नजर आता था। जब बुलेट पर बन-ठन कर वह निकलते थे तो लगता था कि कोई घमण्ड में चूर लड़का अपनी बुलेट से हम जैसे दूसरे लड़कों पर रोब गाँठ रहा हो; लेकिन ऐसा बिलकुल नहीं था। सबसे बोलते-बतियाते वह जिस रफ्तार से बुलेट से निकलते थे, उसी रफ्तार से मिलनसारी करते हुए रफूचक्कर भी हो जाते थे। उनकी बिंदास जीवनशैली किसी भी युवा को प्रभावित कर सकती थी। दिन-भर लोगों के बीच बने रहना, हँसते-हँसाते रहना उनकी रोजमर्रा की दिनचर्या में शुमार था।

राजन सिंह मोहल्ले के कुछ माँ-बाप के लिए खलनायक थे। इन माँ-बाप को लगता था कि कहीं राजन की संगत में उनका लड़का न बिगड़ जाय। इन सब गुणों-अवगुणों के बावजूद उनके चेहरे पर हमेशा बेफिक्री दिखती थी। चेहरे पर लापरवाही भरा अंदाज और हमेशा मुस्कुराता चेहरा मेरे मन में कौतुहल पैदा करता था कि आखिर इतनी ठाठ-बाट के साथ रहने के बावजूद राजन भैया को अपने घर में कभी डाँट क्यों नहीं पड़ती। मैं मन ही मन में सोचता था कि आखिर दिन भर की घुमान-टहलान के बाद आखिर राजन भैया पढ़ाई-लिखाई कब करते होंगे। पढ़ाई को लेकर हम जब-तब बाप की कुटाई का शिकार बनते रहते थे। कई बार चेहरे पर सूजन हमारी कुटाई की पोल भी खोल देती थी। लेकिन क्या मजाल कि कभी राजन भैया के चेहरे पर पढ़ाई-लिखाई का तनाव दिखा हो।

हमें उस दौरान ऐसा लगता था कि राजन भैया कोई जादुई प्राणी हैं, जिन्हें पढ़ना-लिखना नहीं पड़ता। पढ़ाई में भले वह कभी अव्वल नहीं रहे हों लेकिन वह किसी क्लास में कभी फेल भी नहीं हुए। पढ़ने में होशियार कम लफ्फाजदार ज्यादा थे। घर-बार से तो सम्पन्न थे ही, बातों के भी धनी थे। हम लड़कों को लगता था कि उनके घर कोई मास्टर साहब आते रहे होंगे और उनकी अक्ल में अपनी अक्ल फिट करके चले जाते रहे होंगे। तभी तो परीक्षा के दौरान पढ़ाई को लेकर हम सबका माथा जब भारी रहता था, तब राजन भैया की लोक-लुभावन मुस्कान एग्जाम फोबिया से हमें राहत दिलाने का काम करती थी।

शहर में आवारगी का दौर बढ़ा तो आवारगी और मासूमियत के संगम राजन सिंह को उनके घरवालों ने पढ़ने के लिए संगमनगरी प्रयागराज (तत्कालीन

नाम इलाहाबाद) भेज दिया। लेकिन वहाँ भी राजन भैया का रुतबा बरकरार रहा। आजमगढ़ से चोरी की हुई कारें उनके हॉस्टल में पनाह लेने लगीं। आजमगढ़ में जहाँ वह बुलेट की सवारी करते थे, इलाहाबाद में चोरी की कार की सवारी करने लगे। हॉस्टल के लड़कों में वह जल्द ही लोकप्रिय हो गये। अब राजन भैया संगमनगरी में रच-बस चुके थे। उनका अपने शहर आजमगढ़ में आना बहुत ही कम हो गया था। पढ़ने-लिखने में ठीक-ठाक ही थे। बी.ए. की पढ़ाई करने के बाद वह इलाहाबाद में ही रह कर कम्पटीशन की तैयारी करने लगे। शुरूआत उन्होंने हॉस्टल में कमरा कब्जा करने के कम्पटीशन से की और देखते ही देखते वह रंगबाज लड़कों की कतार में शामिल हो गये।

राजन भैया अब पूर्णरूपेण इलाहाबादी आबोहवा में अपने को ढाल चुके थे। उनकी लंठाधिराजों से लेकर काबिल मित्र मण्डली तक का भी व्यापक विस्तार हो चुका था। जो भी उनके करीब आता उनके तिलिस्म में उलझकर रह जाता। यूँ कहें कि उनका होकर ही रह जाता। शेरो-शायरी, गीत-गजल के प्रेमी राजन भैया अपने हॉस्टल के सबसे ढीठ लड़कों में एक थे। बकबकबाजी में ही पढ़ाई कर लेना, फिर बिगड़ैल दोस्तों के साथ पत्ते खेलना रोजाना की बात हो गयी। इस शहर से उन्हें प्यार हो गया। इलाहाबाद ने भी राजन सिंह को पूरी तरह से अपना लिया था। हमारे शहर के बिगड़े शहजादों के लिए इलाहाबाद सैरगाह बन गयी। बनती भी क्यों न, जब राजन सिंह जैसा प्राणी इलाहाबाद में रच-बस गया था।

आजमगढ़ से आने वालों के लिए राजन सिंह के हॉस्टल का कमरा हमेशा खुला रहने लगा। मजमा लगता, जमावड़ा होता, चिकन-मटन की हँड़िया चढ़ायी जाती। जाम भी छलकता। लेकिन मुझे कभी आभास नहीं हुआ कि इलाहाबाद में अपनी मित्र मण्डली के राबिन हुड राजन भैया ने कभी जाम को हाथ लगाया हो। हाँ, खैनी के वह दीवाने थे। मैंने ये बात जानने की कभी कोशिश भी नहीं की कि कोई और भी नशा करते थे या नहीं। अपनी जवानी का अच्छा-खासा समय इलाहाबाद में जाया करने वाले राजन भैया कबके छोटे-मोटे अधिकारी बन जाते, अगर कुछ नहीं तो प्राइमरी स्कूल में मास्टर तो बन ही जाते, लेकिन उन्हें उनकी इस खुशफहमी ने ऐसा करने से रोक दिया कि ऐसी लाइफ न मिलेगी दोबारा। आइएएस-पीसीएस की शायद कोई ऐसी परीक्षा राजन भैया ने दी हो और प्री नहीं निकला हो। राजन भैया तो प्री के मास्टर हो गये थे, लेकिन किस्मत में जब कुछ और लिखा हो तो क्या प्री और क्या मेन्स। जिसमें मन रम

गया, उसमें रम जाते थे। महीने के शुरूआती दिन अमीरी में कटते थे तो महीने का आखिरी दिन फकीरी का होता था। लेकिन क्या मजाल कि रहन-सहन में कोई फर्क आ जाय। मैं उनके मन के रमने की बात कर रहा था। एक बार बाजार से विचित्र-सा उपन्यास ले आये। पढ़ना शुरू कर दिया। अगले दिन पीसीएम का मेंस देना था। पता नहीं मन में क्या आया, परीक्षा छोड़कर पहले खरीदे गये उपन्यास को पूरा किया। फिर अचानक बिस्तर से उठे और नहाने चले गये। शाम को किसी ने पूछा कि परीक्षा कैसी हुई तो बड़े सधे अंदाज में कहा कि अगली बार पूछना। इस तरह की बेफिक्री बिरले लोगों में ही होती है। ऐसा जान पड़ता था कि उन्हें पता था कि जिंदगी में उन्हें क्या करना है और किस दिशा में जाना है। सीधी बात, सीधी सोच रखने वाले राजन भैया कभी-कभार ही उदास दिखे; वह भी अपनी वजह से नहीं, अपने सहयोगियों को दुःखी देखकर वह भी दुःखी हो जाते थे। मानव स्वभाव को बदला नहीं जा सकता। एक बार जाड़े की एक ठिठुरन भरी रात में एक उपन्यास पढ़ने में वह इतना रम गये कि पैर के पास लगे रूम हीटर की आँच से उनका पाजामा जल गया और जब आंच पैरों पर लगी तो उन्हें पता चला कि कुछ जल रहा है। नीचे देखा तो घुटने तक पाजामा उनकी बेफिक्री का शिकार हो चुका था।

राजन भैया से सबकी इसलिए पटती और फटती थी क्योंकि वह किसी से न तो अपने बारे में कुछ छिपाते थे न ही दूसरों के लिए अपने मन में कुछ रखते थे। जो कुछ कहना-सुनना होता था मुँह पर ही बक देते थे। बेलगाम भी नहीं थे। कौन-सी बात किस लहजे में किसी से कहनी है यह वह बखूबी जानते थे। उनकी ये कला आज भी कायम है। इलाहाबाद की उनकी फ्रेंडलिस्ट में जुआरी से लेकर संत तक सभी शुमार थे जो आज भी उनकी दोस्ती यारी में चार चाँद लगा रहे हैं। जैसा देश होता है, राजन भैया वैसा ही चोला ओढ़कर अपना रूप-रंग बदल लेते हैं। दिन में दूसरों को सेहत बनाने का ज्ञान बघारते, लेकिन रात में देसी मुर्गा पकाते। खुद खाते और दोस्तों को भी खिलाते। मौका-ए-वारदात पर अगर पैसे नहीं है तो उधार के पैसे से खाना-पीना राजन भैया का खास शगल रहा है, परंतु समय पर उधारी चुकाने के चलते उनकी मार्केट बनी हुई है।

मुद्दे पर आते हैं। इलाहाबाद ने उनसे उनकी आधी जवानी छीन ली, लेकिन पेशे के तौर पर उन्हें कुछ लौटाया नहीं। वैसे तो इलाबाहाद में ही उनके तार बड़ी-बड़ी शख्सीयतों से जुड़े। उनकी मित्र मंडली में फर्श से लेकर अर्स तक के लोग शामिल थे और आज भी हैं। देश का ऐसा कोई कोना नहीं होगा जहाँ

राजन भैया का सम्पर्क सूत्र काम नहीं कर रहा होगा। लेकिन बात वहीं पर आकर रुक जाती है कि जीविकोपार्जन के लिए इलाहाबाद शहर से केवल उन्होंने याराना का खजाना और खूब ढेर सारे धाँसू अनुभव हासिल किये। बात जब पेट की आयी तो दाल-रोटी के लिए उन्हें दिल्ली की ओर रुख करना पड़ा। पंद्रह साल पहले दिल्ली में एक क्षेत्रीय न्यूज चैनल की नौकरी पकड़ी तो फिर पीछे मुड़कर नहीं देखा। दिल्ली के माहौल को अपना माहौल बनाने में उन्हें जरा भी समय नहीं लगा। धीरे-धीरे सरकते हुए वह क्षेत्रीय न्यूज चैनल से राष्ट्रीय न्यूज चैनल में आ गये। मीडिया में पैर जमाया तो अंगद के पाँव की तरह डट कर आज भी भिन्न-भिन्न मुद्दों पर देश के माहौल को टटोलते रहते हैं। मीडिया में रहने के दौरान ही उन्होंने नोएडा में अपना डेरा जमा लिया। डेरा जमाने के कुछ साल में ही डेरा बना भी लिया। लेकिन नोएडा में रहने के बावजूद राजन भैया के घर पर इलाहाबादी फितरत आपको आज भी देखने को मिल जायेगी। नोएडा में जिस घर में रहते हैं, छुट्टियों के दिनों में वह घर कम लगता है, धर्मशाला ज्यादा जान पड़ता है। रोज घर में दो-चार मेहमान धाये ही रहते हैं। खूब सेवा भगत होती है। यारों का मजमा लगता है। चिकन-मटन की हाँड़ी चढ़ती-उतरती है। मित्र मण्डली के बीच जी भर कर हँसी-ठिठोली चलती है। आज भी लगता है जैसे इलाहाबाद के हॉस्टल में बैठकर हम सब राजन भैया के साथ फ्री स्टाइल स्टडी के मजे ले रहे हैं। जब उनकी जान-पहचान का कोई व्यक्ति उनके पास आता है तो उससे राजन भैया जरूर पूछते हैं - ''माहौल क्या है?''

यार तो यार ही होते हैं, मुँह से बरबस ही निकल जाता है ''माहौल चउचक'' है।

www.ingramcontent.com/pod-product-compliance
Ingram Content Group UK Ltd.
Pitfield, Milton Keynes, MK11 3LW, UK
UKHW042018190726
13854UKWH00005B/2347

9 788195 123490